《あづまくだり》の起承転結

伊勢物語の表現を掘り起こす

小松英雄

笠間書院

葛飾北斎「冨嶽三十六景　神奈川沖／浪裏」

『伊勢物語』の第九段に、富士山について、①高さが比叡山を二十ほど積み上げたほどもあり、②「なりはしほしりのやうになむありける」という叙述があります。「潮尻」がどのようなものかは、古来、疑問とされ、製塩の過程と結びつけて円錐形の事物が考えられてきましたが、いまだに確定されていません。

「童（わらはべ）などのなり、あざやかならぬ」〔源氏物語・宿木〕とあるように、「なり」とは形状、輪郭ではなく、姿、格好です。上掲の浮世絵は北斎筆『冨嶽三十六景』のひとつで、「神奈川（現在の横浜）沖／浪裏」と題されていますが、「浪裏」とは「潮後」（しほじり）に他なりません。頂上が真っ白に輝く壮大な波、その手前の少し小さな波、そして、遙か向こうに見える富士山の、それぞれの姿（なり）を対比してみてください。断定は控えますが、円錐形に積もった塩の山などよりも妥当な引き当てではないでしょうか。（201ページ参照）

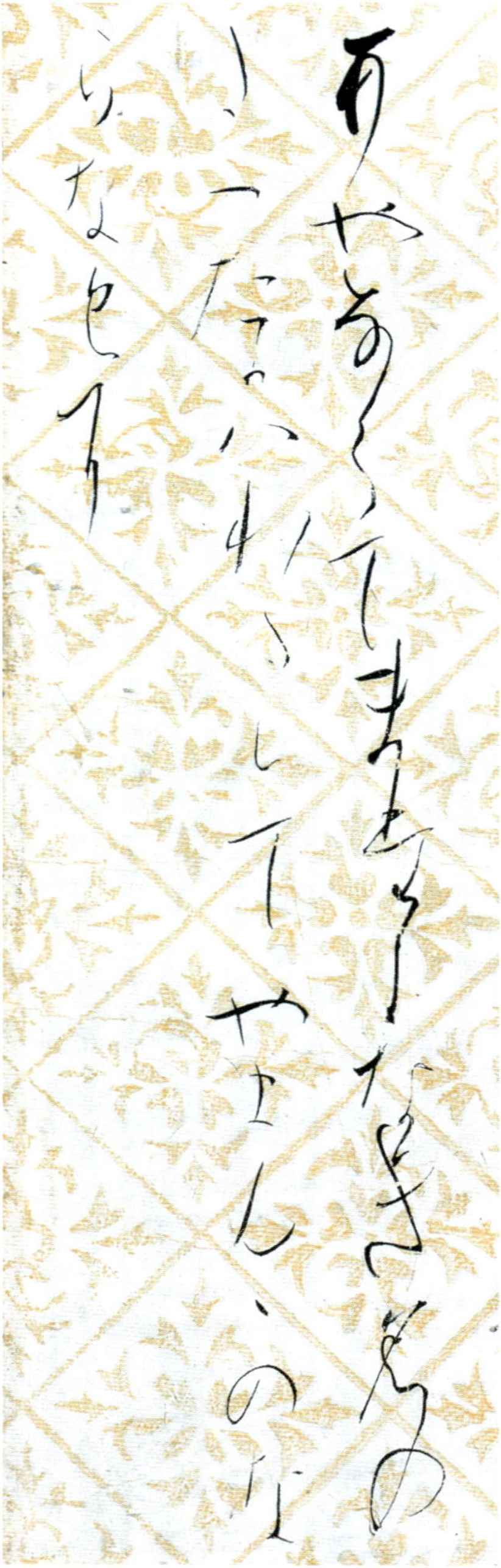

巻子本古今集（京都国立博物館蔵）

現象……平安時代の仮名字体「ん」は、漢字「无」の崩しなので本来は「む」でしたが、古筆では、しばしば、「も」とも互換的に使用されています。巻子本『古今和歌集』は十二世紀初頭ごろの書写とされていますが、右の和歌「あやなくて まだきなき名の たつたがは わたらでやまん ゝのならなくに」（恋三）では、第四句末尾の「ん」（「む」に相当）に続く仮名が反復符号「ゝ」になっています。この「ゝ」は、「も」でないと意味がつうじません。

解釈……同じ仮名で書く音節でも、条件の違いで、単独に発音される場合とかなり違って発音されることがあります。[mɯ]の母音は、両唇音[m]の影響で[mo]の母音とほとんど同じに発音され、「渡らでやまむ」のように、ぞんざいに発音されやすい位置では、弱化して[m]になります。また、「ものならなくに」の「もの」は実体をささない形式名詞なので、弱化して「モ」が[m]になり、「むも」が[m・m]と発音されたために「んゝ」と書かれています、「む」をぞんざいに発音して生じた、母音のない、鼻にかかった子音[m]だけの音節は、その後、「ん」として市民権を確立し、「も」と完全に分離されました。

（詳細は、第十段「ん」の仮名　参照）

読者のみなさんへのよびかけ

［特に、初めて筆者の著作に接するかたがたへ］

本書の趣旨を理解していただくために、『更級日記』からひとつの例を取りあげてみます。京の文化が及ばない東国の片隅に育った少女が、親族の女性たちの雑談を聞いて、いろいろの物語があることを知りました、なかでも、光源氏の話に興味をそそられ、京に行って物語が読みたくてたまらなくなり、それを実現するために行動を起こします。

等身《とうじん》に薬師仏《やくしぼとけ》を造りて、手洗《あら》ひなどして、人間《ひとま》にみそかに入《い》りつゝ、京に疾《と》く上げ給ひて、物語の多く候《さぶら》ふなる、ある限り見せ給へと、身を捨てゝ、額《ぬか》をつき祈り申すほどに、

薬師如来《にょらい》の像を自分の背丈ぐらいに造り、身を清めて人目のないときにこっそりと籠もって、わたくしを京に上らせて、たくさんあると聞いております物語を、ありったけ読ませてくださいますようにと必死にお祈りをした、というような意味であることは、古語辞典でも引けばだいたい理解できますから、古文解釈の作業はひとまずメドが付きます。なぜなら、古文解釈とは、古文を現代日本語に置き換えることだという共通理解が確立されているから

です。しかし、こんなことで、古典文学作品の表現を理解したことにはなりません。

この少女は、どんな材料で薬師仏を造ったのでしょうか。金銅《こんどう》仏や石仏はもとより、木彫でも、身の丈ほどもある仏像をひとりで造り、どこかに隠して、ひそかにお祈りをしていたなどということが、ありえたでしょうか、この部分はフィクションだ、などという逃げ口上は、あまりに不自然な話にまでは通用しません。

ほかの注釈書が表面的な古文解釈のレヴェルでしか考えていないなかに、ひとつの注釈書は、「薬師如来の等身像を造ってもらい」と訳しています〔新編日本古典文学全集〕。自分で造れるはずがないという判断はそのとおりなのですが、信仰の対象である尊い仏像の制作を、女の子が秘密で仏師に依頼して、そのまま隠しとおすことが許されたとは考えられません。

そのあと、上京の望みが叶って門出をする場面には、つぎのように記されています。

> 年ごろ遊び慣れつる所をあらはに毀《こぼ》ち散らして、立ち騒ぎて、日の入り際《ぎわ》の、すごく霧《き》りわたりたるに、車に乗るとて、うち見やりたれば、人間《ひとま》には参りつゝ、額《ぬか》をつきし薬師仏の立ち給へるを見捨て奉る、悲しくて、人知れず、うち泣かれぬ

住んでいた屋敷の家具や調度を乱暴に片付けて奥まで丸見えになったなかに、尊い仏像がポツンと置き去りになっているのを、家族や周囲の人たちが傍観しているはずがないではあ

りませんか。

「等身に薬師仏を造りて」という表現を、筆者はつぎのように解釈します。

この少女は、人目に付かずに出入りできる秘密のコーナーを見つけて薬師仏を安置しました。ただし、自分の手で制作したわけでもないし、だれかに依頼したわけでもありません。そこに薬師仏がおわしますつもりになって、こっそりと籠もっては、早く上京させて物語を読ませてくださいと、薬師仏に礼拝して熱心にお願いしつづけたのです。それでこそ、物語の世界に生きる夢多き少女らしい無邪気な行動ではありませんか。ずっとあの場所におはしまして願い事を聞いてくださった幻の薬師如来像とお別れするのがつらくて、人知れず泣けてきたということです。

もうひとつ、「薬師仏を造りて」という表現には、説明を要する大切な事柄があります。それは、阿弥陀仏、釈迦牟尼《しやかむに》仏、観世音菩薩、地蔵菩薩と、御利益《りやく》あらたかな尊い仏がたくさんあるなかから、どうして彼女が薬師仏を選んだのかということです。

京にたどり着いて夢を果たすまでに、どのような災難に遭《あ》うかわかりません。万一のことが起これば、世にあるかぎりの物語を読み尽くそうという悲願は果たせません。ずっと健康でいるために、大医王仏という別名をもつ薬師如来におすがりしたのです。

この事例をここに持ち出したのは、古文教材の定番になっている文章でさえ、隅々までは解釈が及んでいないのが実情であることを、本書の内容を読むまえに実例に即して認識してほしかったからなのです。見過ごしやすいひとつの表現のなかに、これまでだれも気づいていなかったと思われる大切な問題を掘り起こし、適切な解釈を与えたことによって、多感な少女にふさわしい、無邪気な情動と行動とを浮き彫りにしてこの表現に血をかよわせ、すべての読者が、時間の隔たりを超えて親しみをおぼえることができるようになりました。

「薬師仏を造りて」と同じような、改めて指摘されれば、なるほどおかしいと気づく事例が、名作のなかの名文と評価されている箇所にも少なくありません。そういうところに気づくためには、古典文法の知識などよりも、日本語話者の鋭敏かつ繊細な言語感覚を磨き、場面のなかに身を置いて読むことです。

本書には、というより、本書にもまた、事実上の定説として確立されている解釈を真っ向から否定する事例がときおり出てきますが、筆者は、これまでと同様、Scrap and buildで、見かけ倒しの建物を壊したあとに、もっと堅牢な建造物を建てたつもりです。もとより、文献研究の徒としての責任の重さは自覚しているつもりです。

本書で検討の対象に選んだ『伊勢物語』は、長年の風雪に耐えて生き残ってきた文学作品です。我々の心を豊かにすることが文学作品の存在理由《レゾンデートル》であるとしたら、本書のようなアプローチもまた、文学作品をエンジョイするひとつのありかただと信じています。

叩けよ、さらば開かれむ、という積極的姿勢で読んでくださるみなさんの意欲に応えるために、本書でも、できる限り砕いて表現するように心掛けます。

【補説】 副題の「起承転結」は、本書で考察の対象とする十五の挿話が一本の底流で確実に結ばれ、起伏をもって展開されていることを主張するために、厳密に定義された意味ではなく便宜的に使用したものです。そういう包括的観点を導入することによって、埋もれていた表現を甦らせ、作品の本質に迫ることができるなら有効な方法として認知されるでしょう。

目次

第1章 あづまくだり プロローグ（第一段〜第八段）

伊勢物語の表現を掘り起こす

《あづまくだり》の起承転結

○同一の論著から引用する場合、二回目以降は筆者、著者、編者のフルネームを、また古語辞典の類は書名を、記します。筆者自身の著作は、最初から書名だけを記します。

○同一符号の重複を避けて、引用文中の「…」は、別の符号に改めます。同じ理由から、原文の符号を、必要に応じて適宜に書き換える場合があります。

○カッコに入れてある読みかたは、振り仮名に改めて引用します。

○引用文中の傍線は、特に断らない限り筆者が加えたものです。

○平安前期とは、仮名から平仮名への移行が始まる以前、十一世紀末ごろまでをさします。

○筆者の著書を初めて読むかたがたにも容易に理解していただけるように、他の著書にすでに書いたことを縮約したり敷衍《ふえん》したりして再説する場合があります。最適の用例を次善、三善の用例と差し替えることはしません。

◎一貫して平易な叙述を心掛けますが、専門的知識がないと理解しにくい語句や表現がときおり出てくるかもしれません。そのような場合も、趣旨はほぼ把握できるはずですから、そのまま読み進んでかまいません。気になるようなら辞書を引いてください。

イントロダクション

■表現を掘り起こすとは

本書で試みるのは、平安時代の仮名文学作品の表現を、テクストの一字一句にこだわりながら、隅から隅まで、書き手が意図したとおりに理解しようとする地味な基礎作業です。その作業をつうじて、これまで、平安末期以来の歌学者から現今の国文学者に至るまで、読み誤ったり見過ごしたりしてきた、繊細で豊かな仮名文テクストの表現を発見することが、仮名文の表現を掘り起こす、ということです。

表土をつつき回すだけなら小さな園芸用スコップで間に合いますが、探鉱したり採鉱したりするには専用の機械と技術とが不可欠です。我々が用意すべき機械や技術とは、テクストの表現を的確に解析するために慎重に策定された方法です。その方法は、必要な変更を加えて、すべての仮名文学作品のテクストに適用可能でなければなりません。

必要な変更を加えて（mutatis《ムタティス》 mutandis《ムタンディス》）とは、〈対象に合わせて調整したうえで〉という意味で、欧米では多くラテン語のまま使われています。我々の場合には、それぞれの作品の特性に合わせて、ということになりますから、対象とする作品における言語運用のありかたの特性を見定める確かな眼を養わなければなりませんが、そういう能力は、個々のテクストの表現解析に取り組むことによってしか身につけることも洗練することもできません。本書では、『伊勢物語』の冒頭から第十五段までを実践の場として選定します。

筆者は、筆者なりの方法を工夫して、これまでに、『徒然草』(『徒然草抜書』1983、1990)、『古今和歌集』(『やまとうた』1994、その改訂版『みそひと文字の抒情詩』2004)、『土左日記』(『古典再入門』2006)、『方丈記』(『丁寧に読む古典』第五章・2008)などを対象にして、必要な変更を加えながら実践し、園芸用スコップでは掘り起こせなかった成果を導き出してきましたが、方法の洗練にもノウハウの蓄積にも上限はありません。これまで、ひとりで細々と進めてきましたが、今後は多くの知恵を集めて推進してほしいと願っています。

仮名文学作品の注釈には数百年にわたる歴史があり、現在も各大学に専門研究者がたくさんいるのだから、そういう基礎作業はとうの昔に完了しているはずだ、片隅をつついてもゴミしか出てくるはずはないと読者のみなさんは考えるでしょう。平安文学を専門になさっているかたがたの多くは、もちろんそのとおりだと自信をもって保証なさるかもしれませんが、筆者の主張には根拠があります。そのことを納得していただくために、ひとつの例として、これから取り組む『伊勢物語』の、冒頭部の解釈を検証してみましょう。

昔、をとこ、初冠《うひかうぶり》して、奈良の京かすかの里に、知る由《よし》して狩りに往《い》にけり

その里に、いとなまめいたる女はらから住みけり

このをとこ、かいま見《み》てけり

思ほえず、古里に、いとはしたなくてありければ、心地まどひにけり

をとこの着たりける狩衣《かりぎぬ》の裾《すそ》を切りて、歌を書きて遣《や》る、そのをとこ、しのぶ摺《ず》りの狩衣をなむ着たりける

春日野《かすがの》の　わか紫の　摺り衣　しのぶの乱れ　限り知られず

（以下省略）

詳しい表現解析は第一章に譲って、ここでは「その里に」以下だけについて考えます。荒れ果てた奈良の春日の里に、思いがけず、たいへん上品で美しい二人姉妹が質素な生活をしているのを覗き見した「をとこ」は、心を大きく揺さぶられ、着ていた衣服の裾を切って、熱烈な恋心を吐露した和歌を書き、姉妹に贈った。

いささか乱暴な要約ですが、これが伝統的な共通理解のあらましです。古文教材として、そのように習ったり教えたりしたことのある読者が少なくないでしょう。

しかし、改めて考えてみてください。ふたりの姉妹に一目惚れすることはありうるとしても、熱烈な恋心を打ち明けた和歌を、同居している姉妹に贈ることなど常識で考えられるでしょうか。手紙を受け取った姉妹は、どちらに贈られた愛の告白なのか判断できたはずがありません。これでは『千一夜物語』にも比すべき奇譚《きたん》の、その発端にふさわしい叙述ですが、話はここで終わっています。

原文にそう書いてあるのだから、と片付けずに考えなおしましょう。虚構の物語にしても不自然すぎるとしたら、ほんとうは原文にそう書いてないのかもしれないからです。

どの注釈書も男性一対女性二の関係で捉えていますが、この挿話は、一対一で十分に、しかも、まったく自然な形で成り立ちます。原文のどこに「ふたり」と書いてありますか？

たとえば、この「女はらから」が、幼時に奈良の京を離れた「をとこ」の従姉妹《いとこ》だとしたら、ことばとしても、状況としても、ふたり姉妹とみなす根拠が失われることを認めてください。そうだとすれば、このあとの愛の告白も解釈が変わってきます。

ここまでくれば、あとは、もうひと押しです。みなさんが引き継いで、なるほどという答を引き出してみてください。答が出ないようなら保留しておいて、第一章の当該部分で筆者の説明を読んでください。もし答が出たら、筆者の立てた筋道と、どちらが説得力に富んでいるか、その部分を読んで比較してください。ただし、客観的根拠に基づいて導かれた帰結でなければ無効です。

数百年もの間、万人の判断を狂わせつづけてきたのは、「女はらから」の意味を調べる必要があることに気づかないまま、なんの根拠もなしに〈ふたり姉妹〉と決め込んできたことだったのです。思い込みによるその決めつけが、この挿話の内容を大きく歪め、それに続く諸段の解釈にまで尾を引いています。

ふたり姉妹では話の筋がおかしいと見破ったのは、筆者の並々ならぬ炯眼《けいがん》などではありえません。これが童話であれば、幼児がすぐに変だと気づくほどの不条理だからです。幸か不幸か、筆者はこの文章を学校で習ったことがなく、ひとりで読んだあと、注釈書の解説を参照したら解釈に疑問があったからです。きちんと調べて納得できる答を出したつもりです。

古典文学作品のテクストを読んで、なじみのない語句や表現が出てきても、注釈書や古語辞典などに直行せずに、まず自分の頭でひととおり考えてみる習慣を身につけましょう。自分で問題を見つけ、自分でそれを解決するのは楽しいものです。『源氏物語』、『枕草子』、『蜻蛉日記』など、著名な仮名文学作品の近年の注釈書に水準の高いものがあるのは救いですが、全体の水準は驚くほど低いので、考える楽しみが尽きることはありません。

専門研究者の明晰な頭脳を冬眠させてきたのは平安末期以来の注釈です。崇敬の対象として無批判に継承したり、怪しげな説明を受け売りしたりするのをやめて、作品のテクストに正面から対峙すれば必ずや斬新な成果を生み出せるはずです。古注には、受け売りのネタとしてではなく、それ自体としての代え難い価値があるはずです。

■テクストの概念

『伊勢物語』の最初の十五段をひとまとめにしたのは、その部分が筆者の枠付けにおける《あづまくだり》だからです。といっても、『伊勢物語』の注釈を目指しているわけではなく、目的は、《テクスト》としての表現解析の方法を提示することにあります。パラパラめくると注釈書のように見えるかもしれませんが、ところどころに、方法の基本に関わるコメントが出てくるのはそのためです。注釈の脱線だと思って読み飛ばさないでください。

本書では、テクストという用語をふたつの意味に使用します。そのひとつは、原義に遡ると〈織られたもの〉、すなわち、文字による織物として書き残された個々の文献です。

もうひとつの意味のテクストは、言語学の用語で、〈凝集された、ひとまとまりの内容をもつ、複数の文のセット《集合》〉と定義されます。〈凝集された《coherentな》〉とは、〈順序を入れ換えることが許されない関係で配列された〉ということです。テクストという語をどちらの意味で使用しているかは、それぞれの文脈から明白です。

第一段から第十五段を《あづまくだり》として扱うのは、筆者が、この部分を緊密に構成されたテクストとみなしているからです。具体的には、たとえば、第三段と第五段とを入れ換えてもかまわないとか、第九段はそれ自体で完結しており、第八段とも第十段とも結びつかないという立場をとらないことです。これは、第一段を独立に扱い、また、《あづまくだり》として第九段だけを抜き出す現在の捉えかたと、まったく違います。どちらが、《あづまくだり》の真実の姿に迫るうえで有効であるかは、本書における検討の結果が証明するでしょう。ここでは、対象をその部分だけに限定しましたが、つぎに待っているのは、もとより、『伊勢物語』の真実の姿をテクストとして捉えることです。ただし、筆者自身は持ち時間切れで断念せざるをえません。

■仮名文の表現解析と筆者との関わり

筆者が、大学で黒板を背にするようになってさほど経たないころのこと、講義を終わって自室に戻る途中で顔を合わせた古典文学の著名な教授に、最近の学生は新しい注釈書ほどいいと思っている、と同意を求める口調で慨嘆されて返答に窮したことがありました。筆者自身、注釈とはそのようにあるべきだと考えていたし、また、そうなっているはずだと信じていたからです。当時の筆者はまだ古典文学研究の実情をほとんど知りませんでした。

その後、『徒然草』を引用する必要があって注釈書をいくつかチェックしてみたところ、新しいものが古いものより杜撰《ずさん》だったり、近世のいい加減な注釈がそのまま受け継がれていたりする事例がたくさんあることがわかり、この領域に進歩という概念が欠如していることを痛感して、学部一年次向けの講義に『徒然草』を取り上げ、その講義内容を中心に『徒然草抜書』というタイトルの本を書きました。

二度目の大学で定年を迎えたあと、四国大学の大学院に開設された「日本文学・書道文化専攻」という、書道の盛んな徳島にふさわしいコースで、「日本語学と書」という題目の講義を担当してきましたが、古筆の中核は『古今和歌集』なので、各自にその注釈書を用意してもらっています。和歌表現をきちんと解釈できることが、古筆を理解するための必須条件だからです。ただし、購入するなら手軽な文庫本をとあらかじめ断ってあります。和歌表現の解析に関する限り、『古今和歌集』には信頼できる注釈書がひとつもないので、厚くても薄くても同じことだからです。講義では古筆のコピーを豊富に使用して、それぞれの和歌の表現を詳細に検討しています。

『古今和歌集』の注釈書に対する右のような評価に異論があるなら、小著『みそひと文字の抒情詩』を読んだうえで批判してください。同書には、読み誤りが方法の欠如に起因していることを詳細に明らかにしてあります。議論のないところに進歩はありません。

筆者は日本語の歴史に関心をいだいて、文学と無縁の文献を資料にして研究していましたが、白髪が目立つ年齢になって、仮名文学作品の用字原理の解明に取り組むようになり、仮名の体系やその運用規則の背後に日本語の特性があるという当然すぎるほど当然の事実を改めて強く認識するようになり、仮名文学作品の表現解析を手がけるようになりました。

平安時代に成立した仮名文学作品はたくさんありますが、作者自筆のテクストは断片すら残っておらず、伝存しているのは鎌倉時代から江戸時代に写されたテクストで何度も書写を重ねたものが多く、言語資料として安心して利用できるものはないにひとしいというのが国語史研究者の共通理解でした。今にして思えば浅はかでしたが、筆者もそのように信じて疑いませんでした。どの文献でも、それぞれの特性を生かした利用のしかたがあることに気づくまでには、長い時間が必要でした。

平安時代の字書や仏典の音義など、片仮名系の文献を資料にして研究してきた筆者にとって、仮名文で書かれたナマの文献を読む作業は、かなり厄介でしたが、作業を進めているうちに、平安時代の仮名文学作品のテクストが、まるで手付かずの状態にあると言いたいほど読み解かれていないことに気づきました。そして、おびただしい研究者がいるのに、そういう貧しい状況から脱却できないでいる理由もわかってきました。

平安初期の人たちが、どういう機能を求めて仮名文字の体系を生み出したのか。生み出された仮名文字の体系は、文字としてどのような特性をもっていたのか。そのような特性をどのように生かして仮名文を発達させ、また仮名文学作品を生み出して享受していたのか。そして、そのあとの人たちが、どういう便益を求めて、仮名文字の体系のすぐれた特性を捨て、濁点の有無で清音と濁音とを書き分ける平仮名の文字体系に移行させたのか。そういうことを国文学の研究者がまったく知らずに、また、知る必要を感じることもなく、仮名文テクストを読めていると信じてきたし、現在も信じて疑わずにいるからだったのです。

筆者の著作に初めて接する読者は、右に述べたことの意味がよく呑み込めないでしょうが、だんだんわかってきますから、このまま読み進んでください。

■こういうかたがたはぜひ本書を

筆者が期待しているのは、「どんどん読めるナントカ物語」というたぐいの安直な読書に飽きたらず、作品の表現をじっくり読み味わいたいと考えている読者です。専門コースの大学生に中心対象を絞ったりするつもりはありません。高校卒程度の基礎と、対象に対する旺盛な知的好奇心さえあれば理解できるように配慮して叙述します。どの注釈書にも書いてある、いわゆる定説を噛み砕いて解説することが目的ではなく、従来と異なる角度からのアプローチによって、どの注釈書にも書かれていない、信頼性の高い解釈を導き出そうとするものですから、学部や大学院の専門課程の学生諸君だけでなく、大学などで平安文学を担当している専門研究者にも正面から問題を投げかけることになるので、近年の一連の小著と同じように、読む気があればだれでも読める専門書として本書を位置づけます。

中学や高校で国語科を担当している教員のみなさんにも筆者の考えかたをぜひとも理解してほしいと切望しています。ただし、本書に提示する解釈を教室で話したばかりに生徒が受験に失敗したという事態が生じても、筆者としては責任の取りようがないので、その点にはくれぐれも注意してください。文法教育の嘆かわしい現状を見ても、いつになったら古典教育が惰性から抜け出せるのか、筆者はきわめて悲観的です。

■疑似講読

読者を高校卒業程度、すなわち、現役の学生諸君や元学生の社会人のみなさんなら理解できるということで、文科系学部や短期大学で開講されている「講読」の科目を担当したつもりで話を進めることにします。「講読」科目の目的は、特定の文献のテクストを詳しく読み解く作業をつうじて、どういうところにどのような問題が眠っているか、また、その問題を解決するにはどのような手順を踏めばよいかを訓練することです。といっても、現在の筆者は学部学生に講義する立場にいませんから、本書で述べるのは、もし、担当するならこのようなことを話したいという疑似《ヴァーチュアル》講読の内容です。

筆者はノートを作成して講義をしたことがありません。なぜなら、考え抜いた確たる結論を滔々《とうとう》と講義する一流学者と違って、話しながら考え、話したあとでまた考え直さないとまとめることのできない小器晩成型の三流研究者だからです。本書も、その流儀でしか書き進めることができないので、どのような展開になるかは、実のところ、この段階で明言することができません。

同じ題目の「講読」が、全国各地の大学で開講されていても、それぞれの担当者がどういうことを大切にするかによって、どういうことに疑問をいだき、その疑問をどのように解決しようとするかに大きな違いがあります。しかし、百人いれば百とおりの解釈があるのは当然だとか、そういう説もあるとかいう逃げ口上で煙《けむ》に巻かれてはいけません。テクストを解釈する一次的目標は、そのように表現した書き手の意図を過不足なく読み取ることだからです。理想としては、どの表現についても、一次的解釈はひとつに収斂《しゅうれん》しなければなりません。そのうえで試みられるいっそう高次の解釈は、さまざまでありうるでしょう。

■テクストとして《あづまくだり》を読む

『伊勢物語』の《あづまくだり》を検討の対象として選択する理由のひとつは、第十五段までのいくつかの段、なかでも第九段が古文教材としてよく使われている（いた?）ために、たいていの読者がどこかの部分を習ったり教えたりしたことがあり、①ひととおり理解できたと思い込んでいるか、さもなければ、②表現が複雑でよく理解できなかったか、そのどちらかの印象をもっているので、習ったり教えたりした解釈と筆者の解釈との基本的な違いがよくわかるし、どちらの解釈がいっそう真実に近いかも判断しやすいだろうと考えたからです。ただし、習ったことがなければ、既成の知識に汚染されていないという大きなメリットがありますから、それならそれで結構です。

筆者の目的は、一般に通用している解釈がどれほどあやふやなものであるかを明らかにし、どのようにしたら、より正しい解釈に到達できるか、その方法を考えてみることにあります。この方法は、『伊勢物語』に限らず、ほかの仮名文学作品のテクストについても、対象の違いに応じた変更を加えれば、十分に有効であるはずです。

《あづまくだり》を選択する第二の理由は、こちらのほうがもっと大切なのですが、もし、複数の段を習ったことがあるなら、それらを互いに無関係な挿話として読んで、それぞれに登場する「をとこ」が同一人物なのか別人なのか。もし同一人物であれば、それぞれの段の間で「をとこ」の身にどういうことが起こったのかなどは、事実上、問題にならなかっただろうということです。《古文》とは、名作から名文を切り取った教材であって、ひとつのテクストとして《古典》を読むわけではないからです。『伊勢物語』は、好きな段をどれでも自由に切り取ってかまわないかのような見かけになっています。しかし、古典として読むとしたら、この作品が雑然たる挿話集なのか、周到に組み立てられたテクストなのかを見極める必要があるのに、注釈書には、そういう認識が概して希薄であるように見受けられます。そういう意味で、本書は、これまで欠けていた視点から、『伊勢物語』を捉えようとする試みです。

テクストという用語を、〈全体でひとまとまりの内容をもつ、凝集された複数の文のセット〉と定義する立場で『伊勢物語』の第一段から第十五段までを《あづまくだり》として扱うことは、その部分が、この定義に適合するひとつのテクストであると筆者が認めていることを意味します。そのなかのどれひとつでも隣接する前後の段から浮き上がっているならば、筆者の認定は正しくなかったことになるし、強弱の差はあっても、すべての段が糊付けされているなら、すなわち、テクストの流れのなかに位置づけられるなら、この作品のこれまでの捉えかたには抜本的修正が求められます。

■表現解析のための予備知識

仮名文学作品関係の論文や研究書がつぎつぎと公表されていますが、それらの研究の基礎となるべき、テクストの表現を的確に解析するための方法に関する研究はほとんど見当たらないので、本書では、新本で入手可能な、また、文科系学部をもつ大学の図書館や中規模以上の公立図書館ならたいてい閲覧できる、普及度の高い注釈書で現在の研究水準を判断しながら、『伊勢物語』のテクストを読んでみることにします。

『伊勢物語』の原形に当たるテクストはもとより、平安時代の写本もありません。伝存している中世以降の写本や版本のテクストは、いくつかの系統に分かれていますが、現行の注釈書は、いずれも、天福本と略称されている、藤原定家（1162–1241）が天福二年（1234）に校訂したテクストを忠実に写し取った学習院大学図書館蔵本を底本にしています。《底本》とは、校訂の土台として選ばれるテクストのこと。《校訂》とは、もとのテクストを利用者にわかりやすい形に書き改める作業です。本書も天福本に基づいて検討を進めます。教科書に採用されている『伊勢物語』の校訂テクストも天福本に基づいていますから、従来の解釈と本書で導かれる解釈と、どこがどのように違うかを理解していただけるはずです。

注釈書の場合、校訂とは、他の伝本と照合して底本に誤りがあれば訂正し、仮名文を漢字交じりの平仮名文に書き改める作業です。具体的には、仮名は清音と濁音とを書き分けていないので、濁音の仮名に濁点を加えて平仮名に転換し、さらに、底本の仮名を漢字に、また、漢字を平仮名に書き換え、歴史的仮名遣に統一したりしたうえで、句読点や引用符を加えたりする作業です。ただし、句読点や引用符に関しては、これから実例について指摘するように、根本的に再考する必要があります。あらかじめ結論を述べておくなら、仮名文の場合、区切りを示す点を適宜に付けるだけにとどめ、文末を示す句点《まる》や引用符は付けるべきではありません。

右にあげた一連の校訂作業のひとつひとつに適切な解釈が必要ですから、校訂作業を手がける専門研究者は、その作品が書かれた時期の、そして、そのテクストが書写された時期の日本語について、また、そのテクストが書かれている文字体系と、その運用規則とについて、十分な知識をそなえていなければなりません。

こういう当然すぎる事柄をあえて確認しなければならないのは、校訂作業に携わり、注釈書を手掛けていながら、右に述べた基礎条件を満たしていないかたがたが、そして、満たしていないのに、満たしていると信じているかたがたが少なくないのが現状だからです。そのことは、具体的検討の過程をつうじて明らかになるはずです。

歴史的仮名遣いについての知識も大切ですが、ここでは説明しきれないので、やむをえず割愛して、藤原定家の特徴的な用字原理について簡単に説明しておきます。

藤原定家は、生涯をつうじて、平安時代の仮名文学作品の校訂に熱心に取り組み、『伊勢物語』のほかにも、『土左日記』、『古今和歌集』、『更級日記』その他の作品の自筆校訂テクストや、事実上、自筆とみなしてよいほど忠実に臨写した校訂テクストが残されています。校訂テクストといったのは、それらが、いずれも、特定のテクストを忠実に写し取ったものではなく、いちいちの語句や表現に解釈を加えて、その解釈を、あとの人たちが自分の解釈したとおりに読み取ることができるように、漢字と仮名との用字規則を詳細に定め、それに従って書いた、写させるための証本だからです。ただし、定家が抜群の解釈力の持ち主であったことは確かですが、自筆の証本には、当然ながら、誤った解釈も表記に反映していますから警戒が必要です。〔『古典再入門』〕

定家の用字規則を列挙したら、分厚い本になってしまうので、ここには、典型的な例をいくつかあげておきます。

〈男〉の歴史的仮名遣いは「をとこ」ですが、定家は一貫して「おとこ」と表記しています。平安初期に、「を」は[wo]、「お」は[o]を表わしていましたが、定家の時期には、ふたつの仮名がどちらも[wo]になっていたので、定家は、高く発音される[wo]に「を」を当て、低く発音される[wo]に「お」に当てて、口に出せばアクセントを手掛りにしてどの語であるかわかるように、ふたつの仮名を書き分けています(【補説】参照)。

〈故《ゆえ》〉の歴史的仮名遣は「ゆゑ」ですが、定家は「ゆへ」と書いています。これは、当時におけるふつうの書きかたをそのまま取り入れたものです。

コロモは「衣」、キヌは「きぬ」、ヨは「夜」、ヨルは「よる」、マタは「又」、マダは「また」というように、仮名では区別できない語を漢字と仮名とで書き分けています。

一音節名詞の「枝《え》」、「木」、「子」、「田」、「手」、「名」、「野」、「日」など、二音節名詞の

「春」、「秋」、「花」、「時」、「物」、「山」、「我」などを原則として漢字で表記しています。また、仮名で書くと最初の仮名が助詞と紛らわしい「所《ところ》」、「許《ばかり》」、「女《をむな》」なども、原則として漢字で表記しています。〔『日本語書記史原論』〕

忘れてならないのは、定家の自筆テクストは、前述したとおり、既存のテクストを忠実に写し取ったものではなく、みずからの解釈が正しく伝わるように独自の用字原理を細かく設定し、それを柔軟に運用した、写させるための証本だということです。

■天福本のイメージを頭に入れる

天福本の第一段、全二十一行の写真をつぎに示します。活字体に置き換えられるまえのテクストの姿をよく見て、読んでみて、定家自筆テクストのイメージをつかんでください。

第①行、「うひかうふり」は仮名文にめったに使われない語なので、鎌倉時代の発音[uwi]に合わせて「うひ」を「うゐ」と表記し、当時のアクセント[高高]を書き加えています。「う」「ゐ」のふたつの仮名の左上にある朱の点がそれです。仮名の左下なら[低]を表わします。このような点を声点《しょうてん》とよびます。

「布」は語頭でフ、語頭以外でブを表わしますから、「かう布り」はカウブリです。

第②行「か春可《かすか》」の「か」の左脇に第③行「可り」の「か」があります。同じく「可」に由来する仮名でも、「か春可」の「可」と「可り」の「可」とは字体が大きく違っており、目移りの危険性が防止されています。「か」は語頭を表わす字体で、「か春可」、「かり」のほか、第⑨行、第⑪行「か里きぬ」、第⑩行「かきて」、第⑭行「かき里」、第⑳行「かく」などに使用されています。

第②行、「志《し》る」の「志」の仮名は語頭を表わします。

〈男〉は「おとこ」、〈女〉は「女」と表記するのが原則なのに、第④-第⑤行の「をむなはらから」が仮名書きになっているのは、「女は〜」と読ませないための工夫です。

第四行「なまめ伊たる」の「伊」は、すぐ右に「い」があるので、このテクストを写す人たちが目移りしないように使った異体の仮名です。第⑨行、⑩行の行頭に並んだ「き」と「起」も、それと同じ関係です。

定家の用字原理の詳細については、『日本語書記史原論』（第三、第四章）を参照してください。

【補説】 オトコの第一音節が高く発音されていたので定家の用字では「おとこ」でしたが、第二段には「まめ越とこ」が出てきます。これは複合語になってアクセントが変わり、この音節が高くなっていることを表わしています。

① 一むかしおとこうゐかうふりして

② ならの京かすかのさとにしる

③ よしてかりにいにけりその

④ さとにいとなまめいたる女はらから

⑤ すみけりこのおとこ

⑥ かいまみてけりおもほえすふる

⑦ さとにいとはしたなくてありけれ

⑧ は心ちまとひにけりおとこの

⑱ ⑰ ⑯ ⑮ ⑭ ⑬ ⑫ ⑪ ⑩ ⑨

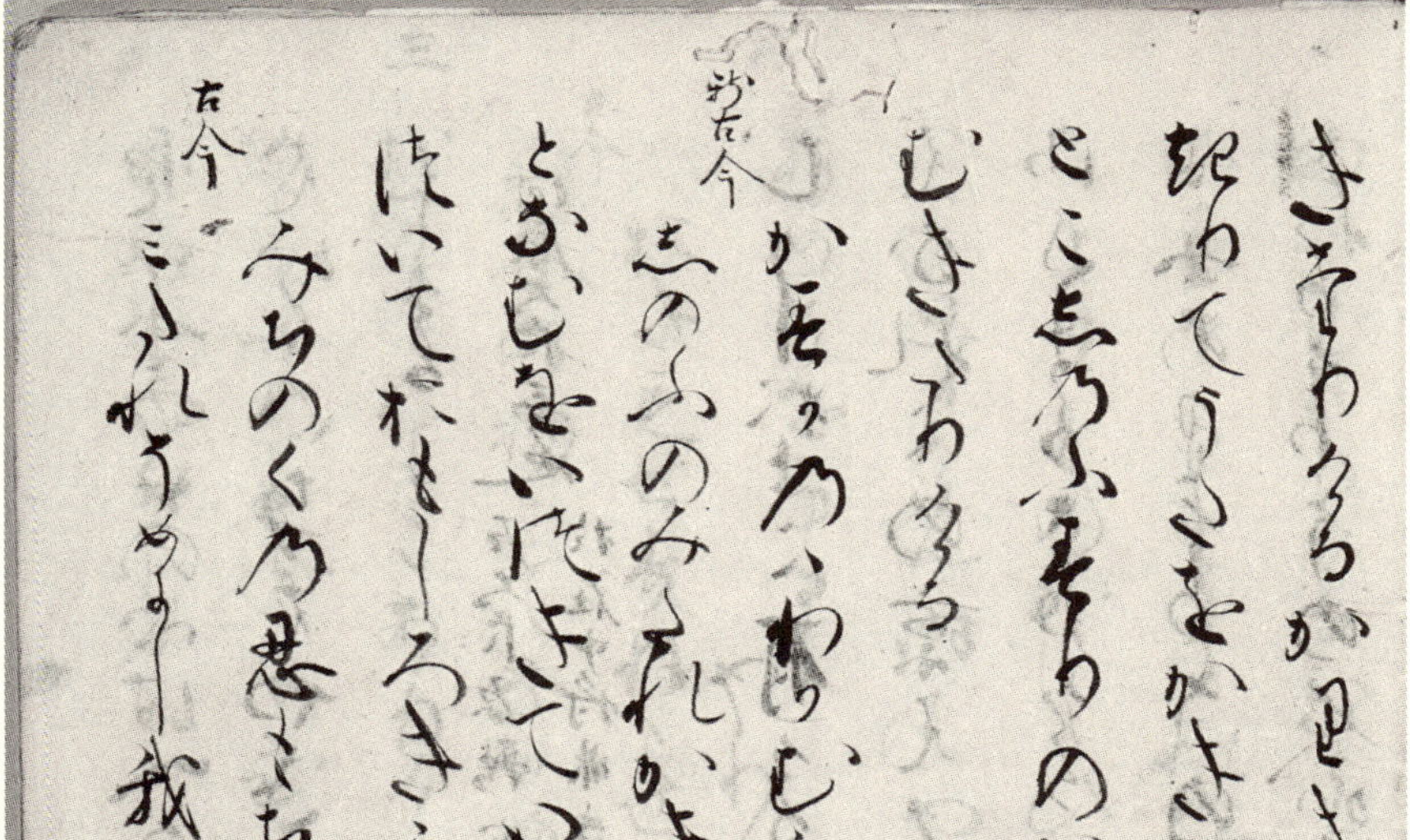
⑨ きたりけるかりきぬのすそを
⑩ きりてうたをかきてやるそのを
⑪ とこ志のふすりのかりきぬをな
⑫ むきたりける
⑬ 新古今 かすかのゝわかむらさきのすり衣
⑭ 志のふのみたれかきり志られす
⑮ となむをいつきていひやりける
⑯ ついてをもしろきことゝや思けん
⑰ 古今 みちのくの忍もちすりたれゆへに
⑱ ミたれそめにし我ならなくに

⑲
にいふうたの心はへなりむかし人
はかくいちはやきみやひをなん
しける

⑳
河原大臣哥也　右大臣源融　寛平七年八月薨《廿五日》七十三
於在中将非身先達也何

㉑
二
むかしおとこ有けりならの京も
はなれこの京も人の家また
さたまらさりけるときにしの京
に女ありけりその女世人にまされ
りけりその人かたちよりは心なん

第一章　あづまくだり　プロローグ（第一段〜第八段）

この作品の作者や成立時期、書名の由来、伝本の系統など、書誌的な事柄に関心のあるかたは注釈書の解説や国文学関係の研究を参照してください。本書の目的は、与えられた《given》仮名文テクストに密着して、その表現を的確に解析することにあるので、そのような事柄は扱いません。

以下の各段をつうじて、最初に天福本のテクストを読みやすく書き換えた形で示します。

①仮名表記を歴史的仮名遣いに書き換えます。

②解釈に支障がない範囲で、仮名表記を漢字に置き換え、振り仮名を施し、濁点を付け、適宜に読点《てん》を挿入します。ただし、句点《まる》および引用符（「…」）は使用しません。

③あとの説明と対応させるために、短く区切って番号を付けます。ただし、長い段では、適当な長さに切るために不自然な切りかたになる場合があります。

◎天福本にいっそう近い形の書き換えを巻末に添えます。随時、参照してください。

第一段（初段）女はらから住みけり

(1)昔、をとこ、初冠《うひかうぶり》して、奈良の京かすかの里に、しる由《よし》して狩に往《い》にけり

(2)その里に、いとなまめいたる女はらから住みけり

(3)このをとこ、かいま見てけり

(4)思ほえず、古里に、いとはしたなくてありければ、心地《ここち》まどひにけり

(5)をとこの着たりける狩衣《かりぎぬ》の裾を切りて、歌を書きて遣《や》る、そのをとこ、しのぶ摺《ず》りの狩衣をなむ着たりける

(6)春日野《かすがの》の　わか紫の　摺り衣　しのぶの乱れ　限り知られず、となむ、おいつきて言ひ遣りける

(7)ついで、おもしろきことゝもや思ひけむ

(8)陸奥《みちのく》の　信夫捩《しのぶも》ぢ摺り　誰ゆゑに　乱れそめにし　我ならなくに、といふ歌の心ばへなり

(9)昔人《びと》は、かくいちはやき雅《みやび》をなむしける

(1)昔、をとこ、初冠《うひかうぶり》して、奈良の京かすかの里に、しる由《よし》して狩に往《い》にけり

†昔　経過した年数の多少ではなく、意識のうえで現在と断絶された過去をさします。したがって、冒頭に「昔」を置いていることは、以下の話を、実在する特定の人物に引き当てたりせずに読んでほしいという書き手の姿勢を表明しています。ちなみに、『源氏物語』の冒頭に「昔」はありません。それは、読み手や聞き手が、実際にあった身近な出来事だと理解して、あの人なのか、それともこの人かしらと想像しながら話の進行に夢中になるように作者が誘導しているからです。

　イニシヘも〈昔〉と現代語訳されているために、ムカシと同義語のように認識されがちですが、意識のうえで現在とつながっている、過去の特定の時点や時期をさします。

　いにしへの　奈良の都の　八重桜　今日九重《ここのへ》に　匂ひぬるかな

〔詞花和歌集・春・29・詞書略・伊勢大輔〕

　一条天皇（在位、986–1011）の時、奈良の八重桜を天皇に献上した人がいたので、その花を題にして詠んだ和歌です。心の古里であるなつかしい奈良の都の八重桜が、今、九重（宮中）で美しく咲いていることよ、という感動を詠んだものです。奈良に都があった時代、この作者はまだ生まれていません。

†初冠《うひかうぶり》　初めて冠を着ける元服の儀式。多くは十代なかばごろだったようです。高い家柄

で行なわれていた成人式ですから、「初冠して」によって、この「をとこ」の身分と年齢との輪郭が明らかにされていることになります。

この作品では、「昔、をとこありけり」が、直前の挿話を受けていない場合の典型的な書き出しですが、冒頭のこの挿話がその形になっていないのは、「うひかうぶり」を済ませて、社会的に「をとこ」になるとすぐに、自発的にアクションを起こしたことを読み手に印象づけようとしたものでしょう。一人前の「をとこ」になれば、待っているのは「をとめ」との結婚でしたが、そのまえに、これを果しておこうということです。ちなみに、光源氏は十二歳で元服し、まもなく結婚しています〔源氏物語・桐壺〕。

†奈良の京　平安京に遷都してからあまり年月が経っていない時期のよびかた。

†かすかの里　仮名連鎖「かすか」は、まず「微か」を喚起し、つぎに、「奈良の京」から「春日の里」を喚起します。かすかな記憶に残る春日の里ということです。そして、「かすか」は、平城京を造った藤原氏の守護神であった春日神社をも喚起します。「奈良の京、春日の里」という表記は「微か」を喚起しません。仮名表記だからこそ、こういう表現が可能だったのです。

†しる由《よし》して　「知る由して」、すなわち、〈そこを知っているという理由で〉。たいていの注釈書は、「領地がある縁で」、すなわち、「治《し》る由して」という解釈を示しています。その解

釈を取り入れるとしたら、まず、「知る由して」という意味に理解したうえで、「治る由して」という意味が喚起されることになります。元服の儀式をする家柄なら、平安京に遷都する以前は奈良の京に住んでいて、領地を所有しており、この「をとこ」もそこで幼時を過ごした春日の里が「かすか」な記憶に残っていたことになります。

■『伊勢物語』と在原業平との関係

『伊勢物語』には『古今和歌集』や『業平集』に収載された在原業平の和歌が随所に出てくるのに、『伊勢物語』のどこにも在原業平の名は出てきません。六十三段に「在五中将」、六十五段に「在原なりけるをとこ」が登場しますが、業平とは限りません。頭隠して尻隠さずですが、この物語の書き手は、意図的に実名を伏せて叙述しています。それなのに、注釈書が、当然のように業平を持ち込んで解説していることの妥当性に筆者は否定的です。書き手が隠すなら、そ知らぬ顔でその手に乗ってみようというのが、書き手の意図に沿った作品の読みかただと筆者は考えるからです。業平と結び付けるとしたら、それは、物語を読む立場ではなく、作品を研究する立場です。テクストの表現解析は、そして、注釈も、読む立場に徹すべきです。筆者の当面のねらいは、テクストの表現を徹底的に読み解くことですから、この段階では、注釈と基本的に同じ立場だと考えています。

■昔、男がいた。――「男」という語の喚起するイメージ

平安時代の日本語を等価の現代日本語に置き換えることは不可能でもありますが、そこまで厳密に言わないまでも、現代日本語の話者が理解に苦しんだり、原文の意味や含み《implication》をみすみす誤解させたりする現代語訳にならないように配慮する必要があります。この作品の場合、特に気になるのは「をとこ」です。

　昔、をとこありけり → 昔、男がいた。

この定訳に筆者は少なからぬ抵抗を感じます。なぜなら、オトコという現代語の喚起するイメージが、平安時代の「をとこ」と大きく違っているからです。

　女性のバッグを奪った男は、女性の連れの男性の自転車で逃走した。（作例）

「をとこ」に対応する現代語はオトコしかないのだから、この程度のズレは我慢しなければと叱られるかもしれませんが、もうひとつ「をのこ」という語があって、こちらもオトコと現代語訳されています。

　を‐の‐こ【男子・男】①男性。例「――《（をのこ）》もならはぬは、いともこころぼそし」〈土佐〉訳男でも（船旅に）なれていない者は、ほんとうに心細い。

〔『全訳読解古語辞典』第三版・三省堂・2007〕

語釈は「男性」で、訳は「男」です。『土左日記』に遡《さかのぼ》ってみると、船が真っ暗闇の海

上を進んでいく、という状況で、つぎの叙述があります。

をのこも慣らはぬはいとも心細し、まして女は船底に頭《かしら》を突き当てて音《ね》をのみぞ泣く〔土左日記・一月九日〕

船の乗客には老人が何人もいました。青壮年もいたはずです。身分の違いや年齢層に関係なく、女性でない人間をさす語が「をのこ」だったとすれば、「をとこ」のさす範囲は、それよりも狭かったはずです。

三十ばかりなるをのこの、丈《たけ》高く、ものものしく太りて汚げなけれど、思ひなし疎《うと》ましく、荒らかなる振る舞ひなど見ゆるも、ゆゝしくおぼゆ〔源氏物語・玉鬘〕

＊思ひなし……そう思って見るせいで。＊ゆゆしく……恐ろしく。

この人物の年齢は壮年で、しかも求婚に訪れているのに「をのこ」とよばれているのは、品性が問題のようです。その意味で、バッグを奪ったオトコなみです。

『伊勢物語』に「をのこ」が出てこないので直接には対比できませんが、漠然とではあっても、これで「をとこ」のイメージがほぼ浮かんできました。「昔、をとこありけり」を「昔、男がいた」と現代語訳すると、気品のないオトコがイメージされがちなのです。『伊勢物語』に登場する「をとこ」は挿話によって同じではありませんが、ひとまとめにして言えば恋に生きる青年ないし壮年が基本です。「若きをとこ」（第四十段）、「いと若きをとこ」（第八十六段）は、まだ女性との恋に親が干渉する年齢です。

「昔、男があった」と訳している注釈書がひとつあります〔永井和子訳・注『伊勢物語』（笠間文庫・2008・初版1978）〕。一家言あっての改訳に相違ありません。イルとアルとの使い分けが成立する以前は、区別なしにアリが使われていました。現代語訳の感覚を平安時代に近づけようとする試みでしょうか。「ある男性がいました」でもズレが縮まるでしょう。本書では、カッコ付きで「をとこ」と表記することにします。いずれにせよ、大切なのは、なんと訳すべきかよりも、ピタリと訳せない理由をはっきりさせることです。

「をむな」の場合も、現代語とズレがありますが、「をのこ」に対応する語形はなく、女性はすべて「をむな」とよばれており、天福本では漢字で「女」と表記されています。個々の事例ごとに使い分けるのは適切でないので、「女」として言及します。

†狩　鷹《たか》狩りだと考えられています。日本に限らず、鷹狩りは王侯貴族の遊びでした。

†往《い》にけり　〈出かけた〉、すなわち、目的を果たせば京に戻ることを前提にして、奈良の京に出かけた、ということです。

■単純な疑問

以上、(1)の部分の表現について解釈を試みた結果、個々の語句の意味はひとまず理解できましたが、筆者には大きな疑問が残りました。それは、この「をとこ」が、元服の儀式を済ませたら、どうして、①狩に出かけようと思い立ったのか、ということです。元服の儀式を済ませたことと、狩にでかけたこととの因果関係が理解できないのです。また、狩を目的に出かけたはずなのに、この段のどこにも狩について言及がありません。筆者には、その理由がたいへん気になります。また、②どうして、「奈良の京、春日の里」と、行く先の地名が細かく記されているのか、ということです。領地がそこにあったからだという説明で簡単に決着が付きそうですが、この地名が物語の筋に無関係なら記さなかったはずです。

以上の疑問を抱いて、この先を読んでゆきます。

■和文のなかの和歌的技法

冒頭部分について筆者が提示したような解釈を、読者は、おそらく、習ったことも読んだこともないはずです。その意味で筆者独自の解釈ということになりますが、これまで広く通用してきた解釈と大きな違いを生じた原因は、すでに指摘したように、①仮名の機能が十分に解明されていなかったこと、そして、②仮名文における仮名の運用のありかたが理解されていなかったことの二点にあります。

『伊勢物語』の成立年代は確定されておらず、また、原形が段階的に増補されて、いま見るような形になったという仮説が近年では有力のようですが、この段の例でいえば「京」のように、中国語風に発音されていて仮名で表記できなかった一部の漢語を除いて、すべて仮名で書かれていたことが明らかになっています。

『伊勢物語』は、歌物語の代表作とされています。歌物語とは、和歌を中心にして特定の人物や人物たちのエピソードを述べた仮名文学作品です。和歌以外の部分は原則として和文、すなわち、散文体の仮名文で叙述されていますが、和文と和歌とは《五七》の韻律を顕在させるかどうかの違いであって、互いに親和性が強いために、和文にも和歌の技法がしばしば交えられています。この挿話の叙述も、そういう事例のひとつです。

■仮名の体系の形成と仮名から平仮名への移行

上代には、漢字の〈義＝意味〉を捨てて〈形《けい》＝字形〉と〈音《おん》＝発音〉とを借用した〈借《しゃく》字《じ》〉が木簡や、『古事記』、『日本書紀』の訓注、歌謡などに使用されていましたが、個々の文字が楷書体を主として書かれていたために、隣接する文字との切れ続きを示すことが困難であり、清音の文字と濁音の文字とを書き分けて読み取りの効率化が図られましたが、それでもなお、短かい語句や《五七》の韻律を手掛かりにできる韻文にしか使用することができませんでした。上代に散文の作品がないのは、表音的に書いて効率的に読み取れる文字体系がなかったからです。

《借字》というのは筆者の用語です。ふつうには万葉仮名とよばれていますが、『万葉集』

は文字によって表現を豊かにするための工夫が凝らされた結果、さまざまの用字が混用されており、『古事記』に使用されている単純な表音のための借音字を万葉仮名とよぶのは適切でないので改称したものです。基本は右の定義による借音字ですが、それと同じ機能を担って併用されている単音節の借訓字も借字に含めます。

借字の欠陥を克服し、規則的な韻律に頼らなくても、日本語で考えたことを日本語のまま自由に読み書きできる文字として、九世紀になって形成されたのが仮名の体系です。隣接する文字との切れ続きを表示できない楷書体から連綿や墨継ぎなどでそれが可能な草書体に切り替えたことによって、意味単位や語句単位の分かち書きが可能になりました。濁点を使用しなくても、分かち書きをすれば、〈また・はるは・こない〉と〈また・はるか・きた〉とを間違いなく読み分けることができます。

平安初期に形成された仮名は、現行の平仮名の祖型にあたります。

仮名の運用には連綿や墨継ぎを生かすことが不可欠でしたが、漢字表記の漢語や和語を多用して語句の切れ目が容易に判別できるようにし、濁点を導入して清音と濁音とを書き分けるようになって語句の分かち書きが不要になり、仮名の体系は完全に平仮名の体系に移行しました。借字から仮名へ、そして平仮名へという、機能の向上を指向して生じた一連の変化は、機械時計から水晶《クォーツ》時計へ、そして電波時計へという移行を思わせます。

平安前期の和歌は、《五七五七七》の詩形を『万葉集』の短歌から受け継いでおり、平安後期以降の和歌もその詩形を継承しているので、すなわち、右の比喩を当てはめるなら、文字盤の基本構造が同じであるために、藤原定家に代表される中世の歌人たちは、それぞれを支えている文字体系と、文字体系を運用する原理とが大きく変化していることに気づきませんでした。その伝統が現在もそのまま墨守されて、研究の進歩を妨げています。序詞、掛詞、縁語などは、すでに平仮名時代に移行していた中世の和歌に基づいて設定された概念ですから、平安前期の和歌には当てはまりません。

■初読と次読

「かすかのさと」を〈微《かす》かに記憶に残る春日《かすが》の里〉という意味に理解すべきだと説明しましたが、仮名連鎖「かすか」を目にしてまず脳裏に浮かぶ語は「微か」であり、つぎに、それに先行する「奈良の京」から「春日の里」が浮かんで両者が結び付き、〈微《かす》かに記憶に残る春日《かすが》の里〉という表現になります。与えられた仮名連鎖を目にして最初に析出される語句を《初読《しょどく》》とよび、そのあとに析出される語句を《次読《じどく》》とよびます。本来、平安前期に発達した仮名文字の特性を生かして発達した和歌の表現技法なのですが、すでに述べたように、この挿話には散文の部分にも和歌の技法が随所に使用されています。平安前期の和歌は、上代の韻文や平安後期以降の和歌と違って音節の連鎖を耳で聞いて理解するのではなく、仮名連鎖を目で追って読み解くように構成されています。

「しる、よし、て、かりに、いにけり」の「しる」から、初読として「知る」が思い浮かび、〈どうして知っているのだろう〉という疑問が、次読の「治《し》る」を導きます。これまでは、平安前期の和歌に初読、次読という複線構造の技法があったことが知られていなかったために、どの注釈書も「かすかの、さと」を「春日の里」とだけ読んでおり、また、「しる、よし、て」は、「治る由して」という解釈が優勢で、「知る由して」は劣勢です。注釈書に〈〜という説もある〉とか〈甲乙両説あるが、乙説に従っておく〉とかいう説明がしばしば出てくるのは、平安前期の和歌に複線構造の技法が存在したことに気づかず、一方の解釈が正しいなら他方の解釈は誤りだという前提で、どちらが正しいのか選択に迷っている場合がほとんどです。

(2)その里に、いとなまめいたる女はらから住みけり

†なまめいたる　初々しく優雅で美しい。

古典文法で説明すると、〈四段活用動詞ナマメクの連用形ナマメキに、接続助詞テとラ変動詞アリの熟合した完了の助動詞タリの連体形タルが付いたナマメキタルにイ音便を生じた形〉ということになって、頭が痛くなりますが、ほんとうに大切なのは、そんな知識ではな

く、「なまめく」、「なまめきたり」、「なまめいたり」、そして、「なまめかし」などの意味や含みを理解することなのです。

現代の日本語話者は、平安時代の「なまめく」とその派生語に、現代語〈艶《なま》めかしい〉の意味と含みとを反射的に投影して、妖艶で肉感的な女性をイメージしがちですから、その感覚を振り払って、平安時代の意味や含みを捉えなければなりません。

『枕草子』のつぎの一段は、その意味で有力な手掛かりになりそうです。

なまめかしきもの、細《ほそ》やかに清げなる君達《きむだち》の直衣《なほし》姿、（略）いとをかしげなる猫の、赤き首綱に白き札付きて、はかりの緒、組の長きなど付けて、引きあるくも、をかしうなまめきたり
五月《さつき》の節《せち》のあやめの蔵人《くらうど》、菖蒲《さうぶ》のかづら、赤紐の色にはあらぬを（略）親王《みこ》たち、上達部《かむだちめ》の立ち並《な》み給へるに奉れる、いみじうなまめかし（略）

＊はかりの緒……「はかり」の意味不明。＊組《くみ》……組紐。＊色にはあらぬを……派手でないのを。

全文を引用して説明を加えたらたいへんな仕事になるので、三巻本のテクストから、かなり乱暴にサンプルを抜き出しました。能因本にも同じ段があり、三巻本にない例がいくつも

あります。できれば、機会をみて、もとの文章にゆっくり当たってみてください。

この段の主題は「なまめかしきもの」なのに、「をかしうなまめきたり」とか「いみじうなまめかし」などが混在していることは、それらの意味が接近していたためです。

最初に出てくるのは、すらりとした普段着の貴公子で、他にも男性の例があり、引用を省略したものを含めて、女性は、童女と「あやめの蔵人」だけであり、いずれも妖艶とは無縁です。人間だけでなく、かわいい猫のほか、扇、草子などの無生物にも及んでいます。

これらの諸例から帰納される意味は、初々《ういうい》しく上品で優雅な印象であって、異性に積極的に働きかけるのは、つぎに示すような、タリが後接しないハダカの動詞「なまめく」です。『枕草子』にこの動詞をハダカで使った用例はありません。

> 天《あめ》の下の色好み、源の至《いたる》といふ人、これも物見るに、この車を女車と見て、寄り来て、とかくなまめく間に、かの至、螢《ほたる》を捕り来て女車に入れたりけるを〔伊勢物語・第三九段〕

■音便形の表現効果

> **音便**　発音の便宜のため、語中・語尾の音節がもとの音と違って発音される現象。〔全訳読解古語辞典〕

発音の便宜で「書きて」がカイテになるとしたら、どうして「書き手」はカイテにならないのか、というただひとつの質問で立ち往生してしまうほどいい加減な説明であることに辞書の編集者はどうして気づかないのでしょうか。

日本語の歴史に立ち入るのを避けて、さしあたり、この現象が顕著になった平安時代における、活用語のふたつの語形の用法を対比すると、つぎのような関係にありました。

非音便形……フォーマルな表現（きちんとした・あらたまった態度や姿勢の表明）

音便形……インフォーマルな表現（くつろいだ態度や姿勢の表明）

「なまめきたる」なら、初《うい》々しく優雅な女性で、ツンとすました、近づきがたい感じですが、ここは「なまめいたる」ですから、初々しく優雅で、しかも親しみを感じさせる印象の、という含みになり、その含みが「いと」で強調されています。

✝女はらから　「はら」は「腹」、「から」は「うがら」、「家《や》から」などと同じく血縁関係にある人たちの集合《set》をさす接尾辞です。本来は同じ母親から生まれた兄弟姉妹をさす語でしたが、同腹《どうふく》という限定がゆるくなり、母親が違っても父親が同じなら「はらから」に含めるようになっています。

どの注釈書も、この「女はらから」を〈ふたり姉妹〉とみなしていますが、どうして、ひとりではなく、また、三人、四人でもなく、ふたりだとわかるのか、その根拠が示されておらず、注もありません。この表現は、ふたり姉妹としか読み取りようがないという判断なのでしょう。

山奥の一軒家に、猟師のキョウダイが住んでいました。（作例）

物語がこの一文から始まっているなら、だれでも、兄と弟の二人兄弟と理解するでしょう。また、三人、四人なら、三人の兄弟が、四人の兄弟が、と表現されているはずです。しかし、物語の冒頭ではなく、それに先行する叙述があれば、「猟師のキョウダイ」がひとりでもありうるし、猟師でない場合もありえます。『伊勢物語』のこの挿話は、「思ほえず、古里に～」から始まっているわけではありません。

慶長十三年（1608）刊の嵯峨本古活字版『伊勢物語』には挿絵があり、この一節に対応する部分には、召使いのような女性に手引きされた「をとこ」が文字どおり「垣間見」をしている場面があります。几帳《きちょう》や幕などもない、奥まで丸見えの家に、正面を向いた十二単《ひとえ》の二人の女性と、もうひとり、後ろを向いた、侍女らしい、小柄で質素な服装の少女が描かれています。これが、現在でもそのまま通用している伝統的解釈ですが、これを無批判に受け入れるまえに、ふたつの事例を検討しましょう。ひとつは、『伊勢物語』のなかにあります。

昔、女はらからふたりありけり、ひとりは賤しき男の貧しき、ひとりは貴《あて》なる男もたりけり（第四十一段）

＊貴なる男もたりけり……地位が高く上品な男性と結婚していた。もたる……持ちて＋ある。持っている。

ここには、「ふたり」と、はっきり書いてあります。

もうひとつの事例は『源氏物語』です。光源氏がかって愛した夕顔が生んだ娘、玉鬘《たまかづら》に対して、光源氏の子息、夕霧が抱いた感情です。『源氏物語』に『在五が中将の物語』（『伊勢物語』）が出てきますから、紫式部が『伊勢物語』を読んでいたことは確実です。そのことも考慮に入れる必要があるでしょう。

女の御さま、げに、はらからといふとも、少し立ち退《の》きて、異腹《ことはら》ぞかし、など思はむは、などか心誤りもせざらむとおぼゆ〔源氏物語・野分〕

ふたりは「はらから」ではあっても同腹《どうふく》ではなく、それより少し血縁の遠い異母兄妹なのだから、深い仲になっても近親婚にはならないだろう、などと思ったら、どうして心得違いをせずにすむだろうか、ということです。

《ハラは腹、カラは族。もと、同母から生れた血縁の者。後に父系的社会になったからか、同父異母の場合にもいう》

〔『岩波古語辞典』（初版・1974）〕

同父異母の用例として挙げられているのは、『源氏物語』の「夢浮橋」と「真木柱」からの各一例ですが、後者をつぎに引用します。「かむの君」は女性（玉鬘）です。
頭《とう》の中将も、このかむの君をいと懐かしきはらからにて、睦《むつ》びきこえ給ふ
なお、つぎのような解釈もありますが、傍線部分の根拠を筆者は知らないし、「過去の記憶」とは、どういう意味かも理解できません。
ここに「女はらから」とあるのは、おそらく、古く姉妹を共にめとった風習の記憶からであろう。〔石田穣二『伊勢物語注釈稿』竹林舎・2004〕

(3)このをとこ、かいま見てけり

†かいま見てけり　物陰や物の隙間から、ちらっとのぞき見をした、ということです。
古語辞典の類に〈「垣間《かきま》見る」の音便〉と説明されているので、もっと古い文献にはカキマミルと書いてあるのだろうと理解しがちですが、文献上にカキマミルという語形は確認できません。音便という用語は活用語の連用形に限定すべきですが、発音の便宜のための変化というつもりなのでしょう。子音脱落を生じて〔カキ＋マ＋ミル〕↓カイマミルとなったのは、本来の語構成意識が薄れて、全体が独自の意味に変わっていることを反映しています。

(4)思ほえず、古里に、いとはしたなくてありければ、心地《ここち》まどひにけり

†思ほえず　上代のオモホユは平安時代にオボユになっていますが、一部の用法は、もとの語形のまま仮名文に継承されています。

「おもほえず」には、つぎのような用法もあります。

桜花　疾《と》く散りぬとも　思ほえず　人の心ぞ　風も吹きあへぬ

〈古今和歌集・春下・83・詞書省略・紀貫之〉

だれかの和歌の詞書に、桜ほど早く散るものはない、とあったのでこの和歌を詠んだ、という詞書があります。そのとおりとも思えない。花ではなく、人の心が、風も吹かないうちに変わってしまう、ということです。

君や来《こ》し　我や行きけむ　おもほえず　夢かうつゝか　寝てか覚めてか

〈伊勢物語・第六九段〉〈古今和歌集・恋三・645・詞書省略・詠み人知らず〉

伊勢の斎宮が掟《おきて》に反して男性を近づけた翌朝、相手に送った和歌です。「おもほえず」は、〈思い出せない〉、〈覚えていない〉という意味で、他の四句すべてを受けています。

右の二例は、オモホユをズで否定しただけの単純な連接ですが、第一段のこの事例は、一語の副詞として熟合した用法です。注釈書は〈思いがけず〉、〈意外にも〉などと現代語訳していますが、この場合に考えなければならないのは、この「をとこ」にとって、どういうことがどうして思いがけなかったのかということです。そのことについては、すぐあとに検討します。

†古里に　表現はさまざまですが、どの注釈書も、この古里は旧都奈良をさすと説明しています。古注以来の伝統かもしれませんが、この「古里」という語こそ、この段の表現を解析するためのキーワードだというのが筆者の考えです。

筆者は、さきに、つぎの疑問を提起しておきました。

「をとこ」が元服の儀式を終えたあと、そこに領地があったからといって、どうして、「奈良の京、かすかの里」に狩に出かけたりしたのだろう。

それは、幼児期をそこですごした、懐かしい「古里」だったからです。古里とは、かつて住んでいた、あるいは、なじんでいた、懐かしい土地のことです。「をとこ」にとって、その古里は、仲のよい幼な友達と過ごした思い出の地でもあったでしょう。だからこそ、元服して社会的に「をとこ」になったとたん、懐かしい古里に行きたくてたまらなくなり、狩を口実にして出かけたのです。「かすかのさと」は、かすかな記憶に残る春日の里でした。

†はしたなし　ちぐはぐでバランスがとれない状態。ここでは、高い身分にふさわしくない、とても質素な生活をしている状態をさしています。

つぎに引用するのは、貴族の女性が長年連れ添った男性と不縁になり、住み慣れた邸宅をあとにする前後の描写です。

さこそはあべかめれと、かねて思ひつることなれど、さしあたりて今日を限りと思へば、候《さぶら》ふ人々もほろほろと泣きあへり、年ごろ慣《な》らひ給はぬ旅住みに、狭《せば》くはしたなくては、いかでかあまたは候はむ

〔源氏物語・真木柱〕

こういう状態になるに相違ないと前々からずっと思っていたことだが、いよいよ今日かぎりだと思うと、仕える人たちも涙を流して泣きあった。慣れていないほかの家での生活で、高い身分に釣り合わない、窮屈で貧弱な生活環境とあっては、どうやってたくさんの女房が仕えることができようか、ということです。

ちらっとのぞき見た「女はらから」の生活環境は、これによく似ており、しかも、「いとはしたなくて」と強められています。

「をとこ」は、奈良の京から新都に移った貴族の一員です。「をとこ」とは母の違う「はらから」が奈良に残っていても相応の邸宅に住んでいるはずだが、深窓の娘なので簡単には会えないと思っていたのに、予想に反して、外から覗くと姿が見えるような質素な家に住んでいるとは思いがけなかった、ということです。思いがけず、そういう女性が住んでいたとか、まさかこんなにすばらしい女性が住んでいるとは思わなかった、とかいう解釈を筆者は

採りません。
この異母妹（または異母姉、以下、異母妹とします）が、新都に移らず、春日の里に止《とど》まっていたことは、その地にある藤原氏の守護神、春日神社の責任ある立場にあったことを、したがって、藤原氏の正統に属する女性であったことを示唆しています。奈良が京であった華やかな時期の記憶しかない「をとこ」にとって、そういう大切な立場にある女性が、以前とは打って変わった質素な生活をしている事実を、「いとはしたなくて」と捉えたのでしょう。

†心地《ここち》まどひにけり　「まよふ」は、ふたつの選択肢のどちらを選ぶべきか決めかねること、「まどふ」は、どのようにしたらよいか判断できずに困惑すること。「心地まどふ」は、どうしたらよいか判断できなくなることです。

「はしたなくてありければ、心地まどひにけり」を、覗き見をしたバツの悪さ、引っ込みのつかないドキドキした感情の表明とみる解釈〔森野宗明校注・現代語訳『伊勢物語』（講談社文庫・1972)〕や、どうしてよいかまごつく気持の表明とみる解釈〔秋山虔校注『伊勢物語』（新日本古典文学大系・岩波書店・1997・『竹取物語』と合冊)〕なども提示されていますが、仮名文のことばの続きを素直に読めば、右のような解釈になると筆者は考えます。

堤《つつみ》のほどにて御馬よりすべり下《お》りて、いみじく御心地まどひければ、かかる道の空にて、はふれぬべきにやあらむ、さらにえ行《い》き着くまじき心地

なむする、とのたまふに、惟光《これみつ》、心地まどひて〔源氏物語・夕顔〕

＊惟光……光源氏の従者。＊はふる……落ちぶれる。放浪する。

物の怪《け》に襲われて不慮の死をとげた女性の遺体を葬って帰路につく光源氏主従のようすです。光源氏は心痛のあまり乗馬に耐えられなくなって馬からすべり下りたが、まったく分別がつかない状態になり、こんな道で、のたれ死にすることになるのだろうか、これではとても自邸まで帰り着けそうもない感じがするとおっしゃるので、惟光も、どうしたらよいかわからなくなって、ということです。

幼時に見知っていた異母妹が、初々しい上品な女性になって、懐かしい奈良の京で、簡単に覗き見されるほど質素な家に住んでいるのを見て、「をとこ」は、見るに見かねる気持ちになり、冷静な判断を失ってしまいました。冷静な判断を失ったとは、「はらから」に恋をしてはならないという制約的社会慣習《convention》を守りとおすのが我慢できないほど切ない心境になったということです。制約的社会慣習とは、決まった慣習を守らないとその社会から排除される不文律です。

(5)をとこの着たりける狩衣《かりぎぬ》の裾を切りて、歌を書きて遣《や》る、そのをとこ、しのぶ摺《ず》りの狩衣をなむ着たりける

†をとこの着たりける狩衣の裾を切りて　この構文を古典文法で説明しようとすると「をとこの着たりける」のノが邪魔になるために、つぎのような注釈もあります。

「をとこの」の「の」が無い本もあり、そのほうが穏当。（略）（秋山虔）

神宮文庫本がそれに当たるようですが、定家の用字法に従った「おとこ」でなく、「をとこ」という表記からみても〔池田亀鑑『伊勢物語に就きての研究』有精堂・1958〕、右の注釈と同じ根拠から「の」を排除して書写した可能性が考えられます。しかし、「をとこの」を「をとこ」にしたら、「このをとこ」とでもしないと、ことばのリズムが崩れて舌足らずの落ち着かない表現になってしまいます。古典文法でつじつまを合わせても、仮名文のリズムが乱れることは、理解のプロセスを妨げるので致命的です。古典文法に基づく説明が文脈への目配りを欠いてしまいがちなのは、対象として扱う最大の単位が《文》だからです。

原文どおり「をとこの着たりける」なら、〈をとこが自分の着ている狩衣の裾を切り取って〉という理解が自然に形成されます。そのうえで「そのをとこ、信夫摺《しのぶず》りの狩衣をなむ着たりける」と、そのときに着ていた狩衣が「信夫摺り」だったと追加しています。そのことを追加したのは、話の進行にとってその服装をしていることが不可欠の情報だったからで

す。そのうえ、叙述をここで切ることをナムで予告して、その狩衣が「信夫摺」であったことを読者にいっそう強く印象づけています。

冒頭部分に「狩に往にけり」と記されているのに狩をした形跡がないことを問題点として指摘しましたが、ここで「をとこ」が狩の際に着る衣服である狩衣を着ていることに注目しましょう。なぜなら、書き手が「狩に往にけり」と記したのは、出かけた目的が狩であったことではなく、この場面で「をとこ」に狩衣を着せておくためだったに違いないからです。そうだとすれば、「をとこ」がここで狩衣を着ていることは、この話の展開にとって不可欠の要件だったはずですから、「信夫摺」の狩衣が果たす役割を見誤ってはなりません。

†狩衣　狩のときに着用するための衣服。動きやすいようにゆったり作られており、つぎの例のように、あとの時期には、狩でなくても、インフォーマルな場で着用されています。

御前《ごぜん》、ことごとしからで、親しきかぎり五六人ばかり、狩衣にて候《さぶら》ふ

〔源氏物語・夕霧〕

＊御前、ことごとしからで……先導を大げさにさせたりせずに。

†しのぶ摺《ず》り　「忍草《しのぶぐさ》」を摺りつけて染色した布といわれていますが、「忍草」が現在のどの植物に当たるかは意見が分かれています。このあとの和歌には、「陸奥《みちのく》の信夫捩《しのぶも》ぢ摺り」、すなわち、陸奥の国、信夫の「郡《こほり》」で産した「捩ぢ摺り」の布、という表現も出てきます。

シノブが地名であれば、布に擦りつける植物は「忍草」に限りません。

昔の染色法について筆者は無知同然ですが、草を布に擦りつけて染めたら不規則な乱れ模様になることは、間違いないでしょう。

(6)春日野《かすがの》の　わか紫の　摺り衣　しのぶの乱れ　限り知られず、となむ、おいつきて言ひ遣りける

†春日野　『万葉集』にも使われている語で、春日のあたりの野をさしていますが、この場合には、春日の地が、かつての面影をとどめないほど荒れ果てた「野」になっていることを含意しています。

つぎの和歌の「野とならば」の「野」も、そのような意味で使われています。

野とならば　鶉《うづら》となりて　なきをらむ　かりにだにやは　君はこざらむ

〔伊勢物語・第一二三段〕

*第二句の「なき」は初読「鳴き」、次読「泣き」。第四句「かりに」は初読「狩に」、次読「仮に」。

深草の里に住む女のもとにかよっていた男が、その女に飽きて、「何年も住んできたこの里を出て行ったら、ますます草深い野になってしまうだろう」という和歌を詠んだのに対して、女が返した和歌です。

†春日野のわか紫　春日野に生えている若々しく気品のある紫草とは、異母妹に当たるこの女性をたとえています。ただし、「しのぶ摺りの狩衣」を着ていたのは彼女ではなく「このをとこ」のほうですから、「春日野の若紫の摺り衣」とは続きません。

仮名連鎖「わかむらさき」は、初読として「若紫」を喚起します。そして、ここが大切なところですが、第三句「摺り衣」まで読むと、そのままには続かなくなるので、もういちど読み返すと「我が紫の摺り衣」が次読として喚起されます。「春日野の若紫」は異母妹をさし、「我が紫の摺り衣」は「このをとこ」の着ている狩衣を、そして「をとこ」自身をさしています。したがって、この和歌は、「紫」を軸にして、異母妹と「このをとこ」とが、つぎのように入れ替わる、あるいは、異母妹から「このをとこ」に乗り移る、複線構造になっていることがわかります。

異母妹　　春日野の　若紫
をとこ　　　　　　　我が紫の摺衣　しのぶの乱れ限り知られず

「紫」を軸にしたこの入れ替わり、ないし乗り移りは、とりもなおさず、二人が「紫」を共有していることを、すなわち、貴族の同じ血を共有していることを意味しています。

ここで、それを言ってしまうのは早すぎるかもしれませんが、この紫色こそ、本書で扱うこれから第十五段までの挿話群を貫くキーワードになっているというのが筆者の解釈なのです。したがって、第一段のこの和歌は大切な意味をもっています。

はらからといふとも、すこし立ち退《の》きて、異腹《ことはら》ぞかし、など思はむは、などか心誤りもせざらむとおぼゆ〔源氏物語・野分〕（前引）

「をとこ」は、後に光源氏の子息である夕霧を悩ませたのと同じ、強い誘惑に苛《さいな》まれましたが、近親婚の掟を犯すまいと踏みとどまり、乱れに乱れた心を和歌に詠んで、身に着けていた乱れ染めの狩衣の裾を切って異母妹のもとに送りました。〈この誘惑を耐え忍ぶ心の乱れが止めどもありません〉という下句に、諦めきれない未練がにじみ出ています。

元服の式を済ませたら、幼時の記憶が微かに残る春日の里で異母妹と過ごした日々が懐かしくなり、狩にかこつけて訪れたところ、美しい女性に成長した彼女が、思いもよらず、みすぼらしい住居に住んでいた、という筋を追ってゆけば、この和歌は、大筋において筆者と同じ線で理解すべきではないでしょうか。

ⓐ若く美しいあなたがた故に、私の心のひそかな乱れは、この信夫摺りのように限りも知れません。

〔渡辺実校注『伊勢物語』新潮日本古典集成・1976〕

ⓑ春日野の若い紫草のように美しいあなた方にお逢《あ》いして、私の心は、こ

の紫の信夫摺の模様さながら、かぎりもなく乱れ乱れております〔福井貞助校注・訳『伊勢物語』新編日本古典文学全集・小学館・1994・他三作品と合冊〕

ⓒ春日野の若々しい紫草のようなあなたを恋いしのび、私の心は、このしのぶ摺りの模様のように限りも知られず思い乱れています。上三句は「しのぶのみだれ」を導く序詞だが、「若紫」は姉妹の高貴な美しさを賞揚してもいる。〔秋山虔〕

右の三つの現代語訳にはかなりの違いがありますが、筆者の見るところ、相対的にはⓒが優れています。ⓐにもⓑにも適切でない訳語が含まれており、また、訳文全体の表現が不透明です。そのほかの注釈書の現代語訳も、曖昧で意味がよくわかりません。最大の問題は、第三句までを序詞として捉えていることにあります。ちなみに、ⓐⓑは「あなたがた」でⓒは「あなた」です。「姉妹」という注と整合しませんが、自然な理解のしかたを反映しているようにみえます。

一般に、序詞は、「古典和歌の全時代を通じて用いられた〔略〕」〔奥村恒哉「序詞」〔日本古典文学大辞典・簡約版・岩波書店・1986〕〕とされており、本書のこの部分を執筆している時点で刊行された渡部泰明『和歌とは何か』〔岩波新書・2009〕でも、「序詞」の章で『万葉集』

と『古今和歌集』の例とを区別なしに扱っていますが、すでに述べたとおり、『古今和歌集』の和歌には仮名文字の特性が最大限に生かされており、その点で『万葉集』の例とは大きな違いがあります。そもそも、掛詞や縁語などは後世の歌学の用語であって、平安時代の歌人たちが、そういうつもりで和歌を作っていたはずはありません。序詞も、『古今和歌集』には『万葉集』のそれに対応するものがありません。〔『みそひと文字の抒情詩』〕

どの注釈書も問題にしてこなかったのは、それほど好きでたまらなくなったのなら、どうして心の乱れを堪え忍んだりせずに、ストレートに求愛の和歌を送らなかったのか、ということです。送ったのは返歌を期待した和歌ではないし、現に、返歌についての言及はありません。

すでに述べたように、どの注釈書も、「女はらから」をふたり姉妹とみなしており、ⓐⓑの現代語訳では「あなたがた」とよんでいますが、この手紙はふたり姉妹のどちらに送ったつもりだったのだろう、それを受け取った姉妹は、どちらに当てた手紙だと理解しただろう、と考えてみただけでも、ふたり姉妹という解釈の不自然さに気づいたはずなのに、だれも不審に思わなかったのは、伝統的解釈に呪縛されて思考停止に陥ってきたからです。

†おひつきて言ひ遣りける

後藤氏は「姉妹にあいついで」と解し、森本氏は、第一の歌は書かれず、それに引き続いて「春日野の」の歌を姉妹にやった、と解する。

（石田穣二・前引書）

＊後藤氏……後藤利雄「伊勢物語初段の解釈」（『国文学』1959年7月）

＊森本氏……森本茂「伊勢物語初段の「をいつきて」の解」（『平安文学研究』第三十八輯）

言及されたふたつの論文は、その場しのぎの解釈で吟味する価値がありません。これまでの国語学や国文学の研究は、どんどん横に広がるばかりで、縦方向に高まりませんでした。その領域の研究者がなにか違うことを書けば、右のように、水準の査定もなく、批判も論争もなしに、某々氏説として横に並べてきただけだったからです。

藤原定家は「をいつきて」と表記しています（23ページ写真版⑮行）。イントロダクションの末尾で述べたように、定家は、高く発音される仮名を「を」の仮名で表記し、低く発音される仮名を「お」の仮名で表記しています。

この使い分けの原則で「をい」の候補になりうるのは「追ひ」だけですから、選択の対象は、①「追ひ付きて」、②「追ひ継ぎて」、③「追ひ次ぎて」に絞られます。なお、定家自筆本で、「追ふ」の連用形は「をひ」、「をい」の両様に表記されており、つぎの例ではそれらが接近して使用されています。

女いとかなしくて、しり《後》にたち《立》てをひゆけと《ど》、えをいつかて《で》

〔天福本・伊勢物語・第二四段〕

定家は、既存のテクストをそのままには書写せず、文脈を吟味したうえで、自分の解釈が後継者たちに正しく理解される形に、そして、読み誤りを生じない形に書き換えているという事実があるので、この文脈で、定家がこの語を「追ひつきて」、「追い継ぎて」、「追ひ次ぎて」などと理解させようとしたとすれば、この文脈をどのように理解したかを突きとめることが、我々の最初に踏むべき手順でなければなりません。

異母妹をかいま見て「をとこ」は心をかきむしられたが、関係を深めるべきでないと分別して自分の気持を伝える和歌を詠み、「追ひ継ぎて」ないし「追ひ次ぎて」、すなわち、そのままますぐに、気が変わらないうちに、という意味にこの表現を読み取ることにします。ただし、それ以外の可能性が考えにくいという消極的同定です。

筆者は、定家自筆の仮名文テクストにおける用字原理を調査し、結果を公表したことがありますが、この「をいつきて」ほど頭を悩ませた事例はありません。定家自筆テクストは、書き分けの原理さえ把握していれば、総じて読み解きやすいのです。現時点で言えることは、これまでのどの説明も説得力がないので、右に提示した仮の解釈のほうが相対的には無理が少ないだろうということです。なお、定家による校訂テクストを読む場合の直接の目標

は、そのテクストの語句や表現を確実に理解することですから「をいつきて」の意味はぜひとも解明したいところです。定家による校訂テクストが物語の書き手の意図を正しく反映しているという保証もありませんから、わかるまでそのままにしておくほかありません。

「老いづきて」と読んで、〈大人ぶって〉、〈ませた口ぶりで〉といった説明をしている注釈が優勢ですが、定家自筆テクストにおける「を」「お」の書き分けを無視するのは、文献学の憲法違反にもひとしい乱暴な読みかたです。

現今の感覚を投影するなら、たかが中学生ぐらいの、ませた少年ですが、元服すれば一人前の男性です。十二歳で結婚した光源氏は、〈大人ぶった〉と形容すべき行動などしていません。また、この年齢の若者の行為を、そういう意味で「老いづきて」と表現したかどうかにも疑問符が付きます。これ以上の考察は、今後の究明を待つことにしましょう。

(7)ついで、おもしろきことゝもや思ひけむ

以下は、物語の書き手が第三者をよそおって加えた解説です。このような解説は、他の段の末尾にも、必要に応じて加えられています。

ⓐちょうどしのぶずりの狩衣を着ていたという、事のなりゆきに、男は心の明るいはずみを感じたのでもあろう。（永井和子）

つぎの解釈も前半はⓐと同じですが、後半が違っています。

ⓑ折からしのぶ摺りの狩衣を着ていたので、古歌の趣意をふまえて思いを訴えるのに格好の手順であると、感興がわいたのであろう。（秋山虔）

いずれにせよ、たまたま狩衣を着ていたので、〈これはうまく使えるぞ〉と思ったということです。「ついで」は、この場合に、この機会に、ということです。

現代語のオモシロイは、さまざまに使われています。①〈おもしろいマンガ〉には大笑いですが、②〈おもしろい解釈〉には感嘆の溜息が出ます。③劇場でハムレットを見てきた友人に、〈おもしろかった？〉と尋ねます。分類すればいくつにもなりますが、逆に捉えれば、基本的意味は、〈強く関心を引かれること〉です。平安時代と現代との意味のズレを考えるまえに、こういう事実を押さえておかなければなりません。

頻用される用法がその語の基本的意味の反映とは限りません。この場合の「おもしろきこと」を右の①の線で捉えて、なにが？　と、「おもしろき」対象を探せば、狩衣を着ていたことぐらいしかないでしょうが、そうだとすれば、「ついで　おもしろきこと、もや思ひけむ」は「をとこの着たりける狩衣の裾を切りて」の前に置かれるのが自然です。しかし、〈強く関心を引かれること〉という基本に戻れば解釈が大きく変わってきます。なお、「こととも」はコトドモとも読めますが、この文脈に適合しません。

異母妹との思い出を偲んで懐かしい奈良の春日の地まで出かけて来た「をとこ」は、見違えるほど美しく成長した彼女が質素な生活をしているのを見て心が乱れ、恋文を書くことを許されない仲ではあるが、せめて、この抑えがたい気持を彼女に強く印象づけることはしておきたいとでも思って、この和歌を送ったのだろうか、ということなら、和歌のあとのコメントになるのは当然です。この解釈は、「おもしろきことヲともや思ひけむ」という読みかたに基づいています。

†おもしろし　仮名文における「おもしろし」の基本的意味は右に説明したとおりですが、その中心的用法を確認しておきましょう。それは、〈視界に入る他のなによりも、あるひとつのものがまず目を引く、あるいは、関心をそそる〉ということです。

　帰り来る道に、弥生《やよい》ばかりに楓《かへで》の紅葉《もみぢ》のいとおもしろきを折りて、

〔伊勢物語・第二十段〕

新緑の季節、帰る道すがら目を奪われた、ひときわ目立つ、美しい赤い楓の葉を、瓶《かめ》に挿して鑑賞するために折って、ということです。春に赤い葉の出る楓があります。秋の紅葉のように美しいという含みで、このように表現したものです。

　さて、十日あまりなれば、月おもしろし〔土左日記・一月十三日〕

満月前後の月について、「おもしろし」と表現した例はよくあります。屋外に出てまず目

を引かれるのは明るい月だからです。「面著し《おもしろ》」という語の起源を思わせます。

(8)陸奥《みちのく》の　信夫捩《しのぶも》ぢ摺り　誰ゆゑに　乱れそめにし　我ならなくに、といふ歌の心ばへなり

†陸奥《みちのく》の　信夫捩《しのぶも》ぢ摺り　誰ゆゑに　乱れそめにし　我ならなくに

陸奥の信夫の郡《こおり》に産する、植物を摺り付けて染めた乱れ模様の布のように、初めて心が乱れ、そのまま乱れた状態のままでいたのは、あなた以外のだれのせいでもありません。昔から、わたしはずっとあなたが大好きだったのですという告白です。

「みたれそめにし」は、初読「乱れ染めにし」、次読「乱れ初めにし」で、次読、すなわち、〈乱れはじめたまま、同じ状態を続けてきた〉がメインの表現です。「みだれそめにし」のニ（ヌの連用形）は、その状態がすでに始まっておりそのまま、現在も続いていることを表わし、シ（キの連体形）は、話し手あるいは書き手自身がそのことをみずから経験したことを表わします。

†歌の心ばへ　「心ばへ」はいろいろの意味に使われますが、ここでは、趣旨、趣向ということです。

『古今和歌集』に河原《かわらの》左大臣（源融《みなもとのとおる》）の作となっている和歌（恋四・724・題知らず）の第四句は、『古今和歌集』の定家自筆テクストに「乱れむと思ふ」となっています。あなた以外の異性によってこの思いが乱れるだろうなどと思うわたしではありません、ということです。考えられるのは、『伊勢物語』の書き手が、この挿話に合わせて第四句を書き換え、定家はそのことを理解して、『伊勢物語』のテクストを書き換えなかったのだろうということです。貫之自筆の『土左日記』と『古今和歌集』との間にも、これと同様の事例がふたつあります〔『古典再入門』第Ⅰ部第五章・第Ⅳ部〕。『古今和歌集』の十二世紀ごろのテクストに、「乱れそめにし」となっているものがあるのは〔西下経一・滝沢貞夫『古今集校本』笠間書院・1977・2007〕、おそらく『伊勢物語』に合わせたのでしょう。

「をとこ」の和歌は、〈幼いころ、あなたが好きになって心が乱れ、現在も乱れたままです〉ということですから、以前から、ひたすらあなたひとりを愛しつづけてきたのですという点で、変形された河原左大臣の和歌と「心ばえ」が共通しています。

(9)昔人《びと》は、かくいちはやき雅《みやび》をなむしける

†**昔人**《びと》「昔、人は」とも読めるし、「昔人《びと》は」とも読めて、どちらでも文脈は無理なくつうじます。天福本には「むかし人は」と表記されており（写真版⑲行）、定家がどちらのつもりだったのか判別できません。

『源氏物語』には、「むかしひと」も「むかしのひと」も複数の用例があります。

昔人も、かたへは変はらで侍りければ〔玉鬘〕

以前に仕えていた人たちも、一部はそのまま残っていますから、ということです。

あやしきまで、むかし人の御けはひに、かよひたりしかば〔宿木〕

不思議なぐらい、亡くなったあのかたの雰囲気にそっくりだ、ということですから、明らかにムカシビトです。

昔の人もあはれと言ひける浦の朝霧〔松風〕

「浦の朝霧」は『古今和歌集』〔羇旅・409〕からの引用です。この和歌は題知らず、詠み人知らずですが、左注に、「この歌は、ある人の曰く、柿本人麻呂が歌なり」とあります。

昔の人、ものし給はましかばと思ひ聞こえ給はぬ折なかりけり〔橋姫〕

亡くなったあのかたがおいでになったなら、とお思い申し上げないときはありませんでした、ということです。

どの注釈書も、この挿話の「昔人は」を〈昔の人は〉と解釈していますが、右の諸例を見ると、「昔人」も「昔の人」も同じような意味に使われており、昔の人間一般ではなく、特定の故人や、かつてそこにいた人たちなどをさしていますから、この挿話の「昔人は」もまた、〈昔の人たちは、現今の人たちと違って〉という意味ではなく、元服したあと、幼時の記憶に残っている異母妹に会いたくなって古里の奈良を訪ね、「春日野の」の和歌を詠んで彼女に贈った、そして、これから始まる物語の主役として活躍することになる、今は亡きこの「をとこ」をさしています。この挿話は、物語冒頭における主役の紹介になっています。

父の大納言は亡くなりて、母、北の方《かた》なむ、いにしへの人の由《よし》あるにて
〔源氏物語・桐壺〕

故大納言の夫人に当たる彼女の母は、ひと時代まえまでの気風をそなえた、たしなみのある人物で、という意味です。繰り返しますが、「いにしへ」は、意識のうえで現在と断絶されていない過去の時点や時期をさします。

†いちはやき雅《みやび》　接頭辞イチは、程度が常態を越えていることを表わします。形容詞「はやし」は意味領域が広いので、文脈に応じていろいろの含みになります。つぎの例などは、この挿話の「いちはやき」に似ています。

苦しげなるもの（略）強《こは》き物の怪《け》にあづかりたる験者《げんざ》、験だにいちはやからばよかるべきを、さしもあらず〔枕草子・苦しげなるもの〕

苦しげなものといえば、ひと筋縄で片付かない「物の怪《け》」と取り組んでいる修験者だ、祈祷の効験さえさっと顕《あら》われればよいのだが、そうもならない、ということです。

■みやび（雅） 平安時代の仮名文学作品なら「みやび」という語の用例などいくらでもありそうに思えますが、和歌には出てこないし、和文にもめったに使われていません。たとえば、『源氏物語』にわずか五例、『枕草子』にはゼロです。そういうなかにあって、『伊勢物語』のここに出てくる昔人の「みやび」の意味を理解するうえで注目に値するのは、『源氏物語』のなかで、左近の少将という打算的な人物が、仲人に漏らした人生観です。

> もはら顔かたちのすぐれたらむ女の願ひもなし、品《しな》、貴《あて》に艶《えん》ならむ女を願はば易《やす》く得《え》つべし。されど寂しう、事打ち合はぬ、みやび好める人の果て果ては、もの清くもなく、人にも人とも覚えたらぬを見れば、少し人に誹《そし》らるとも、なだらかにて世の中を過ぐさむことを願ふなり〈東屋〉

美人と結婚したいという希望もない。身分が高く蠱惑《こわく》的な女性がよければ簡単に関係を作れるはずだ。しかし、地味な生活で思うにまかせない「みやび」を好んでいる人の末路は、きちんと整っておらず、他人にもまともな人間と思われていないのを見ると、少しぐらい悪口を言われても平穏な生活を送ろうと思っている、ということです。

少将の言う「みやび」を、女性とのつきあいかたに当てはめれば、打算を抜きにした直情的恋愛ということになるでしょう。

この「昔人」は、成人の式を終わったら、幼い初恋の相手であった異母妹にどうしても会いたくなり、見違えるほどすばらしい女性になった姿を見て心が乱れたが、社会的に結婚が許されない間柄なので、わたしは昔からずっとあなたが好きだったという和歌を送って、未練を残しながら去っていったという一連の行動を、語り手が、「かくいちはやきみやび」と表現しているように、この挿話に語られた「をとこ」の行動のすべてが、「みやび」そのものなのです。

本書で、第一段から第十五段までをひとまとまりとみなして検討の対象にする理由のひとつは、これらの挿話の底流をなしているのが、この「をとこ」の「いちはやきみやび」にほかならないという解釈に基づいています。

第二段　かのまめ男

(1)昔、をとこありけり
(2)奈良の京は離れ、この京は、人の家まだ定まらざりける時に、西の京に女ありけり
(3)その女、世人《よひと》には優《まさ》れりけり、その人、容姿《かたち》よりは心なむ優《まさ》りたりける、独りのみも、あらざりけらし
(4)それを、かのまめをとこ、うち物語らひて、帰り来て、いかが思ひけむ、時は三月《やよひ》のついたち、雨そをぶるに、遣りける
(5)起きもせず　寝もせで夜《よる》を　明かしては　春の物とて　ながめ暮らしつ

---

(2)奈良の京は離れ、この京は、人の家まだ定まらざりける時に、西の京に女ありけり

†**奈良の京は離れ、この京は、人の家まだ定まらざりける時**　奈良から遷都したが、平安京は身分の高い人たちの邸宅がまだ整備されていない時分に。

†西の京　平安京の朱雀大路を挟んだ西半分。「東の京」というよびかたがないのは、東半分がほんとうの京で、「西の京」は差別的なよびかただったことを意味しています。「人の家まだ定まらざりける時」とは、邸宅が東側に建築中であったために、地位の高い人たちが西の京にたくさん仮住居をしていたことを意味しています。

(3)その女、世人《よひと》には優《まさ》れりけり、その人、容姿《かたち》よりは心なむ優《まさ》りたりける、独りのみも、あらざりけらし

「その女」についての説明が二段構えになっていることに注目すべきです。

†その女、世人《よひと》には優《まさ》れりけり　第一段の説明です。世間一般の人たちに比べて優れていた。どういう点でと特定されていませんが、女性についての評価なので、おそらく、なによりも容姿であり、教養や嗜《たしな》みにおいても、ということでしょう。物語の書き手は、まず、容姿や教養が人並み以上に優れていたことを確認したうえで、つぎの叙述に進んでいます。

†世人《よひと》　ヨノナカを「世中」と表記する習慣が確立されていたことから類推すると、「世人」もヨノヒトと読むのが自然のように思われますが、注釈書は、すべてヨヒトと読んでいます。定家自筆の『古今和歌集』〔恋三・646〕では、伊達本に「世人さためよ」、嘉禄本に「よひとさためよ」となっているので、ヨヒトと読んでおきます。

†その人、容姿《かたち》よりは心なむ優《まさ》りたりける　第二段の説明です。容姿や教養も優れていたが、その女性が優れていたのは、それ以上に心であった、ということです。第一段階で確認したことを前提とすれば、容姿は劣っていたが、と理解すべきではありません。

†独りのみも、あらざりけらし

どうもまったくの独身暮らしということでもなかったようだった。（森野宗明）

男を通わせていたらしい。（秋山虔）

いろいろと通って来る男がいないわけでもなかったらしい。（永井和子）

どの注釈書も右の線で一致しています。実のところ、最初は筆者もそのように読み取ったのですが、そうだとすると、この挿話の展開にライヴァルの男性はなんの役割も果たしていないことになってしまいます。

新都の邸宅が出来るまでの仮住まいにしても、稀に見るこの才媛は良家の娘に違いないので、警護役を担う人物が身辺に必ずいたはずです。「独りのみも、あらざりけらし」とは、そういう人物がいるようなので、こっそり出入りするのは困難なようだった、という意味に理解すれば、右の疑問は氷解します。

⑷それを、かのまめをとこ、うち物語らひて、帰り来て、いかが思ひけむ、時は三月《やよひ》のついたち、雨そをぶるに、遣りける

†かのまめをとこ　あの実直な「をとこ」。あのまじめ人間の「をとこ」。「かの」とあるからには、先行部分にその「をとこ」が登場して、すでに「まめをとこ」ぶりを発揮しているはずであり、この段も、その「まめをとこ」の行動として読み取るべきです。

先行部分に登場した男性だとすれば、初冠して思い出の春日の里に出かけた「をとこ」以外にありえません。この「をとこ」なら、「女はらから」の現状を知って「心地まどひにけり」という状態に陥りながら、その誘惑を克服して断念した典型的「まめをとこ」です。

「かの」に注目すれば、その「をとこ」が「まめをとこ」の唯一の候補なのに、ほとんどの注釈書は、「かの」をやり過ごして「まめをとこ」の意味だけに注を加えています。「かの」は、第一段と第二段とをつないでいる、テクストとしての一貫性の指標なのですから、「例の誠実男《まめおとこ》が」（福井貞助）と訳しておけば済むことではありません。

そういうなかで、つぎの注釈書は、「かの」に注目しています。

「まめ」は誠意のあること。「かのまめ男」という表現は特定の「男」を主人公として意識したものであろう。（永井和子）

その特定の「をとこ」がだれであるのかを、だれが読んでもあの人物だと理解できなければ伝達が成立しません。「在五の物語」とよばれるようになった時期なら、それは在原業平だったでしょうが、『伊勢物語』が書かれた時期には、どうでしょうか。その問題があるので慎重に表現されているのでしょう。

テクストを読む基礎作業の段階では読み取りの職人に徹すべきですから、「かの」は既出の人物だと考えるほかありません。

†**うち物語らひて**　親しく語りあって。相手は、ことのほか心の細やかな女性ですから、「まめをとこ」も、一夜の気軽なつきあいとして割り切るつもりはなかったでしょう。

†**帰り来て、いかが思ひけむ**　帰ってきて、いったい、どのように思ったのだろうか。ということは、帰ったあとの行動が、ふつうと違っていたことを含意していますから、そのつもりで、あとを読むべきです。

†**時は三月《やよひ》のついたち、雨そをぶるに、遣りける**　この断わりを付けているのは、三月《やよひ》の一日《ついたち》という日付に意味があるからに相違ないのに、注釈書はこの日付に関心を示していません。

暦月の日付は月齢と少しずつズレるので、閏《うるう》月を設けて調整していましたが、どの年と限定せずに「時は三月の一日」と言えば、読み手は、現在の四月前半ごろの、月の出ない真っ暗な夜をイメージしたでしょう。これは、一つのカギになりそうです。

「うち物語らひて帰りて〜遣りける」という表現なら、家に帰ってすぐに和歌を詠んで女のもとに送ったと理解するところですが、「いかが思ひけむ」、すなわち、なにをどう思ったのか、すぐには和歌を送らずに、三月一日になって、ようやく和歌を送ったことを意味しています。

†雨そをぶるに　雨がビショビショ降っているなかを、という意味のようですが、そのことを証明するには、いくらか込み入った手順が必要です。

『万葉集』に、「越中国歌」としてつぎの短歌があります。

伊夜彦《イヤヒコ》　於能礼神佐備《オノレカムサビ》　青雲乃《アチクモノ》　田名引日須良《タナビクヒスラ》　霂曽保零《コサメソホフル》　〔巻十六・3883〕

弥彦山の神は、神としての存在を顕現して、灰色の雲がたなびいている日にすら小雨を降らせている、ということです。降っているのは小雨です。

『源氏物語』で、紫の上が死去した際に、上達部がつぎのことばを口にしています。

生けるかひありつる幸《さいは》ひ人の、光失ふ日にて、雨はそほ降るなりけり　〔若菜下〕

いわゆる涙雨ですが、雨の降りかたはわかりません。『源氏物語』にはこの一例だけです。

頭《かしら》さし出《い》づべくもあらぬ空の乱れに、出で立ち参る人もなし、二条院よりぞ、あながちにあやしき姿にて、濡《そを》ち参れる　〔源氏物語・明石〕

戸外に頭も出せない荒天で、出かけてくる人もいない状態のなかを、光源氏の屋敷から、無理をして、みじめな姿でズブ濡れでやってきた、ということです。

「そをぶる」が「そをち降る」、すなわち、ずぶ濡れになるほど降る状態をさしているとすれば、月明かりのない三月一日の、しかもそういう悪天候のなかでこの和歌を送ったのは、警護役に気づかれにくい機会を待っていたからであり、また、あれからの毎日、降り続く激しい涙の雨のなかで物思いにふけって暮らしていたことを理解してほしかったからでもあるでしょう。

十二世紀ごろを境に、語頭以外のハ行子音は、いっせいにワ行子音［w］に移行した結果、ソホチはソヰチになり、さらに、それと聴覚印象の酷似したソボチになって定着しました。

天福本では「そを布る」の各仮名の左上の声点でアクセントが［高高高高］であること、そして、ふたつの声点で「布」が濁音であることを示しています。前述したように、語頭以

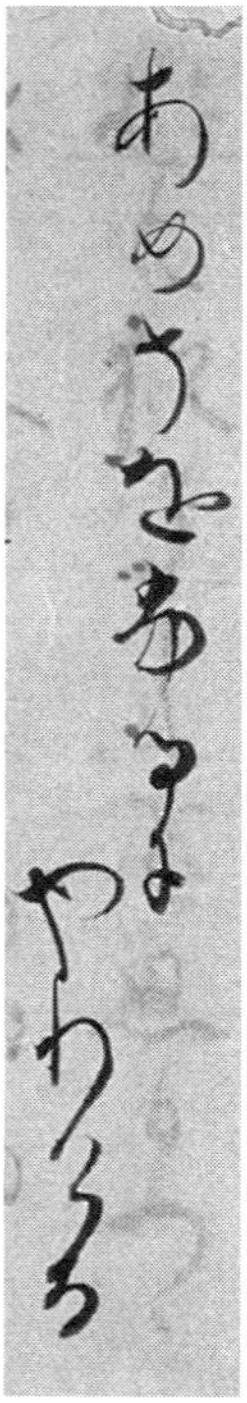

外の「布」は［ブ］に当てるのが定家の用字ですから、ここでは、濁音の仮名に濁を表わす声点を付けていることになります。濁音仮名を含む仮名連鎖に声点をつけたために、こうなったというよりも、フルではなくブルであると念を入れたダメ押しのようにみえます。

［ソボ＋フル］が一語化して連濁を生じるとソボブルになりますが、濁音が連続すると語構成が不明になるので、ソボをソチ［sowo］に戻して、フルのほうに連濁を生じたのが天福本のソチブルです。東京の地名［アキバ（秋葉）＋ハラ（原）］は、そのまま一語にするとアキババラになりますが、濁音が連続すると意味単位の境界が不明になるので、駅名がアキハバラになったのと原理は同じです。ちなみに、略称はもとのアキバにもどっています。

(5) 起きもせず　寝もせで夜《よる》を　明かしては　春の物とて　ながめ暮らしつ

第五句「ながめ」は、「眺め」に「長雨《ながめ》」が重ねられています。

「長雨」が、和文では語構成を露出させて「なかあめ」と表記されていますが、和歌では「眺め」と重ね合わせて使用されています。［nagaame］の、どちらか一方の［a］を脱落させた語形ではなく、長母音と単母音との違いで意味を識別する現代語と違って、仮名では、そのまま「なかめ」と重ね合わせることが可能でした。

夏の五月に降るはずの長雨を、わたしは春の物にして、あの日以来、絶え間なく涙を流しながら、ずっとぼんやり外を眺めておりました、という表現です。

注釈書は、「春にはつきもののおやみなくそぼ降る雨を」（森野宗明）「春につきものの長雨に」（渡辺実）「春の景物の長雨を」（秋山虔）「春にはつきものの長雨を」（永井和子）というように、長雨が春に特有の自然現象であることを前提として解釈しています。

この和歌をことばの流れとして読むと、そのように読み取るのが自然のようですが、長雨が春の景物であるかどうかが問題です。「春雨」は、冬の雪が雨に代わって若菜が芽生える早春の景物であり、長く降りつづく雨でもありません。三月一日前後は桜の季節で、雨ではなく「花散らす風」の季節でもあります。つぎに引用する例からも知られるとおり、自然現象としての長雨は五月雨《さみだれ》です。もとより、その年の季節の推移がどのようであったかは問題外です。

長雨《ながあめ》、例の年よりも甚《いた》くして、晴るるかたなく徒然《つれづれ》なれば、御方々《かたがた》、絵物語などのすさびにて明かし暮らし給ふ〔源氏物語・螢〕

この直前に、五月の菖蒲《あやめ》を引く和歌が出てきます。

池ある所の、五月、長雨《ながあめ》のころこそ、いとあはれなれ〔枕草子・一本・池ある所の〕

以上の結果からみると、空から降る「長雨」は「夏の物」であって、「春の物」は、ぼんやり外を見やりながら涙を流して物思いにふける「眺め」とみるべきでしょう。

†**明かしては**　このハは、〈尋ねて来ては愚痴をこぼす〉というようなハと同じ用法ですから、あの日から、来る日も来る日も悶々と過ごしてきたことになります。したがって、「うち物語らひて」から数日以上は経過しています。

『古今和歌集』に、つぎの詞書を添えてこの和歌があります。

三月《やよひ》の一日《ついたち》より忍びに人に物言ひて後《のち》に、雨のそほ降りけるに詠みて遣はしける〔恋三・616・在原業平朝臣〕

こちらは「三月の一日より」ですから、三月一日からその女のもとにかよいはじめて、そのあとに送ったことになります。「物ら言ひて後に」とは、何度か、あるいは、何度も、女のもとで物語らいをしたあとに、という表現ですから、第三句「明かしては」のハは、やはり、反復を表わしています。このハの機能を無視すべきではありません。

後朝《きぬぎぬ》の別れのあと、なるべく早く女のもとに手紙を送るのが男性の守るべきエチケットなのに、何日も経ってからこんな未練がましい手紙を送ったのは、「まめをとこ」らしくない行動のようですから、「いかが思ひけむ」という書き手の疑問は、読み手の不審を代弁していますが、これは、「まめをとこ」としては、この女性との関係を深めてよいかどうか決断に迷うことがあったからに違いありません（【補説】参照）。

好きなように想像をふくらませ、もうひとつの物語を派生させてしまったと批判されたら、筆者としては心外です。

西の京　独りのみもあらざりけらし　まめをとこ　いかが思ひけむ

三月一日　夜を明かしては　春の物とて

奔放なファンタジー《幻想》ではなく、これらのキーワード、キーフレーズのすべてを生かし、その枠付けから逸脱しないイマジネーションをはたらかせて状況を再現したつもりです。

【補説】　西の京に住む女のもとから帰ったあと、「起きもせず寝もせで夜を明かす」日々が続いたのは、初恋の相手である「女はらから」をあきらめきれないまま、西の京の女に強く惹かれてゆくみずからの心を処理しきれず、涙にくれて悩み続けたからなのでしょう。三月一日にようやく心を決めてこの和歌を送ったということです。

ソチブルは定家の読みかたであって平安初期の語形であったという保証はありませんが、ソボチ降る大雨が小雨をさすソチフルと紛れないようにした工夫なのかもしれません。

第三段　むぐらの宿に寝もしなむ

(1)昔、をとこありけり
(2)懸想《けさう》じける女のもとに、ひしきもといふ物を遣《や》るとて
(3)思ひあらば　葎《むぐら》の宿に　寝もしなむ　ひしきものには　袖をしつゝも
(4)二条の后の、まだ帝《みかど》にも仕う奉り給はで、ただ人《びと》にておはしましける時のことなり

(2)懸想《けさう》じける女のもとに、ひしきもといふ物を遣《や》るとて

†**懸想《けさう》じける女**　思いをかけた女。「けさうす」をケソウズと読み慣わしていますが、平安時代にズと濁っていたことを裏づける根拠はありません。［一字漢語＋動詞ス］はひとまとまりの動詞として機能し、「信ず」、「感ず」のように濁音化していますが、［二字漢語＋動詞ス］という結合では、漢語としての結合が強いためにスとの結合が弱く、スのままでした。

したがって、「懸想ズ」という読みかたは規則に合いません。「化粧しける女」と読み取っても意味がつうじる事例が多いために、中世以後の読み癖で「ケサウ（懸想）ズ」、「ケサウ（化粧）ス」と読み分けた可能性が考えられますが、現行の校訂テクストは、どちらもケサウズと読んでいるようです。

上﨟《じやうらう》ども、みな参上《まうのぼ》りて、我も我も装束《さうぞ》き、けさうしたるを見るにつけても〔源氏物語・葵〕

＊「さうぞき」は、名詞「装束《さうぞく》」の語末音節クを活用語尾にした動詞の連用形。きちんとした衣服を身に着ける。

これは〈思いを寄せる〉ではおかしいので、「化粧じたるを」です。

†ひしきも　「ひじき藻」と読まれています。海草の名、ヒジキ。次項参照。

(3)思ひあらば　葎《むぐら》の宿に　寝もしなむ　ひしきものには　袖をしつゝも

わたしを思う気持があるならば、ムグラに覆われて荒れはてたあばら家《や》でいっしょに寝ることもしてほしい、貧困な生活で夜具がなく、衣服の袖をそのたびに引敷物《ひしきもの》にしても、ということです。

ムグラは、蔓性の雑草。「むぐらの宿」は、手入れをせずに見捨てられた家、貧しい生活の象徴です。ヒジキ藻を贈るときにこの和歌を添えたという表現ですが、動機はその逆で、この和歌に合わせてヒジキ藻を贈ったということです。この和歌から推察すると、ヒジキは、もっぱら賤民の食料で、貴族は食べなかったために名前も知らなかったことを、「ひじき藻といふ物」という表現が裏づけています。今とは打って変わったこの質素な食物で象徴される貧しい生活を自分といっしょに耐えてほしいということです。

(4)二条の后の、まだ帝《みかど》にも仕う奉り給はで、ただ人《びと》にておはしましける時のことなり

二条の后が、まだ天皇にお仕えもなさらないで、ふつうの身分でおいでになったときのことですという、物語の書き手によるコメントです。二条の后は、《あづまくだり》挿話群における、たいへん重要な存在です。

後《のち》に后になる立場の女性に、家出をして葎の宿で寝るような貧しい生活を共にしてほしいという和歌を、「をとこ」が、この段階で送っていることを記憶しておきましょう。

第四段　我が身ひとつは

(1)昔、東《ひむがし》の五条に大后《おほぎさい》の宮おはしましける西の対《たい》に住む人ありけり、それを本意《ほい》にはあらで志《こころざし》深かりける人、行《ゆ》き訪《とぶら》ひけるを、一月《むつき》の十日ばかりのほどに、ほかに隠れにけり

(2)在り所は聞けど、他人《ひと》の行《い》き通ふべき所にもあらざりければ、なほ憂しと思ひつゝなむありける

(3)またの年の一月《むつき》に、梅の花盛りに、去年《こぞ》を恋ひて行《い》きて、立ちて見、居《ゐ》て見、見れど、去年《こぞ》に似るべくもあらず

(4)うち泣きて、あばらなる板敷きに月の傾《かたぶ》くまで臥《ふ》せりて、去年を思ひ出《い》でて詠める

(5)月やあらぬ　春や昔の　春ならぬ　我が身ひとつは　もとの身にして、と詠みて、夜《よ》のほのぐ〱と明くるに、泣く泣く帰りにけり

(1)昔、東《ひむがし》の五条に大后《おほぎさい》の宮おはしましける西の対《たい》に住む人ありけり、それを本意《ほい》にはあらで志《こころざし》深かりける人、行《ゆ》き訪《とぶら》ひけるを、一月《むつき》の十日ばかりのほどに、ほかに隠れにけり

†**東《ひむがし》の五条に大后《おほぎさい》の宮おはしましける西の対《たい》に住む人ありけり**　古典文法で説明しようとすると、はっきりした切れ目のない続きかたなので、ひと息に読まなければならなくなりますが、文法などお構いなしに読めば、途中のどこかに自然にポーズが挿入されて、書き手の意図したとおりの理解が成り立ちます。これが連接構文（96ページ参照）の特徴なのです。「おはしましける」のあとに読点を加えている注釈書（永井和子）もあります。

†**大后の宮**　皇太后。すなわち、天皇の母。

†**西の対《たい》**　寝殿の西の対屋《たいのや》。対屋は主殿と別棟の、家族や女房などの住む建物。

†**本意《ほい》にはあらで志《こころざし》深かりける人**　この表現については、解釈が一定していません。

ⓐ不本意ながらも深く愛してしまった〔人〕（渡辺実・傍書、「人」は筆者補）

ⓑ本来の志ではなくての意となるが、女に執心しても遂げられないといった、はばかられる事情があった意味を含ませ、くらました表現か。（福井貞助）

ⓒ解釈は多岐にわたるが、思うにまかせぬ有様で、と解しておく。周囲が

許さぬ二人の仲なので願いどおりの逢瀬も叶わないのである。
（秋山虔）

実のところ、筆者は、注釈書の解釈が揺れていることに驚きました。相手がこのような立場の女性ではトラブルが生じるだけだから、もうやめようと心に決めていながら、自制心がきかなくなって、というのがほとんど唯一の解釈だと思い込んでいたからです。ちなみに、自分の解釈をひとまず確定し、注釈書を参照するならそのあとで、というのが筆者の守ってきた手順です。自分では気づかなかった解釈を注釈書に教えられる場合はありますが、この「本意にはあらで」に関して、さしあたり、最初の解釈を変えるつもりはありません。

†**行《ゆ》き訪《とぶら》ひけるを**　そこに行って、女を訪れていたところ。古典文法では「行き訪ひけるを」の「を」が順接（ノデ）なのか逆接（ノニ）なのかを判別しようとしますが、この助詞の基本機能は〈～したところ〉といった程度のツナギです。あとまで読んでどちらの用法なのか判定しなければならないようでは文法の名に値しません。

†**ほかに隠れにけり**　ほかの場所に隠れてしまった、という表現ですが、こういう場合には、「隠しにけり」ではないから当人の自発的意志だったとは言い切れません。

(2)在り所は聞けど、他人《ひと》の行《い》き通ふべき所にもあらざりければ、なほ憂しと思ひつゝなむありける

どこにいるかは耳にしたけれど、第三者が自由に出入りする場所でもなかったので、やはり鬱々とした思いで過ごしていた、ということです。

「他人《ひと》の行き通ふべき〜」のヒトは、〈ヒトの家に勝手に入るな〉という用法のヒトです。「常人の近づけない皇族の許《もと》を、こう表現した」（渡辺実）というコメントは、ことばによる表現から離れた恣意的推察です。

(3)またの年の一月《むつき》に、梅の花盛りに、去年《こぞ》を恋ひて行《い》きて、立ちて見、居《ゐ》て見、見れど、去《こ》年《ぞ》に似るべくもあらず

†**またの年**　そのつぎの年。翌年。

†**梅の花盛りに**　あのときは梅の花が盛りだったと、懐かしく思い出しながら、ということです。

†**立ちて見、居《ゐ》て見、見れど、去年《こぞ》に似るべくもあらず**　立って眺めたり、座って眺めたりを繰り返していくら眺めても去年と同じ場所だと思えないほどまるで雰囲気が違っている。

(4)うち泣きて、あばらなる板敷きに月の傾《かたぶ》くまで臥《ふ》せりて、去年を思ひ出《い》でて詠める

†うち泣きて　泣けてくるままに泣いて。そばに人もいないので遠慮することもなく、という含みです。

†あばらなる板敷き　手入れしないためにガタガタになった、建物の周囲に巡らした板敷き。無人になった家の状態です。

†月の傾《かたぶ》くまで臥《ふ》せりて　月が西の山に沈もうとする時間まで。建物の端の板敷きに身を横たえていて、つぎの和歌を詠んだ、ということ。

(5)月やあらぬ　春や昔の春ならぬ　我が身ひとつは　もとの身にして

今ここを照らしているのは、あのときと違う月なのだろうか、今年の春が昔の春と違うのだろうか。同じ季節に同じ所にいるのに、雰囲気がまるで違う。このわたしの身だけは、なにも変わっていないで。「あらぬ」は、違う、それではない、という意。わずか一年まえを、「昔」、すなわち現在と心理的に断絶された遠い過去と捉えています。

第五段　宵々ごとに　うちも寝ななむ

(1)昔、をとこありけり
(2) 東《ひむがし》の五条わたりに、いと忍びて行《い》きけり
(3)みそかなる所なれば、門《かど》よりもえ入《い》らで、童《わらは》べの踏み開けたる築泥《ついひぢ》の崩れより通ひけり
(4)人繁くもあらねど、度《たび》重なりければ、あるじ聞きつけて、その通ひ路《ぢ》に夜ごとに人を据ゑて目守《まも》らせければ、行《い》けどもえ逢はで帰りけり
(5)さて、詠める
人知れぬ　我が通《かよ》ひ路《ぢ》の　関守《せきもり》は　宵《よひ》々ごとに　うちも寝ななむ、と詠めりければ、いといたう心病《や》みけり、あるじ許してけり
(6)二条の后に、忍びて参りけるを、世の聞こえありければ、せうとたちの目守《まも》らせ給ひけるとぞ

(2) 東《ひむがし》の五条わたりに、いと忍びて行《い》きけり

直前の第四段には「昔、東の五条に」とありました。ワタリは、あたり。

(3) みそかなる所なれば、門《かど》よりもえ入《い》らで、童《わらは》べの踏み開けたる築泥《ついひぢ》の崩れより通ひけり

†みそかなる所なれば、門《かど》よりもえ入《い》らで　人目を避けてこっそり通う所なので、門から入ることもできず。

†童《わらは》べの踏み開けたる築泥《ついひぢ》の崩れより通ひけり　子供たちが土塀《どべい》を踏み崩した所から屋敷のなかに入って、女のもとに通っていた。

†ついひぢ　ツキヒヂから変化した語形。ツキは「築《つ》き」、ヒヂは「泥」。泥を固めて築いた塀。土塀。材料が「泥」であることは意識に残り、〈築いたもの〉という意味が稀薄になってツキヒヂがツイヒヂになり、「泥」も意識されなくなってツイヂに変化した結果、「築地」という本来と違う語構成分析（異分析）も出てきました。辞書には、「ツキヒヂの音便」などと説明されていますが、こういう個別的語形変化は語構成意識の変化を反映しています。泥土で築いた塀なので、子供でも崩すことができるほど脆く、また、「長雨に築地《ついぢ》所々崩れてなむ」〈源氏物語・須磨〉とあるように、雨に弱かったようです。

(4)人繁くもあらねど、度重《たび》なりければ、あるじ聞きつけて、その通ひ路《ぢ》に夜ごとに人を据ゑて目守《まも》らせければ、行けどもえ逢はで帰りけり

†人繁くもあらねど 頻繁に人が通る場所でもないので、人の目について世間のうわさになることもなかったが。

†目守《まも》らせければ 監視させたので。「まもる」は、本来、じっと見つめること。

†行けどもえ逢はで帰りけり 築泥の崩れた所から屋敷のなかに入って逢いに行こうとしたが、そこに見張りを付けられたので、逢うことができず、諦めて帰った。

(5)さて、詠める

人知れぬ　我が通《かよ》ひ路《ぢ》の　関守《せきもり》は　宵々《よひ》ごとに　うちも寝ななむ、と詠めりければ、いといたう心病《や》みけり、あるじ許してけり

人知れずわたしがかよう道の入り口にある関所の番人は、宵が来るごとに寝込んでほしいものだ。「うち寝《ぬ》」とは、就寝するのではなく、眠気に襲われて寝入ってしまうこと。「寝ななむ」のナムは、「花咲かなむ」のナムなどと同じ。〈～してほしい〉。

†～と詠めりければ、いといたう心病みけり 「詠めりければ」とは、追い払われて帰るときに築泥の崩れの前で、声に出して詠んだので、その和歌を聞いた相手の女性は我慢できないほ

ど心が痛んだ、ということです。

†あるじ許してけり　「あるじ」は家の主人、すなわち、女性の父親。「許してけり」は「許しつ」にケリを付けた形。悲しみに沈みきっている娘を見かねて、「をとこ」がかよってくるのを許した、ということ。

(6)二条の后に、忍びて参りけるを、世の聞こえありければ、せうとたちの目守《まも》らせ給ひけるとぞ

†世の聞こえありければ　世間のうわさが立ったので。

†せうと　姉や妹からみた、男の兄弟《きょうだい》。

†目守《まも》らせ給ひける　監視させなさった。第二段の「独りのみも、あらざりけらし」を想起させます。

第六段　露と答へて消えなましものを

(1)昔、をとこありけり

(2)女のえ得《う》まじかりけるを、年を経てよばひわたりけるを、からうじて盗み出《い》でて、いと暗きに来けり

(3)芥川《あくた》といふ川を率《ゐ》て行《い》きければ、草の上に置きたりける露を、かれは何《なに》ぞ、となむ、をとこに問ひける

(4)行《ゆ》く先多く、夜《よ》も更けにければ、鬼ある所とも知らで、神さへいといみじう鳴り、雨もいたう降りければ、あばらなる倉に女をば奥に押し入れて、をとこ、弓、やなぐひを負《お》ひて戸口にをり、はや夜《よ》も明けなむと思ひつゝ居たりけるに、鬼、はや、ひと口に食ひてけり、あなや、と言ひけれど、神鳴る騒《さわ》ぎに、え聞かざりけり

(5)やうやう夜《よ》も明けゆくに、見れば、率《ゐ》て来《こ》し女もなし、足摺《あしず》りをして泣けども、かひなし

(6)白玉《しらたま》か　何ぞと人の　問ひし時　露と答へて　消えなましものを

(7)これは、二条の后の、いとこの女御《にょうご》の御もとに、仕《つか》う奉《まつ》るやうにて居給へりけるを、容姿《かたち》のいとめでたくおはしければ、盗みて、負ひて出でたりけるを、御せうと、堀河の大臣《おとゞ》、太郎国経《くにつね》の大納言、まだ下臈《げらふ》にて、内裏《うち》へ参り給ふに、いみじう泣く人あるを聞きつけて、とゞめて取り返し給うてけり、それを、かく、鬼とはいふなりけり、まだいと若うて、后のたゞにおはしける時とや

---

(2)**女のえ得《う》まじかりけるを、年を経てよばひわたりけるを、からうじて盗み出《い》でて、いと暗きに来けり**

とうてい自分のものにはできそうもなかった女を、何年越しに言い寄りつづけてきたが、その女を、やっとのことで盗み出して、真っ暗ななかをやってきた。

冒頭に「行きけり」でなく「来けり」と表現しているのは、出来事の舞台に視点を据えて話し始めていることを示しています。

(3) 芥川《あくた》といふ川を率《ゐ》て行《い》きければ、草の上に置きたりける露を、かれは何《なに》ぞ、となむ、をとこに問ひける

†**芥川《あくた》という川**　「〜といふ川」という表現は、読み手がその川を知らないことを前提にしています。それなのに「芥川」という固有名詞を出しているのは、汚いゴミがたくさん浮いて流れている不潔な川と、そのほとりに無垢に輝いている露の玉、そして、そこを行く若く美しい女性とを対比的にイメージさせるための架空の川の名だと推定されます。仮名連鎖「あくたかは」から「芥」を連想しないはずはないし、このあとに出てくるボロ倉のイメージともマッチしています。同名の川が実在することも指摘されていますが、そういう情報は、この挿話を理解するうえで排除すべきノイズです。

†**率《ゐ》て行《い》きければ**　先に立って連れて行ったところ。

†**かれはなにぞ**　あれは何?　夜に外出したことなどない、いかにも深窓の娘らしい質問ですが、あまりに非現実的ですから、物語のなかで、この質問が生かされるであろうことが予想されます。そのあとのナムは、ここで話がひと区切れすることを予告しています。

(4)行《ゆ》く先多く、夜《よ》も更けにければ、鬼ある所とも知らで、神さへいといみじう鳴り、雨もいたう降りければ、あばらなる倉に女をば奥に押し入れて、をとこ、弓、やなぐひを負《お》ひて戸口にをり、はや夜《よ》も明けなむと思ひつゝ居たりけるに、鬼、はや、ひと口に食ひてけり、あなや、と言ひけれど、神鳴る騒《さわ》ぎに、え聞かざりけり

†行く先多く　「行く先」とは、「来し方行く先」（例。源氏物語・賢木）の「行く先」です。「行く先多く」とは、さほどの距離はなくても、夜道では歩きにくい場所が多かったということでしょう。第三段の「むぐらの宿に寝もしなむ」の和歌が想起されます。

†神さへいといみじう鳴り　神の発する音響が神鳴りです。神の怒りの表明として恐れられたのでしょう。「神さへ」とは、鬼がいるだけでも恐ろしいのに神までが、ということです。

†あばらなる倉　もう長い間使っていないボロ倉。

†やなぐひ　矢を入れて背中に背負う道具。

†はや明けなむ　早く夜が明けてほしい。早く夜が明けないかなあ。

†居たりけるに　動かずにじっと座っていたところ。

†はや、ひと口に食ひてけり　ぱっと一口に食ってしまっていた。

†あなや、と言ひけれど、神鳴る騒《さわ》ぎに、え聞かざりけり　アレー、と叫んだが、雷鳴が激しくて、とても聞こえる状態ではなかった。

(5)やうやう夜《よ》も明けゆくに、見れば、率《ゐ》て来《こ》し女もなし、足摺《あしず》りをして泣けども、かひなし

†足摺をして　取り返しのつかない悔しさのやり場がなく、地団駄《じたんだ》を踏んで。

†かひなし　効果がなかった。取り返しがつかなかった。

(6)白玉《しらたま》か　何ぞと人の　問ひし時　露と答へて　消えなましものを

これは真珠ですか、なんですか、と彼女が尋ねたあのときに、露です、と答えてわたしは消えてしまえばよかったのに、ということです。露は、はかない命の慣用的な喩えでした。

(7)これは、二条の后の、いとこの女御《にょうご》の御もとに、仕《つか》う奉《まつ》るやうにて居給へりけるを、容姿《かたち》のいとめでたくおはしければ、盗みて、負ひて出でたりけるを、御せうと、堀河の大臣《おとゞ》、太郎国経《くにつね》の大納言、まだ下臈《げらふ》にて、内裏《うち》へ参り給ふに、いみじう泣く人あるを聞きつけて、とゞめて取り返し給うてけり、それを、かく、鬼とはいふなりけり、まだいと若うて、后のたゞにおはしける時とや

†仕《つか》う奉《まつ》るやうにて居給へりけるを　お仕えするような形でおいでになったのを。

†まだ下臈《げらふ》にて　「下臈」は、官位の低い者。後に大納言にまでなっているが、まだ若いので下臈だったという表現。

同じほど、それより下臈の更衣たちは、ましてやすからず
〔源氏物語・桐壺〕

†まだいと若うて、后のたゞにおはしける時とや 二条の后が、まだ、とても若くて、公的地位などのないふつうの女性だった時分のことだとかいう話です。

■**連接構文**（83ページ他） 句読点や引用符を使って書く現代語の文章と違って、平安時代の仮名文は、句節をつぎつぎとあとに継ぎ足して構成されています。貨物列車が、必要なだけ車輌を継ぎ足して、たまたま最後になった車輌が列車の末尾になるのと同じだと考えてください。それが口頭言語の自然な姿なのです。平安時代の仮名文は、口頭言語のそういう特徴を生かして洗練された書記文体なのです。句節とは、意味のまとまりをもった短い句や、それよりも長い単位の節を漠然とひとまとめにした用語です。句は英文法の phrase《フレーズ》、節は clause《クローズ》にほぼ相当します。このような特徴をもつ仮名文の構文を連接構文とよびます。

連接構文の切れ続きは、句読点や引用符ではなく、伸縮自在の pause《ポーズ》として顕現され、内容は場面や文脈に依存して理解されます。したがって、仮名文に古典文法は当てはまりません。

第七段　うらやましくも帰る波かな

第七段と第八段とは、《あづまくだり》の中核である第九段への入り口、ないし助走に相当します。どちらの段も第九段よりずっと短く、また、はじめの部分が第九段と似ているので、あとの時期になってから、この位置に挿入されたという考えが近年は優勢のようですが、それぞれの段で述べる理由から筆者は支持できません。

(1)昔、をとこありけり
(2)京に有りわびて、あづまに行《い》きけるに伊勢、尾張の間《あはひ》の海面《うみづら》を行《ゆ》くに、波のいと白く立つを見て
(3)いとゞしく　過ぎゆく方《かた》の　恋しきに　うらやましくも　帰る波かな、となむ詠めりける

(2)京に有りわびて、あづまに行《い》きけるに、伊勢、尾張の間《あはひ》の海面《うみづら》を行《ゆ》くに、波のいと白く立つを見て

†**京に有りわびて**　京で生きてゆくのが、つらくなって。第四段から第六段までの挿話の続きとして読めば、京に有りわびた理由は明らかです。

†**あづま**　東国地方。行政的には、時代によって範囲が一定していないようですが、京の人たちには、京の文化が及んでいない、そして、話していることばも違う、はるか東のほうの辺鄙《へんぴ》きわまりない地域と認識されていました。

†**行《い》きけるに**　第一段で述べたように、「往ぬ」は、目的を果たしたら戻ることを前提にして出かけることですが、ここは「行きけるに」ですから、京に戻ることを必ずしも前提とせずに東国に向かっています。「あづまに」というだけで目的地が特定されていないので、ひたすら東国へ、ということです。

†**伊勢、尾張の間《あはひ》**　伊勢神宮のある伊勢の国（三重県）までは京の文化圏。そして尾張の国（愛知県）から東は「あづま」という認識を反映しています。いよいよこれから、すべてについてなじみのない東国に入るのだ、という場所に来て、ということです。

†**海面《づら》を行《ゆ》くに**　海岸線に沿って行くと。

†**波のいと白く立つを見て**　目に痛いほど真っ白に輝く波頭《なみがしら》が岸に近づいては沖に戻って行

くようすを動的に描写しています。海から遠い京の人たちにとっては、自然環境の違いを実感させる描写だったでしょう。

(3)いとゞしく　過ぎゆく方《かた》の　恋しきに　うらやましくも　帰る波かな、となむ詠めりける

†いとゞしく　はなはだしく。度を越して。

†いとゞしく過ぎゆくかたの恋しきに　京で過ごした間のもろもろの出来事が、これから東国に足を踏み入れることになって、どんどん遠い過去になってゆく、そういう過去の出来事が、恋しくてたまらなくなってくる、という状態において、ということ。古典文法では、「いとどしく」が、「過ぎゆく」にかかるか、「恋しき」にかかるかと、副詞の修飾する動詞句を択一しようとしますが、和歌の場合には、「いとどしく」が「過ぎゆく」をかすって「恋しく」に落ち着くという捉えかたになります。空間的には、京がどんどん遠くなってゆく、ということにもなります。

「過ぎゆく」をかすってとは、「いとどしく過ぎゆく」という関係を捉えたうえで、安定感が十分でないと判断し、その結び付きを保留したまま続きを読んで「いとどしく恋しきに」で落ち着く、というプロセスを踏むという意味です。もとより、当時の人たちにとっては、ほとんど反射的かつ無意識の判断です。つぎの和歌も、「いとどしく」が「虫の音しげき」

をかすって、「露おき添ふる」で落ち着いています。

いとどしく　虫の音《ね》しげ《繁》き　浅茅生《あさぢふ》に　露おき《置》添ふる　雲の上人《うへひと》

〔源氏物語・桐壺〕

幼い光源氏を預かる祖母のもとに天皇の命《めい》を受けてようすを見に行った女官と別れるときの祖母の心情。「浅茅生」は草ぼうぼうの野原。「露おき添ふる」は、露の置いた野原に、涙の露を置き加える。「雲の上人」は、雲の上に住む人、すなわち、天皇のそばに仕える人。

†うらやましくも帰る波かな　自分は住み慣れた京に引き返すわけにいかないが、うらやましいことに、波はもと来た沖に帰ってゆくということです。これから見知らぬ東国に行くのだという決心が揺らぎかけるのを抑える苦しさが「うらやましくも」に滲《にじ》み出ています。

■『後撰和歌集』の和歌

これと同じ和歌が『後撰和歌集』に、在原業平の作として、つぎの詞書を添えて収められています。

あづまへ罷りけるに、過ぎぬるかた恋しくおぼえけるほどに、川を渡りけるに、波の立ちけるを見て〔羇旅・1352・業平朝臣〕

「あづまへ罷りけるに」は、『伊勢物語』の「京に有りわびてあづまに行《い》きけるに」という表現から漂ってくる悲壮感を感じさせませんが、京に住み慣れた人間がことばも通じない辺鄙な東国に行くことには相応の覚悟が必要でした。「川を渡りけるに」とは、この川を渡ればその向こうは東国だという位置にある川だとわかります。

■ **名作か凡作か**

この挿話について、つぎの解説があります。筆者の見解と大きく相違する箇所に傍線を付します。

二条后関係の段の直後だから、「京にありわびて」を后との恋の傷心と読むことが許されてよい。ただし「いとどしく」の歌を深刻に鑑賞するのは当るまい。「伊勢、尾張」の境は、都から東国への道筋では海に接する最初である。「海」↓「浪・浦」↓「帰る浪・羨《うらや》まし」は、そこから誰でも思いつく。いわば海を待っていたとばかりに、「うらやましくも帰る浪」と歌うのである。（渡辺実）

「海を待っていた」については、そのまえに、「都から東国への道筋では海に接する最初である」という説明があります。

「水海《みづうみ》」（更級日記）は近くにあるが「塩海《しほうみ》」（土左日記・十二月廿二日）から遠い京の人たちが、陸路が続いてうんざりしたあとに海が見える場所に出て、喜んで一首ひねったが、海に関連したことばを寄せ集めればだれでも詠むことのできる、即興の浅薄な和歌に過ぎないということのようです。

筆者の提示した解釈は、「深刻な鑑賞」に当たるのでしょうが、表現解析の基本姿勢が、したがって、目の付けどころもまた、まるで違っています。

この和歌の評価の分かれ目は、この一段を『伊勢物語』の流れのなかに位置づけて前段までと不可分に捉えるか、右に引用した注釈書のように、第九段と内容が似ている挿話をここに貼り付けたにすぎないと捉えるかにあります。

第八段　あさまの岳に立つ煙

(1)昔、をとこありけり
(2)京や住み憂かりけむ、あづまの方《かた》にゆきて住み所《どころ》求むとて、ともとする人、ひとりふたりして行《ゆ》きけり
(3)信濃の国、あさまの岳《たけ》に煙《けぶり》の立つを見て
信濃なる　あさまの岳に　立つ煙　遠近人《をちこちびと》の　見やはとがめぬ

(2)京や住み憂かりけむ、あづまの方《かた》にゆきて住み所《どころ》求むとて、ともとする人、ひとりふたりして行《ゆ》きけり

†**京や住み憂かりけむ**　京に住んでいると滅入ってしまうからだろうか。「住み憂かりけむ」と、ケムで結ばれていることは、「をとこ」の心情と、「あづま」に行こうと決心した動機とを書き手が推測したことを表わしています。「住み憂くおぼえて」よりも、第三者がそのよ

うに推測しているほうが、事態を客観的に捉えている印象が強くなります。

†ともとする人　「とも」は「友」でも「供」でも、それぞれに文脈がつうじます。ふたつの語は同起源でしょうが、『伊勢物語』の時期には、別々の意味で使われていました。筆者は「友」か「供」かと判断に苦しんだのですが、それは「とも」だけを考えて「ともとする」とはどういう意味だろうと考えてみなかったからです。

注釈書は、「友」が優勢です。校訂テクストを「友」とし、現代語訳も「友人」、頭注には「友人」としたうえで、江戸時代の国学者、荷田春満《かだのあずままろ》の『伊勢物語童子問』を紹介している注釈書があります。

> 『童子問』は「東のかたに行きてすみ所もとむと出でたつに、すみわびたる人はありとても、いひあはせて東国へすみ所求むる朋友有《ある》べきにあらず」として、従者と見る。（福井貞助）

京に住み侘びている人はほかにいても、意見が一致して東国のどこかに住む場所を探そうなどという友人がいるはずはないから、この「とも」は従者（供）だという見解の紹介です。現代の感覚で言えば、東京に住むのが嫌になった人間がいたとしてもアマゾンの奥地でいっしょに住もうなどという友人がいるはずはないということですから、説得力は十分のようにみえます。この見解を紹介しておきながら、校注者は、一言の理由も述べずに、「供」

を捨てて「友」を採っています。筆者が問題にしているのは結論の当否だけでなく、結論を導く過程に飛躍や矛盾、手抜きがないかどうかです。

この二十年来、筆者が声を大にして批判しつづけてきたのは、こういうたぐいの曖昧な注釈が多すぎることです。これでは、なんのために『童子問』を引用したのか理解できません。否定するならその根拠を提示すべきだという、研究一般に共通する基本ルールが、このぬるま湯的な閉鎖社会には確立されていないようにみえます。

そのようななかにあって、校訂本文を「ともとする人」と、「とも」に漢字を当てず、その理由をつぎのように説明している注釈書があります。

「とも」は「友」「供」両説ある。九段の「友」は底本も漢字であり、同じ表現であることから、ここも「友」と見てよさそうであるが、逆に漢字と仮名を書き分けたとも見られ、きめ手にはならない。意味の上からみれば「友」が適当であろう。（永井和子）

「友」に大きく傾斜しながらも断定を避けています。ただし、現代語訳は「友人ひとり、ふたりと」になっています。どちらかにしないと訳文にならないので、これは、やむをえない選択でしょう。

昔、男、いとうるはしき友ありけり〔第四六段〕

惟喬《これたか》の親王《みこ》、例の狩りしにおはします供に、馬頭《うまのかみ》なる翁、仕うまつれり
〔第八三段〕

山鳥、友を恋ひて、鏡を見すれば慰むらむ、心若う、いとあはれなり
〔枕草子・鳥は〕

初瀬の供にありし若人、出で来て下ろす〔源氏物語・東屋〕

このような例では、判別に迷うことがないのに、どうして、第八段と第九段の「とも」が、判別困難なのでしょうか。

その疑問を解くカギは、「ともをする人」との違いにあります。

「ともとする」とは、以前からの主従関係でもなく友人でもないが、東国にひとりで旅をするのは心細いので、〈旅は道連れ〉で、いっしょに旅につきあってくれる「とも」役の人をひとり、ふたり探して、ということでしょう。いわば、にわか仕立ての友人です。京の雰囲気から急には離れたくない、という気持も強かったはずです。ということなら「供」ではなく「友」に違いありません。そもそも、こういう場合、供のことまでは触れないのがふつうです。「供」には「人」でなく「者」がふさわしいということもあります。

定家の自筆テクストでは多くの二音節名詞を原則として漢字表記にしているのに、第九段で「友」を当てながら、直前の第八段で仮名表記にしていることには、定家の細かい計算が

あります。そのことについては、第九段で説明します。

†**ひとりふたりして行《ゆ》きけり**　ひとりとふたりでは大違いなのに、こういう曖昧な表現をしているのは、とてもさびしい旅であったことを印象づけようとしたものでしょう。この「をとこ」の身分なら、もっと多くの人を連れて旅をするのがふつうだったはずです。

(3)信濃の国、あさまの岳《たけ》に煙《けぶり》の立つを見て

†**信濃の国**　現在の長野県。

†**あさまの岳《たけ》に煙《けぶり》の立つを見て**　『伊勢物語』が書かれた時期に、常時、噴煙をあげていたかどうかは不明ですが、この場合は、京の人たちが、遠い信濃の国に、山頂から煙を吐いている浅間の岳という火山があることさえ知っているだけで十分です。

つぎに引用するふたつの注釈書は、いずれも、第七段と第八段とが第九段と似ているので、そのまえに置いたという立場で考えていますが、筆者の解釈とはあい容れません。そのことについてはあとで取り上げます。

ⓐ煙を噴き上げる活火山は、「男」に異様な山とうつる。なのに土地の人は別に関心を示さない。それを不審とよんだ旅の歌で、(略) 二条后との悲恋の影をこの歌に期待するのは考え過ぎだし、(略) 業平らしい男

の東下りの九段を中核として、類似の話を増補したのが七、八段なのである。（渡辺実）

ⓑ浅間山の噴煙を目にしうる地方でうたわれた民謡であっただろう。人目をしのぶ男女の恋が世間に知られるのを恐れる気持を浅間の煙に寄せた歌だが、それを東下りの話群に仕込んだのである。新古今集で業平の作としたのは伊勢物語によるものである。（秋山虔）

この和歌の表面的意味は、おおよそ、つぎのようなことです。信濃の国にある浅間山から立ち上《のぼ》っている煙を見て、この近隣の人たちも遠方の人たちも、いったいなにごとだろうと見咎めないのだろうか。

土地の民謡だっただろうという推定は、この和歌がいかにも単純かつ平易な内容にみえるからなのでしょう。しかし、「業平らしい男の東下りの九段を中核として類似の話を増補したのが七、八段なのである」とか、「地方で歌われた民謡」であったものを「東下りの話群に仕込んだのである」とかいう、証明できない理由づけで『伊勢物語』のこの位置に取り込まれたと決めつけてしまうことには大きな疑問が残ります。

注目されるのは第二句の仮名連鎖「あさまのたけ」です。なぜなら、この和歌は、「あさまのたけ」の「あさま」が〈まさかと驚くばかりだ〉という意味の「あさまし」を喚起することを期待して構成されているはずだからです。したがって、「あさまのたけ」を「浅間の岳」と書き換えたとたんに、この和歌の生命は失われてしまいます。

『新古今和歌集』に「東《あづま》の方《かた》に罷りけるに、あさまのたけにけふりのたつを見てよめる」という詞書を添えて、この和歌が収められています〔羇旅・903・業平朝臣〕。その歌集の注釈書のひとつに〈「浅間」から「あさまし」を連想〉という注があります〔田中裕・赤瀬信吾校注『新古今和歌集』新日本古典文学大系・岩波書店・1992〕。ただし、「あさまし」を連想することによって和歌の解釈がどう変わるかについては説明がありません。『新古今和歌集』が編纂された時期には、平安前期と違って、和歌が仮名の連鎖としてではなく音節の連鎖として捉えられるようになっており、『伊勢物語』と同じ和歌でも中世の読みかたで読まれたはずなので、以上に述べたことがそのままには当てはまりません〔『古典和歌解読』〕。

「をとこ」は、二条の后との関係についてうわさを立てられ、京に住みつづけることができなくなって、彼女と関係を続けることを断念し、東国に旅立ちましたが、東国に来てみると、あさまの岳が勢いよく煙を吐いていました。この壮大な噴煙を見ているのに、どうして、まわりの人たちはそのことを気に止めないのだろう、派手な行動を見とがめられて居所を失った自分には、あまりに意外で理解できない（あさまし）ということです。京の人たちがこういうおおらかな気質だったなら、泣く泣く東国に旅立たなくても済んだのに、という思いも込められているでしょう。

■「段」に分割された作品の全体的構成

古典文学作品のなかには、『伊勢物語』、『枕草子』、『徒然草』などのように、「段」に区切られているものがあります。作者の付けた番号ではなく、近世になって区切りを付け、第何段とよばれるようになったものです。『枕草子』は、異本による異同が大きく、また、どこに切れ目を置くかも校訂者によって一定していないために、段数ではなく「春はあけぼの」とか「うつくしきもの」とか表示するのがふつうです。『徒然草』は、ほとんどすべて、北村季吟が段に分割した『徒然草文段抄《もんだんしょう》』(1667)に基づいているので、どの注釈書も段が同じですが、よく読むと、ときおり、区切りかたが適切でないことに気がつきます。

『伊勢物語』は、最初から区切られているので、天福本を底本にした校訂本の間で段の区切りに問題を生じることはありませんが、段の境界がはっきりしているだけに、前後の段と切り離して、独立の挿話として扱われることが、逆に大きな問題です。第七段と第八段とは、そういう典型的事例のひとつです。

『伊勢物語』の原型は『古今和歌集』の編纂よりも早い時期に成立し、その後、二度の増補を経て天福本のようなテクストになったという仮説が有力になっているようで、本書に引用した注釈書の解説も、多くはそういう成立過程を前提にしています。ただし、増補の可能性を認めながらも、さらに深く検討する余地が残されていることを示唆したり（森野宗明・解説）、「説の当否はともかくとして」（永井和子・解説）という表現でその基本的立場に懐疑的であることを示唆している注釈書もあります。

『伊勢物語』がどのような過程を経て成立したかは、その道の専門家にとって大問題かもしれません。しかし、第三者の立場にある筆者からみると、随所に複数の解釈が成立する可能性があるために、確実な推論に到達するのは困難のようにみえます。

三段階で成立したとみなす立場から、『伊勢物語』を構成する全段を、ⓐ原形の段階からあった諸段、ⓑそのあとで増補された諸段、そして、ⓒさらにそのあとで増補された諸段、の三群に分ける試みを筆者が素直に評価できないのは、その研究が、第一回の増補によって、さらに第二回の増補によって、『伊勢物語』の骨格をどのように変えたのか、あるいは、その骨格をどのように変えようとしたのか、という問題意識が、研究結果を報告した側にも、また、その結果を受容した側にも認められないだけでなく、今後の課題としても認識されていないようにみえるからです。

ここには、問題点を指摘しておくだけにして、第九段についての検討がひととおり終わったところで、改めてそのことを取り上げます。

第二章　あづまくだり　主部（第九段）

第九段Ⅰ　道知れる人もなくて、まどひ行きけり

(1)昔、をとこありけり
(2)そのをとこ、身をえうなきものに思ひなして、京にはあらじ、あづまの方《かた》に、住むべき国求めにとて行《ゆ》きけり
(3)もとより友とする人、ひとりふたりして行《い》きけり
(4)道知れる人もなくて、まどひ行《い》きけり

■第八段冒頭部との比較

定家自筆の証本は、どれも、右側と左側との見開き二面を単位に構成されています。そのことをしっかり念頭に置いたうえて、第八段と第九段との書きはじめの部分を見てみましょう。図版（116–117ページ）は天福本の第七紙裏（十四ページ）と第八紙表（十五ページ）の見開きです。右端は第七段の二行目、左端は第九段の六行目にあたります。

第八段は右面七行目から左面四行目まで、第九段は左面五行目から始まっています。第八段は七行だけなので、第八段の始まり（⑦）と第九段の始まり（⑭）とは、左右の面の、対称的位置にあるために、写し手や読み手が、しばらく目を離したあとで戻ろうとしたとき、表現がよく似ているので別のほうに戻ってしまい、同じ部分を重ねて写したり、逆に、中間をとばして先に進んでしまう恐れがあります。

定家はそのことを計算に入れて、写し間違いを防ぐために表記や用語に細心の注意を払っています。傍線を加えた部分は、視覚的印象の違いで、見分けさせようとしたものです。

第八段　⑦むかし　おとこ　有けり　⑧あつまの方にゆきて　すみ所もとむとて
　⑨ともとする人　ひとりふたりしてゆきけり

第九段　⑭むかし　おとこ　ありけり　⑯あつまの方に　すむへきくにもとめにとて
　⑱友とする人　ひとりふたりしていきけり

現代語の〈ゆく〉と〈いく〉とは、文体上の使い分けがあります。平安時代の仮名文にもそれと同じ傾向が認められますが、右に示した「ゆきけり」と「いきけり」とは、明らかに視覚的違いを利用した書き分けです。右に例示したように、第八段に「ゆきて」を使い、第九段に、「ゆきて」も「いきて」も意図的に使用しなかった、あるいは、その逆に、第八段に「ゆきて」を加えたと思われる例もあります。これが、他の定家自筆テクストにも適用さ

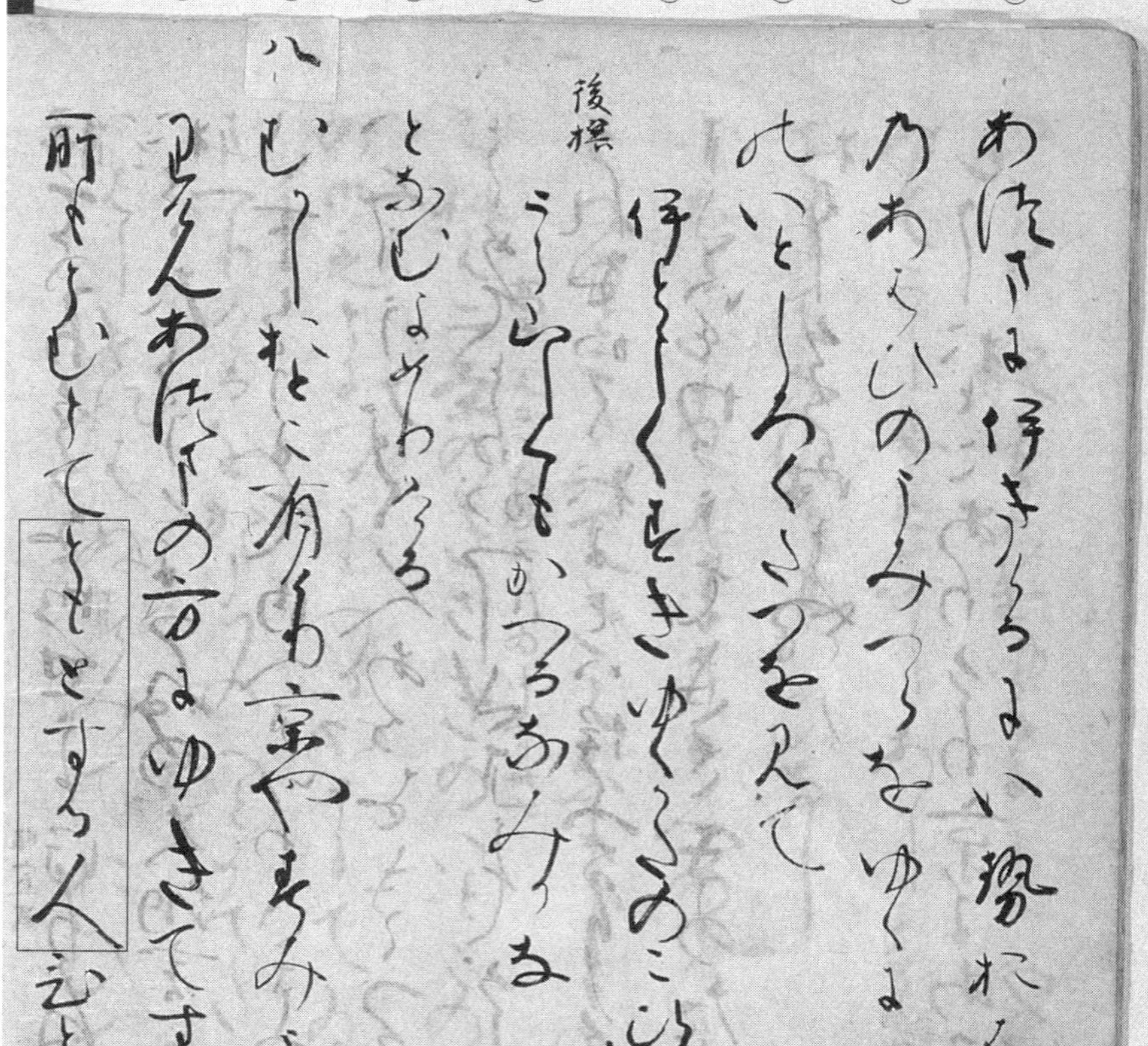

① あつまへいきけるに伊勢をはり
② のあはひのうみつらをゆくに浪
③ のいとしろくたつを見て
④ いとゝしくすきゆく方のこひしきに
⑤ 後撰 うらやましくもかへる浪かな
⑥ となむよめりける
⑦ 八 むかしおとこ有けり京やすみう
⑧ かりけんあつまの方にゆきてすみ
⑨ 所もとむとてともとする人ひとり

第八段 第七段

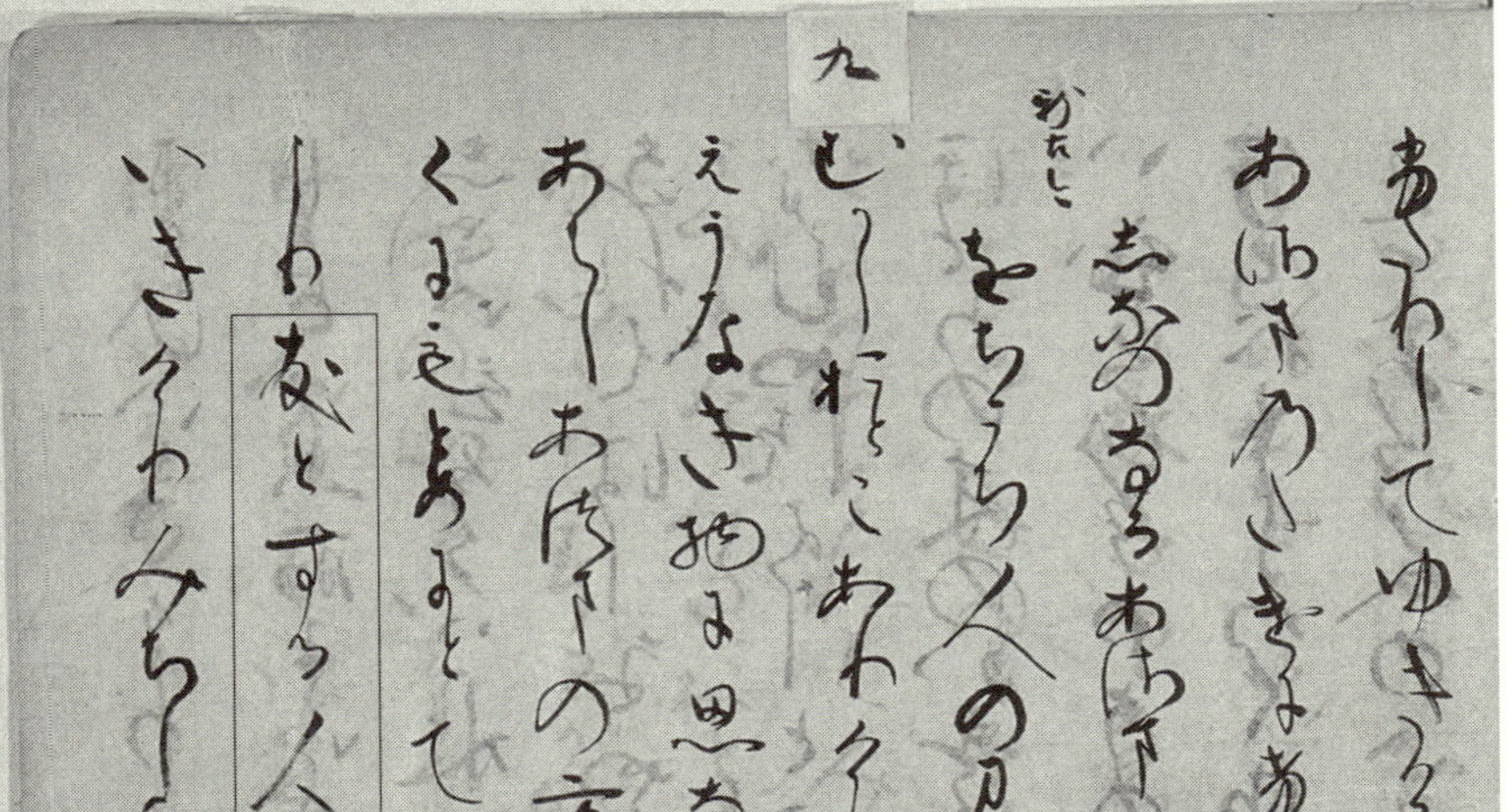

第九段

れている証本作成の方法なのです。

前段で説明したように、友人の意味の「とも」は「友」と漢字で表記するのが定家自筆テクストの基本原則ですが、先行する第八段ではその原則を破って「ともとする人」と書き、第九段で原則どおりに「友とする人」と書いています。これは、ふたつの段の対応する部分の表現がたいへん紛らわしいために、先に出てくるほうで原則を破ることによって、これはおかしいと注意を喚起し、いったん目を離したあとでも、同じところに正しく戻れるようにするための一連の工夫のひとつだったと考えられます。

これほど周到な書き換えをしているなかで、「む可《か》し」、「於《お》とこ」、「あ徒《づ》万《ま》」、「飛《ひ》とり」、「布《ふ》多《た》り」など、《定家綴り《スペリング》》ともよぶべき独自の表記を崩していないことにも、同時に注目しなければなりません。

■もとより友とする人

第八段では、「もとより」がありませんでした。ひとつには、第八段「あつまの方にゆきてすみ所もとむとて」と第九段「あつまの方にすむへきくにもとめにとて」との場合と同じ理由で、定家が「もとより」を加えた可能性が考えられます。そうだとすれば、「もとより」を深く意味づけすべきではありません。しかし、基づいたテクストの表現を受け継いでいるとしたら、〈旅をする場合、以前から友達として同行してくれていた〉という意味に理解すべきでしょう。

一般に、テクストは順次に読み進むことを前提にして書かれており、校訂作業もそれと同じ過程を踏んで進められるのがふつうでしょうが、定家は、このように、先のほうまで丹念に読んで解釈を確定したうえで、写し誤りや語句の取り違えが生じないように、左右両面の用字を工夫しているのです。それは、『伊勢物語』に限ったことではありません。

■ **頻出する「けり」の表現効果**

たったこれだけの短かい叙述が、くどいほど「けり」を添えた四つの文で構成されています。くどく感じるのは、仮名文では、ひとまとまりの、多少とも長い叙述の末尾に「けり」を使用している場合が多いのに、つぎのように短かくボツボツと切れているからです。

(1)昔、をとこありけり

(2)そのをとこ、身をえうなきものに思ひなして、京にはあらじ、あづまの方《かた》に、住むべき国求めにとて行《ゆ》きけり

(3)もとより友とする人、一人二人して行《い》きけり

(4)道知れる人もなくて、まどひ行《い》きけり

直前の第八段によく似た内容ですが、同じように区切ると、そちらはつぎのように「けり」がふたつしか使われていません。「昔、をとこありけり」を常套句《じょうとうく》として除外すれば、

両者の違いはいっそう際だちます。

(1)昔、をとこありけり

(2)京や住み憂かりけむ、あづまの方《かた》にゆきて住み所《どころ》求むとて、友とする人、ひとりふたりして行《ゆ》きけり

さらにそのまえの第七段を振り返りましょう。

(1)昔、をとこありけり

(2)京に有りわびてあづまに行《い》きけるに、伊勢、尾張の間《あはひ》の海面《うみづら》を行《ゆ》くに、波のいと白く立つを見て、(和歌略)、となむ詠めりける

「いきけるに」、「ゆくに」と続け、和歌の後が「〜なむ〜ける」と結ばれています。いわゆる係り結びですが、このような文脈における「なむ」は、叙述の流れがその直後で大きく切れることを、すなわち、この場合には、この挿話がそこで終わることを表わしています。第八段も第九段も、叙述がさらに続きますから、この部分に「なむ」は出てきません。

以上をまとめると、第七段は中間に「けり」を置いていったん切り、第八段は坦々と叙述し、第九段では、くどいほど「けり」で切ったうえで、つぎの短かい叙述を始めています。これは、「をとこ」が、東国にあこがれて旅立ったわけではなく、心を京に残しながら、後ろ髪を引かれる思いで、知らない道をたどたどしく進んでいったその心理を、短かい文を積

み重ねることによって表わしているからです。
冒頭がよく似た三つの段を重ねることによって、涙をのんで京を後にせざるをえなくなった「をとこ」の心理をだんだん深刻に描いてゆく手法に注目すべきです。

(2)そのをとこ、身をえうなきものに思ひなして、京にはあらじ、あづまの方《かた》に、住むべき国求めにとて行《ゆ》きけり

†**身をえうなきものに思ひなして**　「えうなし」の適切な用例を仮名文では指摘できませんが、『今昔物語集』巻第二十四の「在原業平中将行東方読和歌語第三十五」に『伊勢物語』のこの段に基づいたと推定される挿話があり、その対応部分に「身ヲ要無キ物ニ思ヒ成シテ」とあるので、それを支えにして、ひとまず、「要なき者」と認めておきます。「用なし」の可能性も完全には否定できませんが、どちらをとっても意味にさほどの違いはありません。起源は漢語であっても、漢字を離れ、和語よりも強い含みで使用されていた可能性が考えられます。

第七段……京に有りわびて、あづまに行きけるに
第八段……京や住み憂かりけむ、あづまの方にゆきて
第九段……身をえうなきものに思ひなして、京にはあらじ、あづまの方に（略）行《ゆ》きけり

第七段で「京に有りわびて」、第八段で「京や住み憂かりけむ」を読んだそのあとで第九段の「身をえうなきものに思ひなして」という、さらに進んだ表現を読めば、「えうなきもの」とは、〈必要とされていない人間〉、〈いないほうがよい人間〉といった意味であることが、当時の人たちに間違いなく理解できたはずです。

「えうなきものに思ひて」ではなく、「思ひなして」、すなわち、〈自分自身にそのように思わせて〉、〈自分を納得させて〉と表現されていることが注目されます。なぜなら、よほどの事情がないかぎり、華やかな京に住み慣れた貴族が極端に辺鄙な東国に住もうと自分から思い立ったりすることはありえなかったはずだからです。自分でかってにそう思って、という意味ではないので、「思い込んで」、「きめこんで」という現代語訳は支持できません。

†住むべき国　第八段には「あづまの方《かた》にゆきて住み所求むとて」となっています。〈とにかく東国のほうに行って、住むところを探そう〉という自然な表現ですが、第九段は、「あづまの方に、住むべき国求めに」ですから、表現としては、武蔵の国がよいか、駿河の国がよいか、それとも、〜と、どの国を選ぶかを第一条件にして、そのなかで定住すべき地を探そうという意味になるので、いささか不自然ですが、これも、第八段との違いを表わしているわけではなく、目移りを防ぐための言い換えにすぎないようです。

†ひとりふたりして行《い》きけり　「ゆく」は基本的に雅の文体の語彙に属しており、「いく」は基

本的に俗の文体の語彙に属していますが、対応する部分を比較すると、第八段は「ゆきけり」で、第九段は「いきけり」になっていますから、これも、目移りを防ぐための書き換えです。底本がこういう柔軟な用字原理に基づいて表記されていることを知らないと、〈『伊勢物語』の場合、ユクとイクとは等価であり、恣意的に選択されている〉という誤った結論を導き出しかねません。天福本を底本にしている『伊勢物語』の注釈書のなかに、定家の用字原理を正確に把握しているものは見あたらないようです。ときには不徹底な処理と思われる事例もありますが、用字原理の基本と、どういう場合にそれが柔軟に運用されているかとをひととおり心得ておくことが、定家自筆のテクストやそれを模写したテクストを扱ううえで不可欠であることをこの機会にも指摘しておきます。〔『日本語書記史原論』〕

(4)道知れる人もなくて、まどひ行《い》きけり

現在は、マヨウに「迷」字を当て、マドウに「惑」字を当てて交通整理が確立されていますが、平安時代の字書類では、どちらの文字も「マドフ」に当てられています。マドフとは、選択肢が多すぎるために、あるいは、選択肢が与えられていないために、どのようにしたらよいか適切に判断できないことを表わします。一方、マヨフには「紕」字が当てられています。この文字は、粗く織った布の縦糸が左右に分かれた状態をさしますが、ちょうどそ

れと同じように、二つの選択肢のうち、どちらにしたらよいのか判断できないことを表わします。

知らない道がふたつに分岐していれば、どちらに行くかマヨフことになりますが、分岐するごとにそれを繰り返せば、「まどひゆきけり」という結果になります。

【補説】116ページ、図版の①行目、「伊きけるに」の「伊」は、すぐ右に「い」がある場合、写し手が目移りしないために使用されるのがふつうですが、ここでは、「ゆきけるに」でなく「いきけるに」であることを明示するために使用されています。この処置に連動して、すぐあとの国名を「伊勢」でなく「い勢」にしていますが、これも規則の柔軟な運用の一例です。

第九段Ⅱ　八つ橋といふ所

(1)三河の国、八つ橋といふ所に至りぬ
(2)そこを八つ橋といひけるは、水行く川の蜘蛛手《くもで》なれば、橋を八つ渡せるによりてなむ、八つ橋とは（異本）いひける
(3)その沢のほとりの、木の陰に下《お》りゐて、乾飯《かれいひ》食ひけり
(4)その沢に、かきつばた、いとおもしろく咲きたり
(5)それを見て、ある人の言はく、かきつはた、といふ五文字《いつもじ》を句の上《かみ》にすゑて、旅の心を詠めと言ひければ、詠める
唐衣《からころも》　着つゝなれにし　妻しあれば　はるぐきぬる　旅をしぞ思ふ、と詠めりければ、
(6)みな人、乾飯《かれいひ》のうへに涙落として、ほとひにけり

■京→伊勢→尾張→三河

毛筆で書かれたテクストでは、I発端の「みちしれる人もなくて、まどひいきけり」のあとに、そのまま続けて、「みかはのくに、やつはしといふ所に〜」と書いてあります。改行もせずに行の途中で話題が移っているので、馴れないうちは戸惑いますが、読み手は、これよりまえに第七段を読んでいます。

あづまに行《い》きけるに伊勢、尾張の間《あはひ》の海面《うみづら》を行《ゆ》くに、波のいと白く立つを見て

いとゞしく　過ぎゆく方《かた》の　恋しきに　うらやましくも　帰る波かな

京の文化圏の東端が伊勢であり、その隣の尾張から東が東国圏です。落差の大きいふたつの文化圏の「間《あはひ》」まで来て、「をとこ」は落ち着かない気持になります。京に戻りたいという強い誘惑に駆られますが、今さら引き返すわけにはいきません。やむをえずあきらめて、「うらやましくも帰る波かな」という歌を詠み、覚悟を決めて東路《あづまぢ》に入っていきます。地理に暗い当時の読者でも、第七段に出てきたのが尾張の国で、この第九段に三河の国が出てくれば、尾張よりもさらに奥に分け入っていることは自明です。その意味で、第八段が信濃の国であることは、脳裏にある東国略地図をかき乱す効果があります。

第七段は、短かい叙述のあとに和歌一首という、それ自体としては、無いほうがすっきり

するほど半端な挿話のように見えますが、ここまで読んでくると、それが第九段を理解するためのツナギであったことがわかります。

(1)三河の国、八つ橋といふ所に至りぬ

†八つ橋といふ所　この挿話は、京の人たちが、三河の国の細かい地名までは知らないことを前提にして、「八つ橋といふ所」と表現しています。物語の読み手は、そういう名の場所があることを「をとこ」もそれまで知らなかったと理解します。

†至りぬ　ヌは、事態が進行中で、まだ終わっていないことを表わします。旅の途中でここに着いたという表現ですから、傷心の旅にはまだ先があります。

ヌを古典文法では完了の助動詞とよんでいますが、それが適切な用語かどうかを確かめるために、学習用古語辞典のひとつで、ヌの項を引いてみましょう。

> [完了]①《動作・作用・状態の実現・発生を、確かに完了したと認める意（完了）を表す》…た。…てしまう。…てしまった。[例] 秋来《き》ぬと目にはさやかに見えねども風の音にぞおどろかれぬる〈古今・秋上・169〉[訳] 秋が来たと目で見てははっきり見えないけれども、風の音で（秋の訪れが）自然と感じられたことだよ。（略）〔『小学館全文全訳古語辞典』〕

第一句の「来ヌ」は〈来タ〉、第五句の「おどろかれヌル」は〈自然と感じられタことだよ〉と訳されていますが、そんなつまらない詩《poem》が、はたして『古今和歌集』では名作なのでしょうか。「秋来ぬ」とは、秋がすでに来ていて、これからも続くことを表わしており、また、「風の音にぞおどろかれぬる」とは、風の音を耳にして、秋はすでに来ているのだと気がついてハッとした、その感動がまだ持続していることを表わしています。暑いだけの夏を堪え忍びながら待ちに待っていた涼しい秋の到来を確認した喜びの表明です。

「自然と感じられたことだよ」という不思議な訳文は、「おどろか・れ・ぬる」と品詞分解なる手続きをして、①レは助動詞ルの未然形で、この場合は〈自発〉だから「自然と〜られる」でよい、②ヌルは完了の助動詞ヌの連体形だからタを当てればよいという訳の姿勢が、ぶざまな訳文を産んでしまったのです。多くの場合、テシマッタがマイナスの含みで使われていることを認識していれば、助動詞ヌの訳語として無条件で使えるはずはありません。右に提示した筆者自身の解説には、辞書に羅列してある訳語をひとつも使っていません。古典文法が、そして、この場合には《完了》という用語が、思考停止に陥らせています。古典文法を覚えないと入学試験に落第してしまうのが現実だとしたら、教える側にも習う側にも打つ手はありません。古文が嫌われる理由がよくわかります。

(2)そこを八つ橋といひけるは、水行く川の蜘蛛手《くもで》なれば、橋を八つ渡せるによりてなむ、八つ橋とはいひける。

†**そこを八つ橋といひけるは**　「けり」は、その場所を八つ橋とよぶことが、動かない事実であることを表わしています。

†**水行く川**　川によっては、流れが細くなったり、ほとんど水のない季節があります。この場面は、水が豊富に流れていないと都合が悪いので、「水行く川」として、イメージを形成したのでしょう。『方丈記』冒頭の「行く川の流れは絶えずして」も、勢いよく流れていなければそのあとの叙述が意味をなしません。〈『丁寧に読む古典』第五章〉

†**蜘蛛手なれば**　蜘蛛の足と同数の八本に分かれて流れているので、ということです。動物の場合は、器用に動かす前脚がしばしば「手」と捉えられます。掃除用具の熊手は、クマの前脚のような形の部分で物を掻き集めるからクマの手です。高級中国料理の素材熊掌《ゆうしょう》はクマの掌《てのひら》です。クモは、すべてのアシを使って獲物に糸を巻き付けるので八本全部を「手」と捉えたのでしょう。

†**橋を八つ渡せるによりてなむ、八つ橋とはいひける**　すでに述べたように、ナムは、直後に叙述の切れ目がくることを予告します。「八つ橋」という名称についての説明をここで終わり、このあとはつぎの話題に移っています。文末のケルは、以上に述べたことが確実な情報であ

るという、語り手による保証です。

■ケリの機能

物語の語り手は「八橋」という名称が地形に基づいていることを、文末のケリによって、疑いのない事実として提示していますが、みなさんは、そのような地形をイメージすることができるでしょうか。また、どこかで見たことがあるでしょうか。

愛知県知立《ちりゅう》市の無量寿寺に『伊勢物語』の史跡として造成され、カキツバタ三万本を植えた「八橋かきつばた園」（1812年造成）があるとのことですが、川が蜘蛛手になっている地形にはほど遠いようです（web サイトによる）。

八橋の遺跡という庭を持つ寺があるが、庭園は江戸時代になってからのものであり、その根拠は定かでない。しかし、『伊勢物語』の八橋がこの近くに想定されていることは確かであるから、何処其処《どこそこ》と特定はできぬが、知立市から刈谷市にかけての何処かと考えてよかろう。

〔片桐洋一『古今和歌集全評釈』・講談社・1998〕

洪水や地震などで地形が大きく変わってしまった可能性はありうるとしても、『伊勢物語』の描写が真実に近いとしたら、現在でも、日本のどこかに、あるいは、世界のどこかに、そういう地形の場所があるはずです。しかし、その確率は限りなくゼロに近いでしょう。扇状地や三角州から空想を広げた地形だと思われます。なお、右の引用の傍線部分が、どうして「〜と考えてよかろう」の根拠になるのか、筆者には理解できません。

『更級日記』には、つぎのように記されています。

三河の国の高師《たかし》の浜といふ、八つ橋は名のみして橋の形《かた》もなく、何《なに》の見所もなし

物語に夢中のこの作者は、『在五中将』（『伊勢物語』の別名）を読んで、上京する途中にそこを通るのを楽しみにしていたのでしょう。そのような橋が最初から存在しなかった可能性を、すなわち、この物語が虚構《フィクション》ではないかと疑っていません。現行の注釈書のほとんども『更級日記』の作者とナイーヴな認識を共有しているようです。

ここで大切なのは、東国に足を踏み入れてからさほど行かないうちに、早くもこのように不可思議な地形に出くわしたことです。『千一夜物語』に出てくるシンドバッド《Sindbad》の航海を思わせます。それが事実であることを保証しているケリの表現効果を認識しましょう。京の人たちは、東国について漠然と抱いてきた、想像を絶する地としてのイメージを、これによって新たにしたことでしょう。その特異な地形が八橋という地名の起源だということですから疑う余地はありませんでした。

「をとこ」たちの一行《いっこう》は世にも珍しい地形を目《ま》の当たりにして無邪気に感嘆していたわけ

ではありません。予期しない事態にこれからつぎつぎと出会うであろうことの前触れを感じて、京がますます恋しくなったに相違ありません。

(3)その沢のほとりの、木の陰に下《お》りゐて、乾飯《かれいひ》食ひけり

†下《お》りゐる　行動を中止して腰を下ろす。休憩する。

注釈書は、〈馬から下りて、そこに座る〉と説明していますが、馬に乗って行動している場合も、特別の事情がなければ食事をするときは下馬するでしょうから、〈馬から下りて〉と断るのは、〈衣服を脱いで風呂に入る〉と表現するようなものです。

『伊勢物語』には、「おりゐる」がこのほかに二例ありますが、説明は同じになります。

いま狩する交野《かたの》の渚の家、その院の桜、ことにおもしろし、その木の下《もと》に下《お》りゐて、枝を折りて挿頭《かざし》に挿して、上《かみ》、中《なか》、下《しも》、みな歌詠みけり〔第八二段〕

馬に乗って狩から戻り、院の桜がパッと咲いているのを見つけてそこで馬から下り、花の下に座って、と説明すれば、〈馬から下り〉が正当化されそうですが、理屈は同じです。

昔、男、和泉の国へいきけり。住吉の郡《こほり》、住吉の里、住吉の浜を行くに、いとおもしろければ、下《お》りゐつゝ、ゆく〔第六八段〕

見とれるようなすばらしい景色に出会うたびにそこで休憩することを繰り返しながら、ということでしょう。

御前《ごぜん》の人々、道も避《さ》りあへず来《き》込みぬれば、関山にみな下り居て、ここかしこの杉の下に車どもかきおろし、木《こ》隠れに居かしこまりて

〔源氏物語・関屋〕

もうじき光源氏がお通りになるということで、先導する人たちで道がいっぱいになり、前に進めなくなったために、みんな関のある山で進むのをやめて、あちこちの杉の木の下に牛車《ぎっしゃ》を駐車して木の陰に平伏し、光源氏の一行をお通しした、ということです。注釈書には、「馬から下りて」とありますが、テクストには「車どもをかき下ろし」、すなわち、〈牛車の轅《ながえ》を下ろして〉とあります。いずれにせよ、馬か車かの問題ではありません。

『源氏物語』から@a御門が退位する例、Ⓑ斎宮がつぎと交代する例をあげておきます。

ⓐ内の御門、御位に即かせ給ひて十八年（略）日ごろいと重く悩ませ給ふことありて、にはかに下り居させ給ひぬ〔若菜下〕

ⓑそのころ、斎院もおりゐ給ひて、后腹の女三宮《さんのみや》ゐ給ひぬ〔葵〕

退位した天皇は「おりゐの御門《みかど》」〔若菜上・匂宮〕とよばれています。

古語辞典などでは、休憩したりするのと退位するのとを①②に分けていますが、抽象のレヴェルをひとつ上げれば同じことになります。

一見してなんでもなさそうな語句でも、つぎの前提で検討することが表現解析の基本姿勢でなければなりません。

洗練された表現のテクストに不要な語句はない。すべての語句は、それぞれに不可欠の役割を担っている。

現実には、その語句の役割を説明できない事例も出てきますが、信頼性の高い帰結を導き出すためには、最初から最後まで、この基本姿勢を崩すべきではありません。そういうつもりで「その沢のほとりの、木の陰に下りゐて、乾飯《かれいひ》食ひけり」という表現を、注意深く読みなおしてみましょう。

沢のほとりの木の陰に腰を下ろしたのは、食事をするために、涼しい場所を探したからです。季節は初夏から真夏にかけてのことですから、道ばたよりも、沢のほとりの涼しい木陰を選ぶのは当然です。物語の作者の立場からは、話の都合で「をとこ」の一行《いっこう》をその場所に誘導したことになります。

平安時代の物語はもとより、現代の小説でも、ストーリーの展開に関係がなければ、どこでいつどのような食事をしたというたぐいの叙述が出てくることはめったにありません。「をとこ」の一行は木陰に腰を下ろしたのですから、「物など食ひけり」ぐらいは書くとしても、珍しくもないはずの「乾飯食ひけり」と、食べた物まで特定しています。「乾飯」とは、炊いた米を乾燥させた携帯食料です。

テクストに不要な語句がないとしたら、ストーリーの展開のうえで、乾飯を食べたのは、そのあとに生じる事態のための伏線になっているはずです。

(4)その沢に、かきつばた、いとおもしろく咲きたり

〈いずれアヤメかカキツバタ〉という俗諺《ぞくげん》があるように、植物体も花も外見では見分けにくい植物ですが、アヤメが乾いた土地に生えるのに対して、カキツバタは湿地に群生します。引き続きフィクションとして解析するなら、沢のほとりの木陰に腰を下ろしたのは、作者が「をとこ」に水辺のカキツバタを見つけさせるためだったのです。繰り返し説明したように、「おもしろし」の基本的意味は、ほかにいろいろのものがあっても、特定の対象だけがパッと目に入ることです。中秋の名月などは誰の目にも「おもしろし」と映りますが、それぞれの人の好みやそのときの心理状態によって、同じ景色や情景を目にしても「おもしろし」と映る対象が必ずしも同じではありません。みんなおもしろそうな本を探しに書店に入りますが、手に取る本は百人百様です。

この文脈で大切なのは、①カキツバタの花が鮮やかな紫色であること、そして、②大きくて柔らかな感じの花びらが、上流女性の衣服のひらひらした袖を連想させること、の二点で

す。水辺に群生していたことも、「おもしろし」の度合いを際立たせていたでしょう。

「いとおもしろく咲きたり」のタリに注目しましょう。なぜなら、ここまで文末にケリを置いた叙述が連続していて、いきなり「咲きタリ」、すなわち、〈咲いテイル〉という表現に転換しているからです。これは、あたかもその事態が目前で進行しつつあるかのように描写する、歴史的現在《historical present》とか劇的現在《dramatic present》とかよばれる修辞《レトリック》技法です。あれっ、そこにカキツバタが咲いてるぞ！ということです。

第一段に遡れば、「をとこ」の「いちはやき雅《みやび》」の対象は「春日野の若紫」でした。それが「我が紫の摺り衣」と同じ色であったために、すなわち、相手が異母妹であったために関係を深めるのを断念せざるをえませんでした。その後、あとで后になる高貴な女性と禁断の恋を重ねたために、京に住めなくなって東国への旅に出る羽目になりました（第二段〜第六段）。二条の后のイメージは、高貴な身分を象徴する紫色にほかなりません。「をとこ」は、遠く離れた東国に住んで彼女を忘れようと決心したのに、はるばると三河の国まで来ても、彼女を忘れるどころではありません。そういう心境でいたために、あでやかに咲いている紫色のカキツバタがパッと目に入り、やるせない気持が募りました。注釈書は、たまたまそこにカキツバタが咲いていたかのように無感動な説明を加えていますが、そうではありません。それが目に入ったとたん、「をとこ」の恋心が臨界点に達することを計算して、書き手が紫色の美しいカキツバタの花をそこに咲かせたのです。

紫色の「ふちのはな」(藤の花)なら、藤原氏と結び付けることができましたが、ヒラヒラした濃い紫色の広い花弁が「唐衣」を連想させるカキツバタのほうがピッタリでした。「ききょう」(桔梗《ききょう》)では、四文字しかないし、花の形も「からころも」を連想させません。

(5)それを見て、ある人の言はく、かきつはた、といふ五文字《いつもじ》を句の上《かみ》にすゑて、旅の心を詠めと言ひければ、詠める
唐衣《からころも》　着つゝなれにし　妻しあれば　はる〴〵きぬる　旅をしぞ思ふ、と詠めりければ、

『伊勢物語』や『源氏物語』、『枕草子』など、発達した時期の仮名文ではなじみの薄い、しかつめらしい感じの表現ですが、仮名文が十分に発達していなかった時期の『竹取物語』には、このような構文がたくさん出てきます。
これを見つけて、翁《おきな》、かぐや姫に言ふやう、(略)、と言へば、かぐや姫、(略)、と言ふ
かぐや姫の曰く、(略)、と言へば、[翁]、(略)、と言へば、かぐや姫の曰く、(略)、と言ふ、翁曰く、(略)、かぐや姫の曰く、(略)、と言ふ
省略した部分が、それぞれ、翁あるいはかぐや姫が口にしたことばです。

この形式なら、引用符が付いているのと同じことですが、成熟した仮名文では、引用がどこから始まっているのか判別に迷う場合が少なくありません。

この問題に関する筆者の考えは、別の著書で詳しく述べたので(『仮名文の構文原理』)、再述しませんが、要するに、仮名文では叙述の流れに引用が自然に溶け込んでいるので、境界のないところに境界を設定しようとすること自体が誤りなのです。

仮名文の構文はなんと曖昧なのだろうと敬遠しないでください。その特徴は、口頭言語と共通しているのです。

八時の列車で来ると言ったのに、まだ来ないよ。

日本語話者なら即座に理解できますが、引用符を付けたらどうなるでしょうか。

「八時の列車で来る」と言ったのに、まだ来ないよ。

この「来る」は、話し手のことばの引用ではなく、聞き手の理解を表明したものですから、引用符で囲むことはできないのです。我々は、カッコを付けたりカッコを閉じたりしながら話しているわけではありません。仮名文も同じことなのです。

当面の課題に戻りましょう。

それを見て、ある人の言はく、かきつはた、といふ五文字《いつもじ》を句の上《かみ》にすゑて、旅の心を詠めと言ひければ、詠める

「言はく」を除いて、ふつうの仮名文のスタイルにしてみましょう。

それを見て、ある人、かきつはたといふ五文字を句の上《かみ》にすゑて、旅の心を詠めと言ひければ、詠める

これでは、「ある人〜詠める」、すなわち、旅の心を詠めと言ったところ、その人がこの和歌を詠んだ、という意味に理解されかねません。そういう誤解を招かないために、臨機に漢文訓読の語法を導入したのでしょう。

†かきつはた、といふ五文字《いつもじ》　「文字《もじ》」は仮名文字をさしています。仮名文字には清濁の書き分けがありませんが、個々の「文字」としては清音で読まれていたので、この場合は、「か・き・つ・は・た」の五文字です。これは発話の記録ではなく仮名文ですから、「ある人」がこの場で「ka/ki/tu/ba/ta」と発音したことを意味しません。読み手は、「かきつはた」という仮名連鎖を目で追って理解したからです。どの注釈書の校訂テクストも「かきつばたの五文字」となっているのは、「文字」についての正しい認識が欠けているからです。

†かきつはた、といふ五文字《いつもじ》を句の上《かみ》にすゑて　和歌の各句の最初の仮名を、《第一句＝か・第二句＝き・第三句＝つ・第四句＝は・第五句＝た》にして、という意味です。

「かきつはた」と同じように五文字の仮名連鎖で構成される語を選び、各句の最初にそれらの仮名を順次に配置する技法を、注釈書は、つぎのように説明しています。

ⓐ物の名を示す文字を各句の最初に使う、という制約を設けて歌を作る技巧を、「折句《おりく》」という。（渡辺実）

ⓑ五七五七七の頭に「かきつばた」を置く、いわゆる折句。（永井和子）

繁閑の違いがあるだけで、ⓐもⓑも実質的に変わりないようにみえますが、実は、大きな違いがあります。なぜなら、ⓐは、「折句」という技法も名称も当時の歌人の間に共有されていたことを含意しているのに対して、ⓑは、「折句」に「いわゆる」を冠して、そういう技法も名称も、共有されていなかった可能性を示唆しているからです。こういう慎重な説明をしている注釈書を、筆者はⓑ以外に見いだしていません。なお、「物の名を示す文字を各句の最初に使う」というⓐの定義を理解できるのは、あらかじめ具体例を知っている人たちに限られるでしょう。

勅撰集に「折句」という名称が出てくるのは『千載和歌集』（1188成立）「雑体」部の「折句歌」が最初です。収録されているのはつぎの二首です。

二条院の御時、こいたしきといふ五字を句の上《かみ》に置きて旅の心をよめる　　源雅重朝臣

こま《駒》並《な》めて　いざ見にゆかむ　たつ《龍》田川　しら《白》波寄する　きし《岸》のあたりを　〔1167〕

＊小板敷き……清涼殿に伺候するとき、そこから昇る所にある板敷きの控えの間《ま》。

なもあみた《南無阿弥陀》の五字を上《かみ》に置きて、旅の心を詠める　仁上法師

なにとなく　ものぞ悲しき　あき風の　みに沁む夜半《よは》の　たびの寝覚めは　〔1168〕

＊「なもあみた」は、「南無阿弥陀仏」を、漢字を念頭におかずに、あるいは漢字を知らずに、唱えているうちに縮約された形。

ふたつとも詞書が『古今和歌集』の「か・き・つ・は・た」の和歌のそれに酷似しているのは、それをモデルにして詠んだことを推察させます。

「駒並べて」の和歌は、小板敷でよく顔を合わせる間柄の人たちで、いっしょに龍田川の紅葉を見に行こうということでしょうか。「なにとなく」の和歌は、念仏が自然に口を衝いて出る雰囲気です。

『古今和歌集』巻十九は、この歌集の番外に当たり、「短歌」、「旋頭歌」、「誹諧歌《はいかい》」と続いています。『千載和歌集』巻十八はその形式を踏襲していますが、ひとつ違うのは、「旋頭歌」と「誹諧歌」との間に「折句歌」があることです。「誹諧歌」はことばの遊びでユーモラスな作品ですから、その直前に置かれた「折句歌」は、文字の遊びという性格づけなので

しょう。ただし、ウイットを覗かせていますがユーモラスではありません。「からころも」の和歌は、『古今和歌集』で「羇旅《きりょ》」部にあり、ウイットとかユーモアとかいう用語で語るべき作品ではないので、後世の「折句歌」とは一線を画して扱うべきです。

「かきつばた、いとおもしろく咲きたり」という場面で、そこにいた人が、「かきつばたを題にて歌を詠め」と促すことはありえたでしょうが、どうして、「かきつはたといふ五文字を句の上《かみ》にするゑて、旅の心を詠め」などと、難しい制約を付けて「をとこ」に促したりしたのでしょうか。また、その制約は、「旅の心」と、どのような関わりをもっていたのでしょうか。無理難題を押しつけて「をとこ」の力量を試したのだというたぐいの、その場限りの安直な理由づけで片付けるべきではありません。

筆者が目をとおした範囲で、このような問題を設定して、説明を試みている注釈書は見あたりませんでした。ということは、その道の専門研究者が、だれも、そういう条件を付けて和歌を詠ませたことに疑問を抱かなかったことを意味しています。平安末期になって、折句という遊戯的技法の和歌が詠まれるようになって以後なら、こういう注文が付くことがありえたにしても、「五文字《いつ》を句の上《かみ》に据ゑて」詠んだ和歌で記録に残されているのは、筆者が知るかぎり、『古今和歌集』に収められた二首が最初であり、そのうちの一首がこの和歌なのです。もう一首は紀貫之の作品です。

急がば回れ。問題の所在を鮮明にするために、「かきつはた」の和歌をしばらくお預けにして、もう一首のほうを見てみましょう。

■『古今和歌集』、「物名」部「を・み・な・へ・し」の和歌の表現解析

『古今和歌集』は上下各十巻の対称的な二部構成になっており、上巻の末尾に当たる巻第十は、「物名」部です。「物名」は謹厳な勅撰集の息抜きとして上巻の末尾に置かれたものです。ひとつだけ例をあげておきましょう。

たちはな〔橘〕　　小野滋蔭《しげかげ》

あしひきの　やまたちはなれ　ゆく、もの　やどりさためぬ　よにこそありけれ〔物名・430〕

あしひきの　山立ち離れ　行く雲の　宿り定めぬ　世にこそありけれ

語句ごとに意味を考えながら読み進むと、題の仮名連鎖「たちはな」を見過ごしてしまいます。この事例では和歌の内容が題と無関係ですが、題と和歌の内容とを密接に関連づけた作品が少なくありません。

物名の和歌は、「たちはなれ」（立ち離れ）に「たちはな」（橘《たちばな》）を重ね合わせるように、ひとつの仮名連鎖に、題として詠み込む仮名連鎖を重ねあわせて詠むのが基本ですが、つぎの和歌だけは、「かきつはた」の和歌と同じ形式で詠まれています。

朱雀院《すざくゐん》の女郎花合《をみなへしあはせ》の時に、をみなへしといふ五文字《いつ》を句の頭《かしら》に置きて詠める　　　貫之

をくらやま　みねたちならし　なくしかの　へにけむあきを　しるひとぞなき（439）

小倉山　峰立ち均《なら》し　鳴く鹿の　経《へ》にけむ秋を　知る人ぞなき

小倉山の峰に立って、前脚で地面を掻いて均《なら》しながら切なげに鳴いているあの牡鹿が、去年まで、どのような秋を過ごしてきたのか知っている人はだれもいない、すなわち、あなたが恋しくてたまらないなどと切なげに身悶《もだ》えしながら声を振り絞っているが、これまで、毎年、おまえがどのような秋を過ごしてきたのか知っている人はいない、すなわち、毎年、違う相手に同じことを言ってだましてきたのだろう、ということです。

「をみなへし」の語構成を「女圧《をみなへ》し」、すなわち、〈女つぶし〉、と分析し、「女たらしの本性《ほんしょう》は見え見えだぞ」と皮肉ったユーモラスな作品です。

仮名連鎖「をみなへし」を構成する五つの仮名を順番に各句の最初に置くことによって、第一句から第五句まで、すなわち、この鹿は鼻の頭からシッポの先まで、偽善的で無責任な〈女たらし〉に違いないと表現しています。

評　「をぐら山」（小倉—小暗）を初句に置くことにより薄暗い夜のイメー

ジを描かせる効果を持つ。この歌は、鹿に寄せた恋の歌でもあって、実は、この私が長い夜の毎夜続く秋の間を、どんな思いで一人で泣いて過ごしてきたか、そのつらい私の心情を知っている人なんかないのさ、という気持が「をみなへし」に寄せておわせてあるのである。（略）
〔竹岡正夫『古今和歌集全評釈』右文書院・1976・補訂1981〕

筆者の解釈との大きな分かれ目は「をみなへし」の「をみな」だけに傍点を付して、「へし」を切り捨てたことにあります。動詞「圧《へ》す」は現代語〈へし折る〉に残っています。適訳かどうかなどよりも、イマジネーションの欠如が、なによりも気になります。

「女郎花合」の時に詠まれた歌なので、おみなえしそのものを繰り返し主題とすることを避けて、秋の心を詠んだのであろう。鹿に対する愛情の出ている歌である。〔小沢正夫・松田成穂校注『古今和歌集』（新日本古典文学全集・小学館・1994）〕

これもまた、イマジネーションの片鱗だに感じさせません。筆者がなによりも寂しく思うのは、貫之がこの和歌にこの形式を選んだ理由を、どの注釈書も考えようとしていないことです。もとより、筆者が期待したのは、右のような低次元の推測ではありません。

■「か・き・つ・は・た」の和歌の表現解析

前節における「を・み・な・へ・し」の和歌の検討から得られた結果を踏まえて、「か・き・つ・は・た」の和歌の表現を解析してみましょう。ただし、『古今和歌集』の「物名」部は息抜きの場なので、「をみなへし」の和歌は、撰者自身、汲めども尽きぬ抒情詩という枠を外して、おもしろおかしい和歌を作っていますが、形式が同じだから「からころも」の和歌も気楽な息抜きに違いないと決めてかかるべきではありません。あとで取り上げますが、この和歌も『古今和歌集』に収められていますが「物名」部ではありません。

注釈書から、この和歌の現代語訳を任意にふたつ引用します。〈＊〉印は補足説明です。

ⓐ着馴れた唐衣のように添い馴れた妻が都にいるから、はるばる来た旅の遠さが思われる。

＊技巧的な歌で、折句である上に「唐衣・着・馴れ・褄《つま》・張る」は着物の縁語。「褄」は「妻」の、「張る張る」は「遥々《はるばる》」の懸詞。「きつつ」までは「なれ」の序詞。

＊＊業平の東下りとして有名な段だが、折句を試みるなど、一同の心にゆとりがあるのに注意。歌もあまりに技巧的で誠が薄いけれども、はからずも妻を残して来た旅愁をつく歌が作られ、思わず一同が落涙する

など、歌を境に人々の心が一変するところが面白い。だがそれを「かれいひ……ほとびにけり」と語るのは、滑稽《こっけい》を持ち込む余裕である。なお「妻しあれば」は誰にもあてはまる言い方で、業平が二条后を思って作った歌と解する必要はない。（渡辺実）

ⓑからごろもを、やわらかく
き馴れるように、馴れ親しんだ
つまが都にあるゆえに
はるばるこんなに遠く来てしまった
たびをしみじみと悲しく思うのです

脚注 「唐衣」は唐風の衣で、「着る」の枕詞。主として歌の中の枕詞や序詞に用いられる。「着・なれ・褄・張る張る」などすべて「唐衣」の縁語。「なれにし褄」に「なれにし妻」を、「張る張る」に「遥《は》る遥《は》る」をかける。折句・序詞・縁語・掛詞と、技巧の粋をこらしながら、しかも優しく素直な歌。（永井和子）

修辞技巧についての解説はどれも古注を継承しているので、似たり寄ったりに感じられますが、ⓐとⓑとを読み比べると、対象に接する姿勢が対蹠《たいしょ》的です。ⓐを無機的接近、ⓑを情動的接近と表現したら独り合点にしかならないでしょうか。両者の違いは、現代語訳にも端的に反映されています。後で言及する『鏡の国のアリス』の末尾に置かれた acrostic の詩を、ⓑのようなセンスで翻訳できたらすばらしいでしょう。

「ある人」が求めたのは、「旅の心を詠め」ということですが、ⓐ「はるばる来た旅の遠さが思われる」では「旅の心」と言えないでしょう。その程度の出来にとどまったのは、「歌もあまりに技巧的で誠が薄い」ためでしょうか。それに対して、ⓑ「しみじみと悲しく思うのです」なら、それは「旅の心」です。「技巧の粋をこらしながら、しかも優しく素直な歌」であれば、「旅の心」が表われていて当然です。

■本居宣長『古今集遠鏡』――現代語訳のパイオニア

古文教育の理想はともかくとして、その実態は、学習者に古典文法を覚えさせて古文を現代語訳させることが、ほとんどすべてのようです。

遠くの山を肉眼で見てもなにがあるのかよくわからないが、望遠鏡で見ると、こまごましたところまで手に取るようによく見える。それと同じように、昔のことばも現代語に訳せばよく理解できるということで、『古今和歌集』を俗言《サトビコトバ》に、すなわち、日常の口頭言語に訳したのが本居宣長の『古今集遠鏡』（1797）で、これが現代語訳のはじまりです。ちなみに、現今の古典文法の基礎を築いたのも本居宣長です。

参考 今西祐一郎校注『古今集遠鏡』1・2（東洋文庫・平凡社・2008）詳細解説付。

「か・き・つ・は・た」の和歌は、『古今和歌集』の「羇旅」部に在原業平作として収録されていますから、『古今集遠鏡』に訳があります。

〇一 きつゝ 故郷ニナジンダ妻ガアレバ　別レテハル〴〵ト来タ此ノ旅
ガ《サ》コ、ロボソウ物ガナシウ思ハル、（傍線は原文のまま）

一は、「第一句」です。この記号だけで訳がないのは、第一句「からころも」が、同書の「例言」にいう〈「歌の意にあづかれることなき」枕詞〉であり、訳では無視してよいということです。そのつぎの「きつゝ」も歌の意味に無関係であることを表わしており、ふたつを合わせると、「唐衣きつゝ」が「なれにし」に掛かる序詞、という表示になります。

なお、同書の「例言」に、「筋を引きたるは歌にはなき詞なるを、そへ《添》ていへる所」、すなわち、傍線を引いた部分は歌にないが、補ったことばであると記されていますが、「コ、ロボソウ物ガナシウ」には傍線がありません。引き忘れでしょうか。

歌意に関わらない枕詞や序詞を訳す必要はないというのが宣長の主張です。現今でもその考えかたが支配的なので、枕詞が出てくると、訳す手間が省けるので助かったとうれしくなりそうですが、それは、宣長が平安前期の和歌の構成原理が『万葉集』や『新古今和歌集』などの和歌と同じだと思い込んでいたためです。

からころも　たつ日は聞かじ　朝露の　おきてし行《ゆ》けば　消《け》ぬべきものを

〔古今和歌集・離別・375・題知らず・詠み人しらず〕

地方官に任命されたある男性が、何年もかよっていた女性を捨て、新しい妻を連れて明日出発する、とだけ言ったときに、あれこれめんどうなことを言わずに送った和歌だという左注があります。

この和歌を、注釈書のひとつは、つぎのように現代語訳しています。

私はあなたのご出立の日を聞かないでおきましょう。あなたが私を置きざりにして行ってしまわれたら、きっと私は死んでしまいますもの。

〔奥村恒哉校注『古今和歌集』（新潮日本古典集成・1978）〕

「聞かないでおきましょう」といっても、左注によれば彼女は、出発するのは明日だと告げられていますす、現代語では〈聞く〉を〈尋ねる〉という意味にも使いますが、平安時代には、〈聴覚で捉える〉という意味ですから、この場合の「聞かじ」とは、〈耳に入れるまい〉、すなわち、〈耳に入らなかったことにしよう〉という意味です。

第一句の「唐衣」に、「衣を裁《た》つところから、第二句、出発の意の「立つ」にかかる枕詞」と注があります。そのとおりなら、「歌の意にあづかれることなき枕詞」ですから訳す必要はありません。「唐衣裁つ」なら衣服を作るための手順ですが、「唐衣断つ」、すなわち、〈唐衣をズタズタにする〉ことなど、もったいなくてできません。縁を切ることは耐えきれないけれど、あなたがわたしとの関係を断つ日、すなわち、地方官として赴任する日が明日だなどとは耳に入らなかったことにしよう。朝露が置くときに起きてわたしを置いていったりしたら、わたしの命は露のように消えてしまうに違いないのに、ということです。

「唐衣、着つつなれにし」を、宣長のように、「歌の意にあづかれることなき序詞」と見なして切り捨てたりしてはいけません。『伊勢物語』で唐衣を着ていたのは、一連の挿話の陰の主役、二条の后にほかならないからです。平安前期の和歌に「歌の意にあづかれることなき」枕詞とか序詞とかいうものはなかったと考えるべきです。〔『みそひと文字の抒情詩』〕。そうでなければ、これほどまでに手の込んだ表現をしている理由が説明できません。

『古今和歌集』の注釈書の訳をもうひとつ見てみましょう。

唐衣を繰り返し着てよれよれになってしまった「褄《つま》」、そんな風に長年つれ添って親しく思う「妻」があるので、その衣を永らく張っては着てまた張っては着るように、はるばる遠く来てしまったこの旅をしみじみと思うことだ。〔小島憲之・新井栄蔵校注『古今和歌集』(新日本古典文学大系・岩波書店・1989)〕

この注釈書は枕詞や序詞を贅肉とはみなしていませんが、古注を無批判に取り入れたために、意味のわからない訳になっています。これでは、長年連れ添った妻も唐衣の褄と同じように、よれよれになってしまったと読み取れます。

「その衣」とは、褄がよれよれになった「唐衣」をさしているのでしょうが、最上流の女性が唐衣の褄がよれよれになるまで張っては着て、また張っては着ることを繰り返していたなどと考えることは現実と離れすぎていないでしょうか。

表音文字の体系は、書き分ける文字の種類を必要にして十分なだけそろえれば効率的に運用できるので、平安初期に仮名文字の体系が形成されると、[ka]と[ga]とは「か」の仮名に統合され、[ta]と[da]とは「た」の仮名に統合されて、ひとつの文字が清音にも濁音にも使用される仮名文字の特性を利用して、同一の仮名連鎖に複数の語句や表現を重ね合わせ、三十一文字の短かい詩形に豊富な内容を盛り込む複線構造の和歌が発達しました。この技法を駆使した和歌は、数学の応用問題と同じように、当時の人たちも、表現をじっくり解きほぐさなければ、詠み手が意図した表現を導き出すことができなかったはずです。難しい問題ほど、解けたときの喜びは大きい。そのことは、韻文のもつインパクトの大きさにも当てはまります。この技法の発達によって、直情的に詠じられていた上代の短歌が、知的な和歌に変貌しました。

「かきつばたといふ五文字《いつもじ》を句の上《かみ》に据ゑて」という表現は、この和歌が、聴覚で捉える音節ではなく、視覚で捉える仮名文字を操作して作られたことを裏書しています。

右に指摘した事実に基づいて考えれば、「からころも」の和歌には、つぎのような「旅の心」が詠まれていると考えてよいでしょう。

東国への旅に出て彼女を忘れようと心を強く張っても、唐衣を着ていつも慣れ親しんでくれた特別の女性が京にいるので、すぐにその心が萎えて、恋しくてたまらなくなり、旅の衣が萎えるたびにピンと張りなおして着たのと同じように、恋心が募って気がくじけると心をぴんと張り、またくじけてはピンと張る過程を繰り返して、はるばるここまで来た。その旅寝の日々を振り返ると、胸が張り裂ける思いがする。

唐衣をいつも着ているのは最上層の女性ですから、「妻」は二条の后をさしています。

この和歌の構造を、掛詞、縁語、序詞などという用語をいっさい使用しないで説明したのは、繰り返し強調してきたように、『伊勢物語』の書き手の頭にも、また、当時の読み手の頭にも、そのような概念がなかったからです。それら一連の用語は、仮名の体系が、清音と濁音とを書き分ける平仮名の体系に移行したことによって、平安前期の仮名の特性を生かした和歌が平仮名世代の人たちに理解できなくなったからです。中世の歌学者たちは、「妻しあれば」の「妻」に同音語の「褄」があることに気づくと、意図された縁語と認めてこの和歌の表現に繰り込んでしまいましたが、その表現効果を考えようとはしませんでした。

第四句は、仮名連鎖「はるはるきぬる」に、①萎えた旅衣を「張る張る着ぬる」、②萎えた心を「張る張る来ぬる」、そして、③知らない道を「遥々来ぬる」という三つの表現を重ねた複線構造になっています。意味に応じて清濁やアクセントが違うので、声に出したら、どれか一つの語句だけが表に出て、ほかの大切な語句が隠れてしまいます。初読で得られた語句がいちばん大切だとは限りませんが、掛詞という概念を導入したら、導かれた語句のうちのひとつが主《しゅ》で、他は従《じゅう》、すなわち、オマケとか飾りとかいう程度に位置づけられてしまいます。仮名連鎖を目で追いながら読み解く平安前期の和歌と、音声に基づく上代の韻文や平安後期以降の和歌との最大の違いがそこにあります。

当時における「たび」とは、いつもと違う場所に寝泊まりすることでした。京を出て三河の八橋に着くまでの間、寝泊まりする場所が毎晩のように変わったことでしょう。旅寝に寝覚めては、京に残した彼女を思い出してたまらなくなったはずです。「たびの心を詠め」とは、そういう「たび」を続けている心境を詠めということです。

「はるはるきぬる旅」とは、張りのなくなった衣服を洗ってピンと張りなおし、くじけた心をピンと張りなおすことを繰り返してここまで来た苦しい旅が、これからもまだ続くことを表わしています。「たび」がそこで終わったことを表わす「はるはる来つる」という表現と対比してみれば、不安で心細い気持がよくわかります。

食事をするために沢のほとりの木の陰に座ったところ、その沢にカキツバタの花が咲いていたからそれを和歌の題にしたのだというのが物語の筋ですが、《五・七・五・七・七》という和歌の句の数と同じ五音節語の、したがって、五個の仮名でその名を書く植物で、唐衣を連想させるヒラヒラした紫色の花弁をもつカキツバタの花が咲いていたというのは、物語の進行にとってたいへん都合のよいことでした。なぜなら、五音節語の「かきつはた」でなければ、「をとこ」の心を紫一色に染め尽くすことができなかったからです。紀貫之の「をぐら山」の和歌も、仮名五字の「をみなへし」でなければ、妻を恋うて鳴く雄鹿を鼻の先から尾の端まで、女たらしに仕立て上げることはできませんでした。

ここまで考えてくると、この挿話の虚構性がますますはっきりしてきます。

そもそも、「八つ橋」という地名の起源についての説明が眉唾です。地球上に実在すれば七不思議のひとつに数えられるほど不思議な地形が、『伊勢物語』の時期には現在の愛知県知立市の東方にあったはずなのに、『更級日記』の時期にすでに所在不明になっていたのは、最初から存在しなかったからだと考えるべきでしょう。「古態は早く失われて、すでにその実を知りがたい」〔石田穣二訳注『新版・伊勢物語』（角川ソフィア文庫・1979）〕などと曖昧な表現で蓋をすべきではありません。話の筋立てのうえで、地形の特徴から「八つ橋」と名づけられた場所が、すなわち、この先、旅を続けるのにどの橋を渡ったらよいのかわからなくなるような場所が、必要だったからです。
京の人たちにとっての東国は、天竺や唐《もろこし》と同じような「他人《ひと》の国」（第十段）であり、常識を超えた地形が現実に存在しうる地域だったのです。「そこを八つ橋と言ひけるは、～八橋と言ひける」というケリの重用は、事実であることの念入りな保証です。
目的の方向に進むのにどの橋を渡るべきかもわからないまま、ひとまず木の陰で食事をとることにしたら鮮やかな紫色の花が目に飛び込んできた。「をとこ」の心は千々に乱れ、傍らの人が促すままに、「か・き・つ・は・た」の五文字を詠み込んで、高貴な女性への恋心に苛《さいな》まれつづけてきた苦しい「旅の心」を詠んだところ、みんな涙が止まらなくなり、気がついたら人も乾飯も「ほとび」ていた、ということです。

■折句

折句という用語については、さきに取り上げて説明を加えておきましたが、別の角度から改めて考えてみましょう。

各句の頭字に、「か・き・つ・は・た」の五文字を配した折句《おりく》歌。

（福井貞助）

この説明を読むと、すでに確立されていた《折句》という形式でこの和歌が作られたと理解してしまいますが、知られている限り、この「かきつはた」の和歌がもっとも古い例であり、勅撰集に「折句歌」が出てくるのは『千載和歌集』が最初ですから、『伊勢物語』や『古今和歌集』の時期に、折句という形式はまだ確立されていなかったと考えるべきです。先に引用した『古今和歌集』物名の一首も、詞書には、「をみなへしという五文字を句の頭《かしら》に置きて詠める」と記されているだけです。この詞書は、撰者の紀貫之自身が書いたものでしょう。これらふたつの和歌の詞書には、「句の上《かみ》に据ゑて」と「句の頭《かしら》に置きて」との違いがあるだけです。

肯定も否定もできない可能性を提示するのは控えるべきですが、貫之の「をみなへし」の和歌は、業平の「かきつはた」の和歌に接してその斬新な技法に触発され、それと同じ技法の和歌を作ってみた可能性が考えられます。筆者がそういう可能性に取り憑かれるのは、貫之が、巻十九「雑躰」の「短歌」、「旋頭歌」で、伝統的詩型を借りた斬新な表現類型を創造して提示しているからなのです。〔『みそひと文字の抒情詩』、『古典和歌解読』〕

モデルが技巧の粋を凝らした作品であるのと違って、貫之の作品は五文字を句の頭に置いた以外、これといった技法を用いておらず、読んだとたんに笑うことができます。右の仮定が正しいなら、それが貫之のねらいだったのでしょう。

『伊勢物語』のこの挿話を、仮に、現実にあった出来事と見立てた場合、傍らにいた「ある人」は、「をとこ」に向かって、「かきつはたを題にて」でなく、「かきつはた、といふ五文字を句の頭に据ゑて」という条件を付けて、「旅の心を詠め」と求めています。そのことについての従来の支配的解釈は、つぎのように要約できるでしょう。

「をとこ」は、即興の遊びとして難しい条件のついた和歌を詠まされたが、その難題を見事にこなした。和歌の形に仕立てるだけでもたいへんなのに、掛詞や縁語、序詞などを複雑に絡み合わせた超絶技巧だが、技巧に凝りすぎた嫌いがある。

先に引用した、「折句を試みるなど、一同の心に余裕があるのに注意」とか「歌もあまりに技巧的で誠が薄い」とかいう解説は、右のような線で捉えた評価です。すでに述べた筆者の解釈は、それとまったくあい容れません。

■ Acrostic（アクロスティック）

特定の文字連鎖を「句の頭に据ゑて」詩を作るという発想は、言語も違い、時代も違いますが、和歌以外にも見ることができます。

つぎに引用するのは、ルイス・キャロルの『鏡の国のアリス』（*Through the Looking-Glass: and What Alice Found There.* 1871）の最後に置かれた詩で、行頭の文字を追ってゆくと、実在の少女アリスのフルネーム Alice Pleasance Liddell になります。引用が長くなりすぎるので、二十一（3×7）行のうちの六（3×2）行目、ALICE P までにしておきます。

A boat, beneath a sunny sky

Lingering onward dreamily
In an evening of July—
Children three that nestle near,
Eager eye and willing ear,
Pleased a simple tale to hear—

"Life, what is it but a dream?"（生きてるって、夢でなければ、なんなのだろう—仮訳）ということばで結ばれたこの詩は、いかにもこの夢多き物語を締めくくるにふさわしい、うっとりする表現で綴られており、筆者の怪しげな理解力で読むかぎり、行頭の文字の配列のために無理をした形跡を感じさせません。

いわゆる折句との違いは、頭に並べる文字の数が一定の数に限られていないことですが、「かきつはた」の和歌や「をみなへし」の和歌との共通点は、かわいい少女のフルネームで詩の全体を覆うことによって、その隅々まで、うっとりと夢見る少女のイメージに作りあげていることです。ちなみにこの作者はオックスフォードの数学者で、独身でした。

アクロスティックの詩がすべてこうだというわけではありませんが、「五文字を句の頭に据ゑて」という条件の重みが、縁もゆかりもないこの詩との比較においてよく理解できます。

(6)みな人、乾飯《かれいひ》のうへに涙 落として、ほとひにけり

†乾飯のうへに涙 落として　多くの古語辞典では、「落つ」と「落とす」とを、つぎのように対比的に説明しています。

おつ〖落つ〗〈自タ上二〉《「おとす」の自動詞形》①落ちる。（略）

おとす〖落とす〗〈他サ四〉《「おつ」の他動詞形》①落下させる。（略）

国語辞典における「落ちる」と「落とす」との扱いも、基本的に、これとほぼ平行しています。しかし、英文法の自動詞（intransitive verb）と他動詞（transitive v.）とは、目的語を取るか取らないかで容易に判別できるのに対して、日本語の場合には、活用型の違いによるとは限らないために曖昧であり、〈自動〉、〈他動〉という用語で対比することは、誤解を招くもとになります。

〈自然な過程でそのようになる〉という含みをもつのが自動詞で、〈意図的にそのようにする〉という含みをもつのが他動詞だとすれば、〈飛行機が爆弾を落とす〉とは、ねらった標的に爆弾を投下することですから他動詞的であり、〈財布を落とした〉とは、注意していなかったために財布が落ちたことに気づかなかったという意味であって、故意に落としたわけではないので自動詞的かもしれません。したがって、日本語については、自動詞とか他動詞とか紛らわしい分類をせずに、単一の動詞の、用法の違いに注目すべきです。自動・他動を

示さないと高校で推薦してくれないからという出版社側の圧力もあるようです。大野晋他編『岩波古語辞典』（1974）が自動詞と他動詞との区別を設けていないのは、そういう低次元の圧力の対象にならずにすんだからかもしれません。

「乾飯《かれいひ》のうえに涙落として、ほとひにけり」とは、居合わせた人たちが「か・き・つ・は・た」の和歌に感動して、食べかけの乾飯がそこにあったことなど忘れて涙を流し、気がついたら、流れ落ちた涙で「ほとひて」いたということです。

†ほとひにけり　古文教材としてよく使われている部分なので、「かれいひ」とは炊いた米を乾燥させた携帯食料であり、「ほとびにけり」とは、〈ふやけてしまった〉という意味だということをすでに知っている読者が少なくないでしょう。

どの注釈書も似たり寄ったりですが、ふたつを任意に選んで現代語訳を引用します。

ⓐ一行は、聞きながら、弁当のかれいいの上に感きわまって涙を落し、すっかりそれがふやけてしまったのだった。（森野宗明）

ⓑ人々はみな、乾飯の上に涙を落して、乾飯はふやけてしまった。（福井貞助）

「ほとびにけり」は、［ホトビ＋ニ＋ケリ］という構成ですが、平安時代の仮名文学作品にホトビルあるいはホトブという動詞の用例は、どうやらこの一箇所以外に知られていないようです。それなのに、当然のようにホトビニケリと読み、〈ふやけてしまった〉と現代語訳されています。この文脈なら、ほかの意味ではありえないということでしょうが、一字一句にこだわる慎重な立場からは、やはり石橋を叩かずに安心して渡ることができません。

学校でそのように習ったし、「乾飯」に涙が落ちたらふやけるに決まっているから、詮索するのは骨折り損だと対象をなめてかかると、思わぬ落とし穴にはまる恐れがありますから、「ほとひにけり」がホトビニケリであり、〈ふやけてしまった〉という意味であることを、あるいは、そうではないことを、確認する努力を惜しむべきではありません。

一般に、文献上に見いだされた事例を提示すれば、その語句が存在したことを証明できますが、どの文献にも出てこないからその語は存在しなかったとはいえないので、未発見の用例があるかもしれないという可能性を残しておかなければなりませんが、いずれにせよ、ホトビルあるいはホトブという動詞が、平安時代の書記文献にほとんど使われていないことは確実です。〈ホトビルあるいはホトブ〉と、ふたつの可能性を残したのは、「ホトビにけり」だけでは、終止形がホトビルなのか、ホトブなのか判別できないからです。以下、どちらの場合にも対応できるように、連用形ホトビとして、話しを進めます。

動詞ホトビの用例がこのほかに出てこなくても、この形をもつ動詞があったことを間接的ながら確実に証明できる手段を見いだすことができます。以下は、いくらか専門的になりますが、できるかぎり、初心者にも理解しやすいように配慮して叙述しますから、ひととおりは目をとおしてください。

平安時代の漢和辞書、図書寮本『類聚名義抄』の「液」字の項に「ホトボス」という和訓があり、それがホトビの存在を裏づけているのです。図版を見てください。

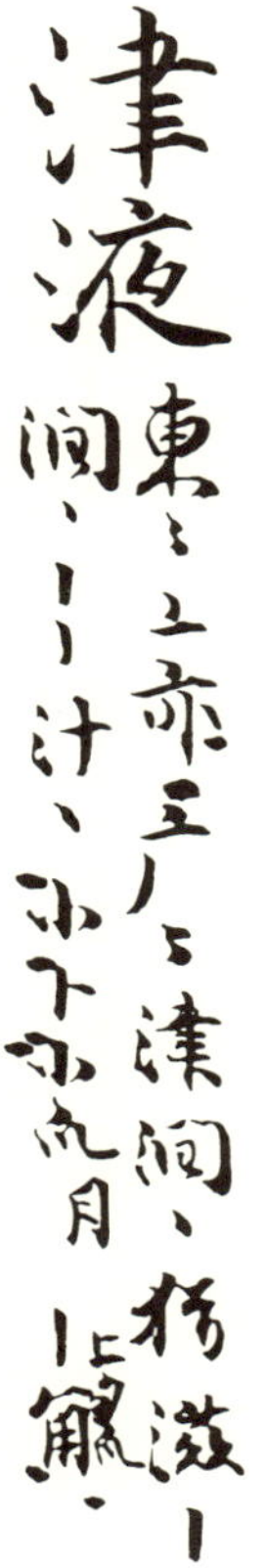

図書寮本『類聚名義抄』とは、一一〇〇年前後に編纂された、たいへん信頼性の高い部首分類の漢和辞書です。図版は、「水」部の「津液」という項目です。最初の項に「亠亦」とある「亠」は「音」の略号ですから「音亦」で、「液」字の音《おん》がエキであることを表わしています。項目は「津液」ですが、注の対象となっているのは「液」字だけです。

二行に割った注記の左側に「ホトボス月」があります。「小」字に似た片仮名は「保」字の最後の三画を取った字体です。現行の片仮名〈ホ〉は、四画を取っています。「爪」字に似た片仮名は「受」字の最初の四画を取った字体で、〈ス〉に当たります。

三つの片仮名「ホトホ」に朱筆で声点《しょうてん》が付いています。声点とは、その文字の高低抑揚と清濁とを示した点です。「ホトホス」の第三の片仮名には、ふたつの点が並んでいるので、ホトボとなります。最後の「ス」には声点がありませんが、終止形が四音節の動詞で三つ目の音節まで《高》なら、四つ目は《低》だったはずなので、ホトボスのアクセントは《高高高低》です。小さく書き添えられた「月」字は、この和訓が中国の古典『礼記』の「月令」の訓読テクストからの引用であることを示しています。そのあとの符号「―」は「液」字に当てたもので、その右脇に和訓「ヒタス」が書き添えられています。なお、この字書を改編した同名の字書には、「浸」字にも和訓「ホトボス」があります。

漢字文を書く際、日本語に当てるべき漢字を検索するための字書として平安末期に編纂されたイロハ引きの字書、三巻本『色葉字類抄』の「保」部「辞字」門には「侵」字の和訓「ホトホス」に図書寮本『類聚名義抄』と同じ朱声点があります（図版参照）。

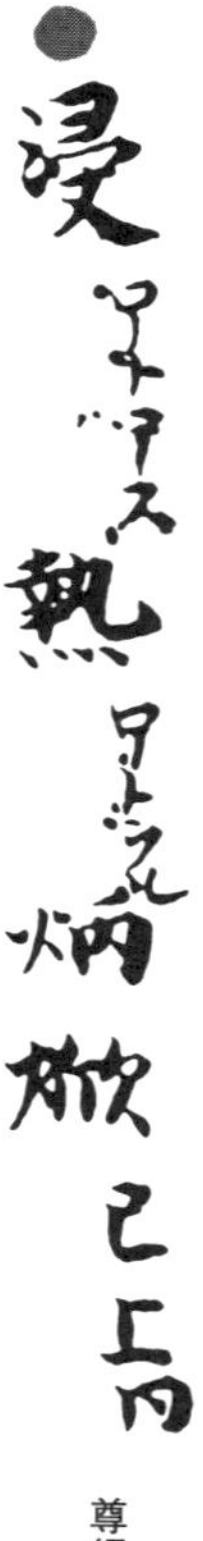

尊経閣蔵三巻本『色葉字類抄』

『類聚名義抄』にも『色葉字類抄』にもホトビはありません。

丹波康頼撰の漢方医学書『医心方』（984）に、つぎの記事があります。

凡湯酒中用大黄、不須細剉、作湯者、先水漬、令淹漊、覆一宿、明旦煮湯、臨熟、乃以内中（略）〔巻一・合薬料理法第六〕

湯酒のなかに大黄《だいおう》を入れるときは、細かく刻まずに、まず水に漬けてよく沁み込ませ、フタをして一晩置き、明朝、湯を煮立てて、大黄をそのなかに入れる、ということですが、注目したいのは、仁和寺蔵本で「令淹漊」を「ホトボシ―ヒタサしむ」と訓読していることです。片仮名表記は傍訓。「しむ」は傍訓のない「令」字の補読です。築島裕編『訓点語彙集成』（第七巻・汲古書院・2009）にこの例が収録されています。原文の文脈からみて、ホトボスが〈液体にドップリ浸す〉という意味であることは確実です。仮名文学作品は雅の文体なので俗の語はほとんど使用されませんが、漢文訓読には俗の語が豊富に使用されています。俗とは日常的とか身近とかいうことで、卑俗、下品という意味ではありません。

以上、ホロブ（連用形ホロビ・テ）とホロボス（連用形・ホロボシ・テ）などとの関係から類推して、ホトボスから、ヒタル・ツカルという意味のホトブ（連用形ホトビ・テ）の存在を裏づけることができました。ホトボスが、〈液体にドップリ浸ける〉なら、ホトブ・ホトビルは、〈液体にドップリ浸かる〉という意味に間違いありません。ホトボスが俗ならホトブ・ホトビルも俗です。『伊勢物語』の書き手は、大切な場面に「ほとびにけり」という俗の語を導入して、身近な感覚に訴えています。

乾飯の上に涙が落ちたらふやけるのが当然なので、これまでは、裏づけを求めずに、「ほとびにけり」を〈ふやけてしまった〉という意味に理解してきましたが、一同が目にしたのは、流れ落ちた涙に乾飯がドップリ浸かっている状態であって、ふやけるまでは時間がかかります。〈今、ヒヨコが、孵《かえ》っている〉と〈とっくに孵っている〉とが同じではありません。〈乾飯がふやけていた〉よりも、〈乾飯が涙に浸かっていた〉のほうが、はるかに臨場感があることも指摘しておきます。

原文の表現を読みなおしてみると、涙でグッショリになったのが、乾飯だけではなかったことがわかります。

ここは、「みな人（乾飯に涙落として）ほとびにけり」という主述関係になっていますから、一次的には、居合わせた人たちがホトビてしまったという表現です。乾飯も涙でホトビたに違いありませんが、乾飯のほうは二次的であると、ひとまずみなしておきましょう。ひとまずとは、このような説明のしかたは、口語文法や古典文法の考えかたであって、連接構文の仮名文にそのまま当てはめるべきでないからです。口語文法とは、古典文法（文語文法）とセットになっている学校文法のことです。

①みな人、乾飯に涙落として、え食はずなりにけり。（作例）
②彼女は、バスに乗り遅れて、遅刻してしまった。（作例）

こういう構文なら、①を②と同じように扱っても、特に問題は起こりませんが、句節をつぎつぎに継ぎ足して構成された仮名文では、「みな人、乾飯に涙落として」までで、いちおうの理解が成立し、そのうえで、「ほとびにけり」が付け加えられていますから、主述関係という用語で単純に説明すべきではありません。この場合、右に一次的、二次的と認めた順位は逆になります。ただし、意味の天秤《てんびん》がどちらにどれほど傾くかは文脈しだいです。いずれにせよ、流れ落ちた涙でグショグショになっていたことは確かです。

居合わせた人たちが流れ落ちる涙でグショグショになっていたといっても、涙に洗われたのは顔だけです。〈嬉し涙で顔をグショグショにして〉というたぐいの表現は現代語にもあります。〈文法的に考える〉をモットーにしている合理主義者のかたがたは、「みな人、〜ほとびにけり」というこの構文を生徒たちにどのように説明しているのでしょうか。

どの注釈書も、「みな人、乾飯に涙落としてほとびにけり」を、「みな人、乾飯に涙落として、乾飯、ほとびにけり」という意味に理解しています。そのために、さきに引用したふたつの現代語訳も、ⓐは〈それが〉を補い、ⓑは〈乾飯は〉を補って整えなおしています。このような解釈がいつまでも生き延びているのは、伝統的解釈を篩《ふるい》にかけようとせず、無批判に踏襲しているからです。

問題の所在は明白です。それは、既成の古典文法が仮名文テクストに当てはまらないことに、古典文学や古典文法の専門研究者が、そして、教科書の編集者たちも気づいていないから、あるいは、あてはまらないことを認めたくないからです。筆者は、そのことを『仮名文の原理』（1988）以来、折にふれて主張してきたのですが、国文学や伝統文法の牢固たる牙城に阻まれて、一部のかたがたに積極的支持を受けるにとどまっています。定家や宣長の説は無条件に受け入れるが、根拠をもってそれを否定する新しい考えかたをいっさい受け付けないという体質は改めなければなりません。

この和歌を聞いた人たちの顔が、あふれる涙にドップリ浸かったのであって、乾飯が涙漬けになったのではないと筆者が主張していると理解したかたがいるとすれば、それは、まだ古典文法の呪縛から十分に解き放されていないからです。筆者の主張は、この一文を、食べかけになっていた乾飯がとめどなく流れ落ちる涙に浸かっており、気がついたら自分の顔も涙でグシャグシャになっていた、と読み取るべきだということです。「ほとびにけり」の解釈をこれまでどおりにして、「みな人」も「ほとびにけり」という状態だったと改めたら、顔の皮膚が涙でふやけていたという大げさすぎる表現になってしまいます。

この話には、さらに続きがあります。

三巻本『色葉字類抄』には「ホトボス」の和訓をもつ「浸」字の項のあとに「熱」字の項があり、《低低高低》の朱声点を加えた和訓「ホトチル」があります（前掲164ページ図版）。

「ホトチル」は「ホトボル」から変化した語形です。また、十二世紀に改編された観智院本『類聚名義抄』の「熱」字の項には「ホト」の部分に《低低》の声点を加えた「ホトボル」があります。アクセントは《低低》で「ホトボス」の《高高》と対比的ですから、〈熱湯に浸かる〉という意味の動詞として「ホトボス」から二次的に形成されたもののようです。前引の『医心方』の記事に、「煮湯」というフレーズがありました。〈ホトボリが冷める〉はここから来ているようです。

「みな人、乾飯に涙落としてほとぼりにけり」なら、〈人はひとり残らず熱涙にむせび、乾飯は熱湯に浸っていた〉となりますが、そこまで誇張すると真実味が失われます。

近代の推理小説などと違って、読み手の感動を誘うために用意された小道具の配置が二重三重に見え透いていることは否定できませんが、和歌に詠まれた「ひとの心」(『古今和歌集』仮名序)は万人の心を打ちます。その意味で書き手のお膳立ては見事に成功しています。

近年までの筆者は、日本の古典文学に関心がなかったので、この和歌の複雑極まる技巧についての説明を読んで、真心の片鱗だにない文学作品のつまらなさに呆れ返りました。この和歌は、歌学の用語を用いて複雑な技巧を細かく教えられているらしいので、習った生徒には、かつての筆者のような印象しか残らないのではないでしょうか。筆者が平安時代における仮名の発達を跡づける作業の延長として『古今和歌集』の和歌に出会い、仮名の巧みな運用による和歌表現の奥深さを見いだして引き入れられたのは、長年勤務した大学を定年退職する前後になってからのことでした。

正統の手順を踏むために最後に回しましたが、葡萄牙《ポルトガル》から来航したイエズス会の宣教師たちによって一六〇三年に長崎で刊行された『日葡《にっぽ》辞書』（原名、『日本の言語の語彙』）に、つぎのふたつの項目があります。

Fotobacaxi, su, aita. ホトバカシ、ス、イタ（ほとばかし、す、いた）物を水などの中につけて柔らかにする。（略）

Fotobi, uru, ita. ホトビ、ブル、ビタ（ほとび、ぶる、びた）物が水などの中で軟化する、あるいは、柔らかになる。

〔土井忠生他編訳『邦訳日葡辞書』岩波書店・1980〕

表記はポルトガル式です。見出しは連用形、そのあとに終止形、過去形の順で示されています。現代語と同じように、古い連体形が終止形としても使われています。ホトボスは、この時期までにホトバカスになっていました。タブラカス、ダマカス、ダマクラカス、ヒヤカスなど、接尾辞カスは、雅俗の俗ではなく卑俗の俗の指標です。ホトボスにこの語形変化が生じているのは、もともと、そういう含みをもっていたからなのでしょう。「乾飯が涙にドップリ浸かる」と表現したのは、その含みを生かしたつもりだったのです。

平安時代の仮名文に姿をみせなかったホトビルが、日常語彙を中心にしたこの辞書に顔を出しています。語釈が「水の中で軟化する」となっていますから、この時期には〈ふやける〉という意味になっていたようです。日本で編纂された辞書類には、日本語による説明がありませんが、これはポルトガル語の話者が利用する辞書だったので、ポルトガル語で意味が説明されています。

■テシマウ、テシマッタ

「ほとびにけり」は現代語の〈ドップリ浸かっていた〉に当たります。

完了の助動詞ヌの訳語として、古語辞典が「…テシマウ・…テシマッタ」を挙げていることをさきに批判しましたが、ニケリのニは、助動詞ヌの連用形ですから、この批判は当たらないようにみえます。しかし、つぎの事実を確認しましょう。

電車が来ちゃったから、またね。　試験に落ちちゃった。

このチャッタは東京方言から広がった言いかたで、…テシマッタの縮約形です。

〈試験に落ちちゃった〉は、いちおう、事態が完了しているでしょうが、〈電車が来ちゃった〉は、電車がホームに停車するまえに言うことが多いので、未完了です。

この言いかたは、事態が完了した場合というよりも、不都合な事態が生じた場合に使うのが基本です。〈試験に受かっちゃった〉は好都合な事態ですが、予期に反して、という強い含みをともなうので基本はつうじています。「花咲きにけり」を〈花が咲いてしまった〉と機械的に現代語訳すべきでないことを、これで理解していただけたでしょうか。

「年の内に春は来にけり」(古今和歌集・春上・1)の「春は来にけり」を、本居宣長が「春ガキタワイ」(『古今集遠鏡』)と訳したり、注釈書が「もう春がやって来たよ」(小沢＝松田)と訳したりと、ハをガに置き換えたことによって、『古今和歌集』の冒頭歌が、そして『古今和歌集』そのものが甚だしく誤解され、それに加えて「春が来てしまったよ」(小島＝新井)と、テシマッタまで加わることによって、その誤解が助長されるようになったことを考えると、この不適切な訳語を放置すべきではありません。

動詞ホトボスの存在をつきとめて意味を確認し、その結果に基づいてホトビルが、〈ふやける〉ではなく〈ドップリ浸かる〉という意味であることを明らかにするまでの手順を、難解で退屈だと読み飛ばした読者が少なくないかもしれませんが、こういう地味な手続きを積み重ねなければ、〈乾飯がふやけてしまった〉といういいかげんな共通理解を葬り去って、一同の顔を感動の涙でグショグショにすることはできなかったのです。

第九段Ⅲ　修行者会ひたり

(1)行《ゆ》き行きて、駿河《するが》の国に至りぬ
(2)宇津《うつ》の山に至りて、我が入《い》らむとする道は、いと暗う細きに、蔦《つた》、楓《かへで》は茂り、もの心細く、すずろなる目をみること、思ふに、す行《修》者会ひたり
(3)かゝる道は、いかでか、いまする、といふを見れば、見し人なりけり
(4)京に、その人の御もとに、とて文《ふみ》書きて、つく

---

(1)行《ゆ》き行きて、駿河《するが》の国に至りぬ

†行《ゆ》き行きて　遠くへ遠くへと旅を続けて。八つ橋の場合と同じく「至りぬ」で結ばれていますから、この旅にはまだ先があります。

(2)宇津《うつ》の山に至りて、我が入《い》らむとする道は、いと暗う細きに、蔦《つた》、楓《かへで》は茂り、もの心細く、すずろなる目をみることゝ思ふに、す《修》行者会ひたり

†宇津《うつ》の山に至りて　「宇津の山といふところに」と表現されていないのは、「八つ橋」の場合と違って、山越えの難所として、京の人たちがこの地名を聞き知っていたからでしょう。この場所が舞台となった理由については、あとの和歌のところで考えます。

†我が入《い》らむとする道は　「我が」を添えることによって、京の華やかな生活に馴れたこの自分が、こんなひどい道を、という気持ちが強調されています。「これより入らんとする道は」では、そういう気持ちが伝わりません。

†いと暗う細きに、蔦《つた》、楓《かへで》は茂り　道とよべないほど、とても暗く、しかも細いうえに、地面からたくさん延びている強靭なツタの蔓で足を取られそうだし、頭上にはカエデの枝葉が鬱《うっ》蒼《そう》と広がって真夏の日をさえぎっており、とてもこの自分には無理だという「をとこ」の反応が、これに先行する「我が」の効果で生《なま》々しく伝わってきます。ツタもカエデも秋の山を美しく彩りますが、その季節ではありません。

†もの心細く、すずろなる目をみることゝ思ふに、修行者あひたり　理由もはっきりせずに心細くなり、予想もしなかったわけのわからない目にあうことよと思っていたら、目の前に修行者がいる、ということです。

†すずろなる　説明のつかない、理由もわからない。

†修行者（す行者）　華やかな環境を離れ、山岳などで苦行しながら仏道修行に励む人。身なりや持ち物などを見て、ひと目でそれとわかったはずです。シュギャウシャを「す行者」と写していますが、声に出すときはどちらでもかまいません。

†修行者会ひたり　「す行者あひたり」に「(す行者) に出逢った」と傍記した注釈書 (渡辺実) に比べれば、「修行者がばったり来あわせた」(秋山虔) や「修行者が現れた」(永井和子) などのほうが原文の表現に相対的に忠実です。なぜなら、ここは〈修行者が〉であって〈修行者に〉としたのでは、ことばづかいに無神経すぎるからです。

「八つ橋」の挿話のなかに「かきつばたいとおもしろく咲きたり」という表現があり、筆者は、それを歴史的現在という用語を借りて説明しました。注釈書も、たいてい、「咲いている」と訳していますが、同じくタリなのに、こちらは「出会った」、「ばったり来あわせた」、「現れた」などと過去形で訳しています。大切な古典文法はどうなったのでしょうか。

「我が入らむとする」恐ろしい山道を見て愕然とし、何の因果でこんな目に遭うのだろうと悲しんでいたところ、ふと人の気配を感じて現実に戻ったら、修行者が目の前にいる、というのが、「～と思ふに、修行者会ひたり」という表現です。

この文脈なら、「修行者会ひたり」という表現は、「をとこ」がだれであるかを見分けて修行者が近づいてきたことを表わしています。懐かしげに、ニコニコした表情を浮かべていたことでしょう。ただし、この段階では、この修行者は自分を知っているらしい、ということしか「をとこ」にはわかりません。

文脈から切り離して「修行者あひたり」という表現の文法的解釈なるものを考えたのでは、この臨場的表現の効果を読み取ることができません。臨場的表現の効果とは、たとえば、〈後ろで急ブレーキの音がしたので、あわてて振り返ったら、若い女性が運転席で青ざめている〉というような表現です。

辞書で動詞アフを引くと、いくつもの意味に分けて、それぞれに違う漢字が当てられており、どれを選べばよいのか迷ってしまいますが、もともとは、ひとつの動詞です。

『北原保雄の日本語文法セミナー』（大修館書店・2006）に、Q&A形式でこの部分についての新解釈が提示されています。質問者は教職にあるようです。

Q.『伊勢物語』第九段に、（略）修行者会ひたり。とある傍線部分は、従来「修行者がやって来て出会った」のように訳されています。しかし、現在の我々の感覚からすると、「修行者に出会った」となるのが自然です。この「人に偶然会ったとき相手を主に言う」古格の語法について、用例をあげて説明してください。

A. 確かに現在は、偶然人に会ったとき、「こちらが誰々に会った。」のように言い、「誰々がこちらに会った。」という言い方はしません。

回答は右のように始まって、格助詞ニが無条件には省略されないことを説明し、『万葉集』、『枕草子』、『徒然草』などの用例を挙げて、「〈誰々がこちらに会う〉という言い方のあることは認めなければならないでしょう」と述べていますが、こういうところに安易な帰納主義の落とし穴が潜んでいます。「～という言い方のあること」とは、〈現代語にそういう言いかたはないけれども、文献上に証拠があること〉という意味です。

引用された用例のなかで、成立時期がいちばん新しいのは『徒然草』です。

常磐井相国《ときはゐのしやうこく》、出仕し給ひけるに、勅書を持ちたる北面《ほくめん》、あひ奉りて

〔第九四段〕

このあとに、「馬より下《お》りたりけるを～」と続いています。「相国」は太政大臣の漢名、「北面」は院の御所を警護する武士です。

このような言いかたは「古格」などではありません。原文のほうは、そのあと、天皇様の命令書を携えている者がわたしのところに来て、馬を下りてその文書を見せるとは何事だ、乗ったまま伝えるべきだ、という展開になります。

「用例をあげて説明してください」という質問に、回答者はそのような言いかたは現代語

にないと決めてかかっているので、古典のテクストから動詞「あふ」の用例を集め、昔はそれがあったという結論を導いています。

「確かに現在は、偶然人に会ったとき、（略）〈誰々がこちらに会った〉という言い方はしません」と確言されていますが、つぎのような言いかたは不自然でしょうか。

あのとき彼がわたしに会ったのは、神の思し召しだった。（作例）

安易な帰納主義とは、調査範囲を不適切に限定して用例を集め、ひとつの結論を導いて満足してしまい、前提の当否や調査の方法、手順などについて検算や逆算をしない研究姿勢のことです。この場合について言えば、古典文学作品だけを調査して論を立て、導かれた結論が正しければ、そういう言いかたが、いつごろ、どういう理由で日本語から姿を消したのかを追跡するという正統の手順を踏んでいません。もしそれで説明がつかなければ、現代語にほんとうにないのかどうかを再検討する必要が生じるので、前提の誤りに気づく機会があったはずです。そういう柔軟な姿勢をとることができないのは、硬直した古典文法に囚われて、その枠組みから抜け出せなくなっているからです。

筆者の説明と比較すればわかるように、そもそも、問題の捉えかたが間違っています。しかし、回答者は、質問者と同じ認識を共有して答を考えているだけでなく、問題をつぎのように設定しなおして、新しい観点を導入しています。

A．さて、現在は、どうして、「こちらが誰々に会う」という言い方しかしないのでしょうか。（略）
これは、視点の問題と関係がありそうです。視点というのは、表現主体（＝話し手・書き手）の立つ位置、つまりカメラ・アングルのことですが、表現主体は、必ずある視点に立って表現をします。（略・久野《くの》暲《すすむ》『談話の文法』に言及）
『伊勢物語』の例に戻って考えてみますと、表現主体の視点は、「すずろなるめを見ることと思ふ」人寄りにとられています。つまり、この人が「こちら」です。したがって、次には、この人を主語にした表現が期待されます。視点の一貫性という点からも、この人が主語であることが期待されます。しかるに、この本文では、視点も無視され、視点の一貫性も無視されて、「修行者」が主語になっているので、不自然に感じられるのです。

『伊勢物語』のこの表現は日本語として不自然であり、解釈に混乱を生じるのは言語運用の基本ルールを無視した書き手の責任であるという回答ですが、こういう乱暴な論法が権威をもって通用しているのが教育界の現状なのでしょうか。
このあとに『万葉集』、『伊勢物語』（第二三段）、『古今和歌集』から各一例を引用して、つぎのように結論づけています。

これらの表現における「来《く》」は、現代語の「来る」というよりも「行く」に近い用法で、表現主体のいる、したがって視点寄りである出発点（「こちら」）よりも到着点（「そちら」）を重視した言い方になっています。（略）「そちらに行く」と言うべきところを、「そちらに来る」と言うのは、「こちらが会う（＝会いに行く）」と言うべきところを、「誰々（＝あちら）が会う（＝会いに来る）」と言うのと、共通するところがあります。（略）「そちらに来る」という意味になる例が存在するという事実は、「会ふ」の意味用法を考えるとき、特に注目されていいと思います。

立論の根拠として引用されている三例から、一例だけをあげておきます。『百人一首』にも採られて、よく知られている素性法師の和歌です。

今来《こ》むと言ひしばかりに長月《ながつき》の有明《ありあけ》の月を待ち出でつるかな

〔古今和歌集・恋四・691・題知らず〕

「今来む」は、暁がたに帰る際に男性が女性に言い残したことばで、「すぐまた来るからね」という意味です。つぎの例も同じです。

今来むと　言ひて別れし　朝《あした》より　思ひくらしの　音《ね》をのみぞなく

〔古今和歌集・恋五・771・題知らず・僧正遍昭〕

＊第四句……思ひ暮らし（初読）、ヒグラシ（次読）。＊第五句……鳴く（初読）、泣く（次読）。

「八時の列車で来ると言ったのに、まだ来ないよ」という例をあげて、連接構文が引用符を受け付けないことを説明しました。これ以上、加えることばはありません。大切なのは、ことばの端々に注意しながらテクストをじっくり読むことです。

(3) **かゝる道は、いかでか、いまする、といふを見れば、見し人なりけり**

動詞「います」は、「あり」、「行く」、「来《く》」の尊敬語とされていますが、ここは、そのうちのどれに当たるのでしょうか。

「いかでか、いまする」は、〈疑問の「か」＋「います」の連体形〉という、係り結びの形式になっています。まず、この部分の現代語訳をみてみましょう。

ⓐこんなひどい道を、まあ、どうしておいでになるのですか（森野宗明）
ⓑこんな〔遠い〕所へどうして来られたのですか（渡辺実）
ⓒどうして、このような道はお通りなさる（福井貞助）
ⓓこんな所にどうしてお越しですか（秋山虔）

ⓔこんな道にまあ、どうしておいでなのですか（永井和子）

「います」の個々の用例が「あり」、「行く」、「来《く》」のどれに相当するかは、使われた場面から判断するほかありません。ここで、我々は、古典のテクストの現代語訳がどのようにあるべきかという根本問題に直面することになります。

現代語訳は、もとのテクストの表現と等価であるべきだとするならば、「います」は、〈いらっしゃる〉、〈おいでになる〉と訳すべきです。なぜなら、現代語の〈いらっしゃる〉も〈おいでになる〉もまた、平安時代の〈来る〉、〈行く〉、〈ゐる〉に対応しているからです。それなのに、ⓐⓔ以外が表現を違えているのは、この場合の「います」がそれら三つのうちのどれに相当するかわかるように訳そうとしているからです。そのために、ⓒ以外は、「道は」の「は」を巻き添えにして、「を」、「へ」、「に」などに置き換えざるをえなくなっています。

右に引用した五つの現代語訳のうち、ⓐⓔは「います」を〈おいでになる〉に置き換え、ⓑⓒⓓは、それぞれ、〈来られる＝来る〉、〈お通りなさる＝来る、行く〉、〈お越しになる＝来る・行く〉で置き換えています。

すでに述べたように、「います」や〈おいでになる〉、〈いらっしゃる〉などは場面依存型の動詞です。ということは、この「いまする」が〈来る〉、〈行く〉、〈いる〉のどれに相当するかは、この問いかけがなされた場面を押さえて読まなければわからない、逆に言えば、場面を押さえて読めばわかる、ということなのです。

修行者が「をとこ」に問いかけた場面を確認しましょう。

修行者は、山道のほうを見て呆然と立っている人物が、知っているあの「をとこ」であることに気づき、近づいて来ました。「をとこ」は立ち尽くしたままなので、どうしてここにいるのか、どちらの方向から来たのか、どちらの方向に行こうとしているのか、修行者にわかるはずはありません。はっきりしているのは、そこに「をとこ」がいるという事実だけです。そういう場面で、修行者が、「かゝる道は、いかでか、いまする」と尋ねたのですから、この場合の「いまする」は、〈いる〉という意味にしかなりえません。つぎの英語訳は、〈いる〉という意味に読み取っています。

ⓕWhat are you doing in such a place as this? (Harris)

*〈こんなところで、なにをなさっているのですか〉

†かゝる道は　修行者が、こんなところに「をとこ」がいるのを見つけて、どういう疑問を抱いたでしょうか。

繰り返し強調してきたように、仮名文は連接構文として構成されており、その基本原理は口頭言語と共通しています。

〈この道は狭い〉というような、主述関係の明確な構文のなかの助詞ハと、連接構文のなかの助詞ハとを同列に置いて考えてはいけません。

〈こんな道は、――、どうしてこんなところにいらっしゃるのですか？〉という質問には、〈あなたがこんな道にいらっしゃるとは意外ですね〉という驚きが込められているので、「この道は」のあとに自然にポーズが置かれ、そのあとに〈どうして〜〉が続きます。ポーズの長さは驚きの度合いに比例します。近似的に表わせば〈この道は？　どうしてこんなところにいらっしゃるのですか？〉となります。すなわち、「この道は」で言いさしたまま、あとが続かず、改めて質問しなおしているということです。ドル紙幣を渡された土産物屋の店主が聞きます。「このお札は、アメリカのかたですか」と。

筆者が勝手に話を作って、文法書にない助詞ハの用法を捏造《ねつぞう》していると思わないでください。「傘は。もうすぐ止《や》むね」というように、こういう助詞ハを我々は日常的に使っていることを思い出してください。右に引用した現代語訳のうち、ⓔが、「こんな道に、まあ、」と感嘆詞を挿入していることに注目しましょう。右に列挙したなかで、仮名文の呼吸を捉えて訳している注釈書はこのⓔだけです。ただ、ハを二に置き換えていることが惜しまれます。ⓐも「こんなひどい道を、まあ、」と感嘆詞を挿入しているのはよいのですが、ハとヲとの差と、「ひどい」とでⓔと距離が生じています。

現代語の通常の文体のなかにこのような連接構文の表現が挿入されると、いかにも奇異な印象になってしまいますが、仮名文としては、それが基本の文体ですから、連接モードに頭を切り替えて読めば、日常の会話と同じ言いかたなので、すなおに頭に入るはずです。

■「います」から〈おられる〉へ

〈いますか〉、〈来ますか〉、〈行きますか〉で明確に区別できるのに、敬語表現にすると、場面をきちんと押さえて使っていても、話し手と聞き手の間に誤解を生じる可能性がつきまといます。そこで、〈来られますか〉、〈行かれますか〉、〈おられますか〉という新しい言いかたが自然に優勢になり、それに連動して、可能の言いかたは〈来れますか〉、〈行けますか〉、〈おれますか〉に移行し、日本語の乱れ、汚いラ抜き言葉、敬語の誤用などとして保守主義者たちに激しい批難されつづけましたが、多勢に無勢《ぶぜい》で勝負はすでについています。彼らがどれほど抵抗しようと、高齢層が口をつぐむ日に、運用効率のよい新しい言いかたが完全な市民権を獲得するはずです。〔『日本語はなぜ変化するか』〕

†見し人なりけり　見知っている人だった。会ったことのある顔だった。

「見し」のシ（終止形はキ）は、自分でそれを経験したことを表わしています。「なり＋けり」の機能は、それが事実であると強く確認することです。

(4)京に、その人の御もとに、とて文《ふみ》書きて、つく

†京に、その人の御もとに　「その人」の「その」に先行詞《antecedent》がないのは、特定の人物を、〈あの人〉、〈なんとかさん〉のようにさす用法だからです。「をとこ」が実際に口にしたのは具体的な人名だったはずです。「御もとに」の「御」が手がかりになるので、物語の読み手には、二条の后だとすぐにわかります。

†文《ふみ》書きて、つく　手紙を書いてそれを修行者に託した。

「京に、その人の御もとに」ではなく、「京のその人の御もとに」のほうが安定した構文なのに、こういう乱れた言いかたになっている理由にふれた注釈書は見あたりません。「その人」が話されたことばどおりの表現ではないと認めて、ほとんどの注釈書は、「京に、その人の御もとに」の部分に引用符を付けていません。

仮名文テクストは叙述から引用に自然に移行するので引用符を付けるべきではありません。〈会話の文〉という概念も成り立ちませんが、しばらく筆者の見解をオフにすれば、この部分には現実の発話の特徴が濃厚に反映されており、しかも「とて」が付いているのに引用符を付けない処理をどのように評価すべきか判断に苦しみます。

〈京都に、そうだ嵯峨野だ〉とは、まず、京都に行こうと思い立ち、京都のどこに行こうかと考えて、嵯峨野に決めた、という表現ですから、〈京都に〉のあとに、考えた時間に相当するポーズが置かれます。ただし、先行する部分から切り離してこの部分だけを読んだのでは意味がわかりません。

「京に、その人の御もとに」とは、目の前にいるこの修行者は京に戻るのだ、と思ったとたん、「をとこ」の心に懐かしい京の思い出が鮮やかによみがえり、あなたが京に戻ったらこの手紙を、という気持ちで「京に」が口を衝いて出て、二条の后に手紙を渡してほしい、と続けたのが、「京に、我が思ふ人に」ではなく、「某々さまの御もとに」と、社会的地位に応じた敬語を使っています。

第九段Ⅳ　鹿の子まだらに雪の降るらむ

(1)駿河なる　宇津の山辺の　うつゝにも　夢にも人に　会はぬなりけり
(2)富士の山を見れば、五月《さつき》の晦日《つごもり》に、雪、いと白う降れり
(3)時知らぬ　山は富士の嶺《ね》　何時《いつ》とてか　鹿《か》の子まだらに　雪の降るらむ
(4)その山は、ここにたとへば、比叡《ひえ》の山を二十《はたち》ばかり重ね上げたらむほどして、なりは潮後《しほじり》のやうになむありける

---

(1)駿河なる　宇津の山辺の　うつゝにも　夢にも人に　会はぬなりけり

†**駿河なる**　「なる」は「に＋ある」の縮約形。京から遥かに遠い駿河の国、という距離感を喚起するために「駿河なる」を第一句にしたのでしょう。もう、こんなに遠くまで来てしまいました、ということです。

†**宇津の山辺**　宇津の山の山辺。和歌に用いられる類型的縮約です。ここに来るまで、たく

さんの場所を通ってきたはずなのに、出てきたのは、「八つ橋」、「宇津の山」、そして、これから出てくる「富士の山」、「すみだ川」だけです。どうして、それらの場所しか出てこないのか、それぞれの場所は、どういう理由で選ばれたのか、という疑問を提示し、その理由を解明しようとした注釈書は見あたりません。

結論を言えば、それらは、物語の展開に都合のよい地名や場所だったからです。すでに述べたように、描写されたとおりの「八つ橋」の地形が実在していたと筆者には思えません。話の筋としては、たまたま宇津の山のあたりにいたときにその出来事があったので、「宇津の山辺のうつゝにも〜」という和歌を詠んでいますが、ここでも発想の順序は逆であって、「宇津の山」は、この和歌の「うつゝ」を導くための舞台として選ばれたのです。

†**うつゝにも　夢にも人に　会はぬなりけり**　現実にも夢にも「ひと」に会はない状態でいたのだなあ、ということですが、だれを、あるいは、どのような条件をそなえた人物を、「をとこ」は「人」とよんでいるのでしょうか。

注釈書は、この和歌を書いた手紙を修行者に託したという前提のもとに注を加えています。そういう理解を明示的に表明していないのは、自明だからという判断なのでしょう。

ⓐ「人」は手紙や歌では、しばしば「あなた」の意。（渡辺実）

たとえば、つぎの和歌の「人」は、だれをさしているでしょうか。

つれもなき　人をやねたく　白露の　おくとは嘆き　寝《ぬ》とは偲《しの》ばむ
〔古今和歌集・恋一・486・題知らず・詠み人知らず〕

つれないあの「人」のことを、癪《しゃく》に障ることに、白露が置く早朝に起きては冷たい態度を嘆き、寝ては恋い偲ぶことになろうとは、ということです。初読、露が「置《お》く」、次読、朝に「起《お》く」という続きになっています。この和歌が独り言だとすれば、「人」は「あの人」ですが、相手の異性に送った和歌なら、結果として「あなた」になるとしても、表現としては不特定の異性です。したがって、「人にあはぬなりけり」の「人」も、手紙に託した和歌ならば、つぎのように考えるのが妥当でしょう。

ⓑ「人」とは、文《ふみ》を贈った相手で、男の愛人。（福井貞助）

「二条后に限定する必要はない」（渡辺実）かどうかは別として、どの注釈書も、「人にあはぬなりけり」の「人」を、〈思いを寄せている女性〉とみなす点で一致しており、つぎの解説もその解釈に基づいています。

相手が思うと夢にその人を見るという意味で、夢であなたに逢わぬのは、私を思ってくれぬからだ、という意をこめる。（福井貞助）

「本気でなく軽いたわむれだが、都を遠く離れた淋しさのほうは本物であろう」（渡辺実）という解釈は例外ですが、それをも含めて、注釈書の解釈は、「夢にも」だけを説明して、

「うつ、にも」を置き去りにしています。

現実の世界で「あなた」に会っていないことは、「なりけり」で確認するまでもなく、「あなた」自身がよく知っています。物語の舞台を「宇津の山」に設定したのは「うつ、にも」を導くためだったとすれば、「うつ、にも」を軽視すべきではありません。「するがなるうつのやまべの」は、「うつつ」の序（渡辺実）という共通理解が、「うつゝ」を語呂合わせ程度に軽くみる原因になっているようです。

京に戻る修行者に会うという、思いがけない機会に恵まれた「をとこ」が、愚痴や当てこすりの手紙を書いてその人に託したと大まじめで考えるとしたら、それは先行する注釈の権威によって、ナイーヴな感受性《センス》が麻痺させられているからです。そもそも、「からころも」の和歌で切々たる心情を吐露した「をとこ」が、二条の后の夢を一度も見なかったとしたら不自然ですし、この段階まで来て、ようやくその事実を「なりけり」で確認しているようでは反応が鈍すぎます。

「す行者あひたり」以下を、よく読んでみましょう。

宇津の山辺の挿話は「ふみ書きて、つく」で結ばれており、物語は「ふみ」の内容に立ち入っていないと筆者は読み取ります。心の内を二条の后にどのようなことばで伝えたかは、読み手の想像に委ねられています。そうだとすれば、そのあとに続く二首は、修行者と別れて駿河の国に取り残された「をとこ」の述懐です。
宇津の山辺の和歌には、ほかの文献にいくつか類歌があることが指摘されています。

するがなる　宇津の小山《をやま》の　うつつにも　夢にも見ぬに　人の恋しき

〔古今和歌六帖・第二・山・838〕

『古今和歌六帖』は作歌のお手本で、主題ごとに名歌を分類してあります。「山」の項を見ると、羅列されている九十四首のなかに右の和歌があります。この和歌で、第五句の「ひと」は不特定の異性をさしますが、詞書を添えれば、さす対象も変わります。「うつゝにも、夢にも君を、見でや、みなむ」などは、「うつゝにも、夢にも人にあはぬなりけり」を思わせますが、〈現実にも夢にも、あなたに会わずにあきらめるものか〉という趣旨ですから、まるで違います。

仮名文学作品における「ひと」が、どういう人間をさしているかを確認してみます。

かの須磨は、昔こそ人の住処《すみか》などもありけれ、今はいと里離れ、心すごくて、海人《あま》の家だに稀《まれ》になど聞き給へど〔源氏物語・須磨〕

＊心すごくて……荒涼《こうりょう》としていて。＊海人……漁師など、海産物で生計を立てている人。

須磨は、昔こそ「人」の住まいなどもあったが、現在は、人里から遠く離れ、荒涼としていて、賤しい漁師の家さえめったにないとお聞きになっているが、ということで、「人の住処」と「海人の家」とが対比されています。貴族からみれば、上層の、地位も教養もある人間だけが「人」であって、「海人」や「山賤《やまがつ》」など下層の賤しい人間《やつら》は、「人」とよぶに値しない「下衆《げす》」でした。つぎのように、清少納言の尺度で「人々しき」範囲を広げても、六位が下限になっています。

頭《とう》の中将の宿直所《とのゐどころ》に、少し人々しき限り、六位まで集まりて
〔枕草子・頭の中将の〕

「うつ、にも、夢にも人に会はぬなりけり」とは、京を出て以来、出会ったり見かけたりするのは下衆ばかりで、現実にはもとより、夢のなかでさえ、「ひと」らしい「ひと」に会ったことがなかった、ということです。偶然、「見しひと」と現実《うつつ》に顔を合わせたことによって、旅に出て以来、「ひと」にこれまで会っていなかったことを改めて認識し、現実《うつつ》にはもとより、夢にさえも、と言い添えています。大勢の「ひと」に囲まれていた京の生活が恋しくなり、ただひとりの、久しぶりに会った「ひと」と別れて淋しさに襲われた心境を表明したのがこの和歌です。この場合、「我が思う人」は、修飾語なしの「ひと」を超えた特別の存在です。

(2)富士の山を見れば、五月《さつき》の晦日《つごもり》に、雪、いと白う降れり

旧暦で五月の晦日は、年ごとに動きますが、どちらに動いても、夏の盛りで、たいへん暑い時期です。

「降れり」とは、積もった状態をさしています。「雪、いと白う降れり」とは、積もった雪が真っ白に輝いている状態の形容です。その時期の富士山がそういう状態にあったとは考えられないので、かなり誇張された表現であることは確実です。「旧暦では夏の盛りなので雪を怪しむ」(永井和子)という簡潔な注があります。

物語の書き手が富士山を実見したことがないために、かってにそのような状態を想像した可能性を否定できませんが、「八つ橋」の不思議な地形と同じように、東国には想像を絶する自然があることを印象づけるための創作と考えるべきでしょう。

『竹取物語』は、富士山の噴煙についての一文で結ばれています。

その煙《けぶり》、いまだ雲の中へ立ちのぼるとぞ、言ひ伝へたる

この話は広く知られていたでしょうから、ここで噴煙を話題にしてもよさそうなのに、噴煙には一言もふれていません。富士山で、真っ白に輝く真夏の雪と、雲の中に立ちのぼる噴煙とを主題にした二つの和歌を並べたりしたら奇異な印象を互いに弱めてしまうだけでなく、噴煙が立ち上っている状態は、「雪、いと白う降れり」のイメージとマッチしないので、

あらかじめ第八段で噴煙を盛大に立ち上らせて、それを人の噂にたとえ、ここは、真夏の雪を主題とする和歌だけにしたのかもしれません。

(3)時知らぬ　山は富士の嶺《ね》　何時《いつ》とてか　鹿《か》の子まだらに　雪の降るらむ

†時知らぬ　この場合の「時」とは、〈それをするために適切な時期〉という意味であり、「時知らぬ」とは、冬ならわかるが、こんな季節はずれに雪とは、ということです

†何時とてか　今の季節をいつだと思ってか。

†鹿《か》の子まだら　子鹿と同じような、茶色のなかに小さな白い部分が点在するまだら模様。この動物の古い語形はカでしたが、平安時代には、雄がシカ、雌がメカとよばれていました。ただし、文学作品に登場するのは雄のシカだけです。子鹿は雌雄を区別せずにカノコでした。

†鹿《か》の子まだらに雪の降るらむ　(夏の盛りだというのに) 降った雪が茶色い地面のところどころに白く小さいカタマリで散在し、地面が小鹿のようなまだら模様になっている。いったいこれは、どうしたことなのだろう、ということです。

第三句以下の現代語訳をいくつか見てみましょう。

ⓐいったい、この夏のさかりの今を、いつだと思って、このようにかのこ

まだらに雪が降っているのだろう（森野宗明）

ⓑ今をいつと思って、鹿の子まだらに雪が積っているのだろうか（渡辺実）

ⓒいったい、今がいつということで、鹿の子まだらに雪が降り積むのであろうか（石田穣二）

ⓓいったい今をいつと思って、鹿子《かのこ》まだらに雪が降り積ったままでいるのだろうか（福井貞助）

ⓔWhat time should I feel / seeing it thus fawn-spotted
where the snow has deigned to fall?（Harris）

「いつとてか」の訳は、いずれも、〈今をいつだと思って〉という理解を表わしています。〈思って〉は富士山を擬人化して捉えた表現です。しかし、そうだとすると、〈富士山は、今が何時だと思って雪が降っているのだろう〉という、テニヲハの合わない続きかたになるので、第五句は「雪降らすらむ」でなければなりません。すなわち、〈富士山は、今がいつだと思って雪を降らせているのだろう〉ということです。このような文法に合わない和歌を、どのように説明したらよいのでしょうか。

実のところ、筆者は、古典文法を無批判に持ち込むべきではないことを実例に即して明らかにするために、右のような問題を提起して収拾がつかなくしてしまったのです。筆者が不満なのは、注釈書が、この問題にふれていないことです。都合の悪いことに蓋をしたまま文法的解釈を標榜すべきではありません。

右に列挙した現代語訳の第四句以下は、つぎのふたつに分かれています。

A群、鹿の子まだらに雪が降っているのだろう……ⓐⓔ

B群、鹿の子まだらに雪が降り積もっているのだろう……ⓑⓒⓓ

察するところ、B群は、先行する「五月の晦日に」を考慮したのかもしれません。いかになんでも、猛暑の季節なのだから全体が真っ白ではなく、大部分は鹿の子まだらでしかありえない、という判断です。しかし、「雪、いと白う降れり」と白さを強調したあとに、その状態を「鹿の子まだら」と表現したとは考えられません。鹿の子まだらに雪が降るとは、雪が降ってきて、茶色の地面に不規則に白い部分ができている状態とみなすのが自然ですから、富士山そのものではなく、その麓に立っている「をとこ」の周辺の状態でしょう。

修行者に手紙を託して別れたあと、「をとこ」は、京に残してきた女性がいつにも増して恋しくなり、雨のように涙を流したために、ふと見たら茶色の地面に水溜まりができていました。「をとこ」は、山頂が真っ白な富士山の麓だから、茶色の地面に雪が降って鹿の子まだらになっていると驚いて、我が目を信じられない気持を詠んだのがこの和歌だ、というのが筆者の解釈です。透明な水たまりが白色に見えるはずはないという否定的合理主義《ネガティヴrationalism》ではなく、水たまりがどうして白く見えたのだろうと肯定的《ポジティヴ》合理主義で答を見いだしましょう。「をとこ」の目には、山頂の雪を映した小さな水たまりが真っ白に見えたのです。そもそも、涙に曇った目で、はっきりとは見えなかったということもあります。「乾飯に涙落としてほとびにけり」と同じように、極端に誇張された表現ですが、物語の世界に没入して読めば、京に残してきた女性を偲ぶ切ない心情が素直に響いてきます。

筆者が『源氏物語』を通読したのは文学部一年次の夏休みでしたが、たとえば、つぎのようなたぐいの表現があちこちに出てくるたびに、共感を覚えないどころか、誇張も甚だしいと呆れてしまいました。

ⓐ涙落つともおぼえぬに、枕、浮くばかりになりにけり〔源氏物語・須磨〕

ⓑ寝殿《しんでん》へ渡り給ふ御後手《うしろで》を見送るに、（略）ただ枕の浮きぬべき心地すれば、心憂きものは人の心なりけりと、我ながら思ひ知らる

〔源氏物語・宿木〕

*後手……後姿。

こういう非現実的表現に辟易《へきえき》しながらも最後まで読みとおしたのは、優れた文学作品としてではなく、過去の日本語を知るための大切な資料だから、一度は読んでおこうと思ったからです。それから半世紀以上を経た今日、仮名文学作品のテクストに対する筆者の関心のあ

りかたは大きく変化しています。

「雪、いと白う降れり」は富士山の山頂付近についての描写であり、「鹿の子まだら」に雪が積もっているのは、「をとこ」が立っている山麓の部分についての描写であれば、これもまた、たいへんユニークな和歌のひとつです。仮名文の表現を掘り起こすとは、こういう作業をさしています。

この和歌は、東国における経験を述べたものですが、ただそれだけにとどまるなら、京の人たちには想像もつかない東国探検記のひと齣《こま》にすぎないし、直前に置かれた「うつゝにも夢にも人に会はぬなりけり」の和歌にも続きません。これらふたつの和歌を結び付けているのは、京に残してきた彼女に対する切々たる恋心にほかなりません。

従来の解釈に対する筆者の不満は、「駿河なる宇津の山辺の〜」の和歌を、修行者に託した手紙の内容と見なし、「時知らぬ、山は富士の嶺〜」の和歌を、先行する和歌と違う場面で詠んだ和歌と見なしているだけで、それ以上に掘り下げようとしていないことです。「富士の山を見れば」とは、〈その和歌を詠んだ場所から富士山を振り仰ぐと〉という意味に理解するのが自然ですから、修行者に託した手紙の内容は物語の読者の想像にゆだね、修行者と別れたあとでこれらふたつの和歌を詠んだと解釈すべきです。

(4)その山は、ここにたとへば、比叡《ひえ》の山を二十《はたち》ばかり重ね上げたらむほどして、なりは潮後《しおじり》のやうになむありける。

†**ここにたとえば**　これ以下は、京に住む読者のために補足した情報ですが、書き手自身も京に身を置いて「ここ」と言っています。

†**比叡《ひえ》の山を二十《はたち》ばかり重ね上げたらむほどして**　「重ね上げたらむ」とは、もしも重ね上げたなら、という想定です。

京から見えるいちばん高い山は比叡山で、標高 848m、京との標高差は約 800m です。富士山の標高は 3,776m ですから、比叡山の五倍にも足りません。ヒマラヤの最高峰でさえ十二倍弱に過ぎません。京の人たちにとっての東国は、想像を絶した事象が現実に存在したり生じたりする異境の地であって、音に聞く富士の山は、信じがたいほど高い山だったということです。浅間山の噴煙も、空高く舞い上る状態でイメージされたはずです。

†**なりは潮後《しおじり》のやうになむありける**　「なり」は、見かけ。姿。

†**しほじり（潮後）**　中世以来、憶測に近い解釈がいろいろ提示されてきましたが、共通理解になっている解釈はありません。現行の注釈書が、「諸説があるが、塩田で砂をうずたかく積み上げて塚のようにしたものという」（森野宗明）、「製塩のために砂を山の形に積み上げたものというが不明」（渡辺実）、などと断定を避けています。それは、塩の山なら形状だけで

なく、その色も「雪、いと白う降れり」という形容に一致しますが、平安初期にそういう方式で製塩されていたかどうかに疑問が残るからです。その当時の塩が雪のように純白であったかどうかも疑問です。

山といえば比叡山、範囲を広げて吉野山、という程度の京の人たちに、円錐状の、冠雪した美しい富士山をイメージさせるには、それになぞらえるにふさわしい「なり」をしているものを引き合いに出さなければなりません。「なり」とは輪郭、形状でなく姿をさす語なのに、これまでの解釈は円錐形だけにこだわってきました。「なりは、しほじりのやうになむありける」という表現から、筆者は、本書巻頭の**口絵**に示した北斎作「冨嶽三十六景」の、「神奈川沖 浪裏」を連想します。舟を木の葉のように翻弄する大波を波頭の斜め裏から捉えた構図で、題も「浪裏」、言い換えれば「潮後《しほじり》・潮尻」、すなわち、打ち寄せる大波を岸の側から捉えた姿です。直前に通り過ぎた波の最後尾に当たる低い部分から、大きな波の手前に見えるもうひとつの真っ白な波頭を縮尺したような、雪を頂いた富士山が遙か遠くに姿を見せています。小さく見えるのは、宇津の山辺（静岡）よりもずっと東の神奈川（横浜）からの眺望だからです。このぐらい離れなければ、押し寄せる大きな「潮後」と富士山とを一枚の絵に収めて対比することはできません。この絵に触発されて筆者が「しほしり」に新しい解釈を与えたというよりも、北斎が『伊勢物語』を読んで、そのことに思いつき、この絵を描いたのではないかという気がしてならないほどです。
この挿話の読み手の多くは荒海の「しほしり」を実見したことがなかったでしょうが、読んだり聞いたりした話から、この絵のような「なり」をした「潮後」を想像していたであろうことは十分に考えられます。「しほしり」とはこれでしかありえないと断言はできませんが、いっそう適切な候補が提示されるまで生き残りうる候補だと筆者は考えています。

■ナムの機能

つぎのⓐⓑの表現の間には、どのような違いがあるでしょうか。

ⓐ（富士山の）なりは潮後のやうに[なむ]ありける〔第九段〕
ⓑ①（富士山の）なりは潮後のやうに[ぞ]ありける〔作例〕
ⓑ②尼になりて、山に入りて[ぞ]ありける。〔第六十段〕

学習古語辞典のレヴェルでは、ゾもナムも、〈その語句を強調する〉という程度に説明されているのがふつうですが、つぎのような解説もあります。

なむ [参考]「ぞ」「なむ」は「こそ」に比べて強調が少し弱いといわれ、「ぞ」と「なむ」では、「ぞ」が論理的客観的な強調であり、「なむ」が心情的主観的な強調を表す傾向が強いといわれる。「ぞ」が、物語などを描いていくいわゆる地の文に多く用いられ、「なむ」が会話の文に多く用いい

られているのは、その傾向を反映している。〔『小学館全文全訳古語辞典』〕

ふたつの助詞の、意味用法の違いがきれいに対比されていますが、「傾向が強いといわれる」という表現が気になります。また、はじめに示した例文の場合、ⓐは心情的主観的な強調であり、ⓑは論理的客観的な強調であると説明されても、そのままには納得できません。

なむ 読解のために 同じ係助詞の「こそ」や「ぞ」などに比べて、語勢、強調の度合いがやや軽く、聞き手・読み手にやわらかく説明するようなニュアンスをもつ語である。〔『全訳読解古語辞典』〕

こちらの説明は、語勢・強調の度合いが強いか弱いかの違いということですから、前引の辞典よりもよくわかりますが、そのように覚え込んで用例を読めば、先入観があるので、どれもそのとおりに使われていると納得してしまうところがたいへん危険です。

（略）貫之らがこの世に同じく生まれて、このことの時に会へるをなむ、喜びぬる〔古今和歌集・仮名序〕

「貫之ら」とは、『古今和歌集』の撰者一同をさし、「このこと」とは、『古今和歌集』の編纂事業をさしています。これほど嬉しいことはない、というのは、心情的・主観的に違いありませんが、「会話の文」の対極にある最大限にフォーマルな文章であって、柔らかな説明などではありません。こういういい加減な知識は「読解のため」どころか妨げになります。

専門的な文法辞典や研究書などにはさらに詳しい説明がありますが、筆者の判断では、いずれも通説レヴェルの共通理解にとどまっており、説得力に欠けています。

伊勢物語や大和物語という初期の歌物語が創作されたとき、このナムはケリという助動詞と組になって、「ナム……ケル」という型で物語を語りついだ。ケリは伝承として聞いていることを示す助動詞であるから、語り手の聞き手に対する姿勢を表わすナムと協調するに適した語であり、その共存が、「これは物語である」という一つの標識として使われるに至ったわけである。〔大野晋『係り結びの研究』第四章「ゾとナム」六「平安時代のナム」・岩波書店・1993〕

「協調する」とは、互いに助け合って機能を増強する、という意味でしょうか。「組になって」とも表現されています。「共存」は、言語学でいう共起《cooccurrence》とは意味が違うようです。「物語を語りついだ」とはどういう意味なのかわかりにくいし、「ケリは伝承として聞いていることを示す助動詞である」という伝統的な捉えかたは、「確実な事実として提示する」という、ここまでに説明してきた筆者の考えと一致しません。ここで指摘したいのは、同書に引用されたナムの豊富な用例のほとんどが漢字仮名交じりで十数字程度の長さであり、一行の半ばに達するものは、ほとんどないことです。その短かさに、同書を含めて、これまでの研究に共通する方法上の誤りが露呈しているのです。

古典文法が対象とする最長の単位は完結した〈文〉ですから、ナムの意味用法は与えられた文のなかで考えられてきましたが、これまで述べてきたように、平安時代の仮名文は連接構文なので、現代語の書記文体などと違って、〈文〉の概念が判然としないのです。仮名文が句点と読点との使い分けや引用符の挿入を許さないのはそのためです。

連接構文は、どこまでも際限なくあとに句節を継ぎ足すことが可能です。抽象的には、現代語の書記文体もエンドレスではありえますが、それは理論のうえでのことであって、現実性はありません。しかし、仮名文は、あえてマイナス・イメージの表現をとるなら、本来的に、だらだらと続きがちなシマリのない構文だったので、その欠陥をカヴァーするために導入されたのが、〈ナム〜連体形〉という語法だったのです。すなわち、連接構文による叙述に大きな切れ目を置いてつぎの話題に移ろうとするとき、ナムでそのことを予告して、直後の連体形で叙述を閉じ、つぎの話題に移るという方式です。読み手が話の内容を把握するうえで、これはたいへん便利な方式でした。前引の『古今和歌集』の用例も、仮名序の後記に相当する部分で、あざやかにその役割を果たしています。

（富士山の）姿《なり》は潮後《しほじり》のやうにてなむありける

ここだけ切り離して、ナムの機能を考えても、このナムが右のような役割を果たしていることはわかりません。テクストから〈なむ～連体形〉を含む短かい部分を切り取って結論を導いた先行研究が正しい結論を導けなかったのは当然です。

複数の文が、互いの順序を変えることを許さない関係で配列され、ひとまとまりの内容を叙述したものを《ディスコース《discourse》》、あるいは《テクスト《text》》とよんでいます。口頭の発話にも書記テクストにも《談話》という訳語が使用されますが、書記テクストだけを扱う本書に〈談話〉はなじまないので、テクストとよびます。この用語を用いて定義するなら、ナムは文のレヴェルではなくテクストのレヴェルで機能する助詞だったのです。

引用された用例がたいへん短かいことは、『係り結びの研究』（前引）だけに限らず、これまでの研究のすべてに当てはまります。辞書の用例も同様です。〈なむ～連体形〉を含む短かい部分をテクストから切り取って恣意的な結論を導いてきた先行研究は、白紙に戻さなければなりません。ゾとナムとを文のレヴェルで比較して導かれてきたそれぞれの助詞の曖昧な特徴も同様です。なぜなら、それらを、類似の機能をもつ二つの助詞として比較してきたこと自体が誤りだったからです。

大きな切れ目に、〈なむ～連体形〉が必ず使われているわけではありません。たとえば、三河の国でのエピソードは、「みな人、乾飯に涙落として、ほとびにけり」で終わり、読み手も思わず涙を誘われて、しばらく余韻に浸ったあとで、つぎの「行き行きて」以下に読み進むように仕立てられています。もしも、「乾飯に涙落としてなむ、ほとびにける」と、余韻の残らない終了宣言になっていたら、読み手は感傷にふける余裕なしにつぎの挿話に進んでしまったでしょう。それと同じことは、このあとに出てくる都鳥の挿話の末尾にも当てはまります。

〈戦略的思考〉とか〈戦略的外交〉などという場合の〈戦略〉とは strategy《ストラテジー》の訳語です。本来、問題解決の方法のことであって、戦争用語ではありませんが、わかりやすいので戦争を例にとるなら、戦略とは、その戦争を勝利に導くために、全体的視野のもとに策定される攻撃の方法です。それに対して、戦争の特定の場面で勝利するために考えるのが戦術で、こちらは tactics《タクティクス》の訳語です。それらに代わる適切な訳語が思いつかないので、以下にも戦略、戦術という用語を用います。

以上の説明から明らかなように、助詞ナムは、テクスト全体の叙述を円滑に進行するために戦略的に使用される助詞でした。したがって、特定箇所に使用されているナムの機能を解明するためには、テクストから、長大な部分を用例として切り取らなければならない場合が少なくないので、用例を引用しながら説得的に説明することは技術的に困難です。和歌にナムが使用されないのは、口頭言語に主として使用されていたからだと説明されていますが、たった三十一文字による表現の途中で話題を転換することなどありえないからです。

なむ［係助］読解のために（略）『竹取物語』『伊勢物語』など平安時代初期の散文（地の文）中の用例も、原則として文末を「ける」で結ぶような限定的な状況での使用である。それ以降は、会話文、心中思惟《しい》文、消息文での用例が圧倒的で話しことばとしての性格が強く認められる。

〔『全訳読解古語辞典』〕

『大和物語』の代わりに『竹取物語』になっていますが、前引の大野晋による説明の前半によく似ています。独自の説明に見せかけるために、『竹取物語』ならもっと古い物語だからと安心して差し替えたのが命取りになったようです。なぜなら、大野晋は「初期の歌物語」と限定しているからです。大野晋の説明が成り立たないことは、すでに説明したとおりですが、それは別問題であって、差し替えるなら、そのまえに、『竹取物語』をチェックすべきでした。『竹取物語』にも当然ながらつぎのような例はありますが、〈なむ〜けり〉の呼応が目立つ文体ではないからです。

そのよし承りて兵士《つはもの》どもあまた具して山へ登りけるよりなむ、その山を富士の山とは名づけける〔『竹取物語』最末尾〕

「原則として文末を〈ける〉で結ぶような限定的な状況」の、「ような限定的」という意味が曖昧ですが、「ような」を無視すれば、〈文末が〝けり〟で結ばれるという状況で「なむ」

が使用されている〉というつもりなのでしょう。しかし、そうだとしても、なぜその呼応に限定されるのかと質問されたら、納得できる説明ができるのでしょうか。

その質問に対する筆者の解答は、これまでの説明の過程で、半分以上は済んでいます。

父は　異人《ことびと》に娶《あ》はせむと言ひけるを、母なむ貴《あて》なる人に心つけたりける

父は直人《なほびと》にて、母なむ藤原なりける、さてなむ貴なる人にと思ひける

あとで扱う『伊勢物語』第十段のなかの一齣《ひとこま》です。複雑な人間関係を説明するために、物語の語り手が、ひと区切り、ひと区切りずつ、確認しながら話しを進めているために、このような形になったものです。

『伊勢物語』も『大和物語』も、挿話の大半が短かいために、物語の末尾に添えるケリと、直後で大きく切れることを予告するナムとがひと組になる場合が、結果として、異常にみえるほど高くなるのは当然です。協調でも共存でもなく、共起です。

「それ以降は、会話文、心中思惟《しい》文、消息文（略）話しことばとしての性格が強く認められる」という、右に引用した古語辞典の後半の説明も、「それ以降は」ではなく、「それ以降も」です。なぜなら、仮名文テクストに組みこまれた「会話文」も、「心中思惟文」も、「消息文」も、話しことばとしての性格が強いためではなく、短かいことが多いからであって、原理は、『伊勢物語』や『大和物語』とまったく共通です。

ナムと違って、ゾは、ほかの助詞と同じように戦術的に使用される助詞だったので、影響が及ぶ範囲は小さく限られています。ゾの場合も、その直後に切れ目がくることを予告する点はナムと共通していますが、話題を転換するわけではなく、戦術的局面における叙述の小さな切れ目の予告ですから、長大な用例を引用する必要はありません。和歌一首でも用例として有効です。

【補説】 富士山の高さを比叡山の二十倍と見積もったことを極端な誇張とみなしましたが、それほど高い山だからこそ、夏の盛りでも、大部分が「雪、いと白う降れり」という状態にあったことになります。

第九段V　これなむ都鳥

(1)なほ行《ゆ》き行きて、武蔵《むさし》の国と下総《しもつふさ》の国との中に、いと大きなる川あり、それをすみだ川といふ

(2)その川のほとりに群れ居て、思ひやれば、限りなく遠《とほ》くも来にけるかな、と侘《わ》びあへるに、渡《わた》し守《もり》、早《はや》、舟に乗れ、日も暮れぬ、といふに、乗りて渡らむとするに、みな人、物侘びしくて、京に、思ふ人、無きにしもあらず

(3)さる折しも、白き鳥の、嘴《はし》と脚《あし》と赤き、鴫《しぎ》の大きさなる、水の表《うへ》に遊びつゝ魚《いを》を食ふ

(4)京には見えぬ鳥なれば、みな人、見知らず、渡し守に問ひければ、これなむ都鳥《みやこどり》、と言ふを聞きて

(5)名にし負はば　いざ事《こと》問はむ　都鳥　我が思ふ人は　有りや無しやと、と詠めりければ、舟、挙《こぞ》りて泣きにけり

(1)なほ行《ゆ》き行きて、武蔵《むさし》の国と下総《しもつふさ》の国との中に、いと大きなる川あり、それをすみだ川といふ

京から伊勢の国、尾張の国を経て三河の国にたどり着き、「行き行きて」、駿河の国の宇津の山と富士山とにおける経験を述べ、「なほ行き行きて」、武蔵の国に着き、下総の国に行く渡し舟が出るすみだ川のほとりへとやってきました。

こんなに遠くまで来てしまったとはいうものの、京からそこまでは地続きでした。しかし、この大きな川を渡ったらどういうことが待ち受けているかわかりません。

この部分のことばの続きは、日本語話者なら理屈抜きで理解できるでしょう。しかし。ここに古典文法を持ち込んだら厄介なことになります。

「行き行きて、駿河の国に至りぬ」は、「行き行きて→至りぬ」という単純な叙述ですが、「なほ行き行きて、武蔵の国と下総の国との中に、いと大きなる川あり」となると、意味は淀みなく理解できるのに、「なほ行き行きて」が後続するどの動詞句にかかっているのか判断に窮してしまいます。古典文法でよくやるように、「武蔵の国と下総の国との中に」のあとに「至りぬ」が省略されているという裏技を使ったら、ふたつの国を隔てるすみだ川のなかに着水した（「至りぬ」）という不自然な表現になるし、「行き行きて↓川あり」では、いっそう無理になってしまいます。

古典文法に囚われて仮名文テクストを読むと、こういう迷路から抜け出せなくなってしまいます。この場合の脱出手段としては、「なほ行き行きて」は、それ以下、文末まで、すなわち、「武蔵の国と下総の国との中にいと大きなる川あり」までの全体に係っていると説明することでしょうが、苦し紛れのごまかしであることは否定できません。

問題はきわめて簡単です。仮名文は先行する句節のあとにそのつぎの句節を付かず離れずの関係でつぎつぎと継ぎ足して構成されていますから、口頭言語と同じ過程で、順々に理解を積み重ねてゆけばよいだけなのです。

なほ行き行きて、武蔵の国と下総《しもつふさ》の国との中に、いと大きなる川あり、

それをすみだ川といふ

古典文法を封印してしまえば、この叙述は容易に理解できるし、それで十分なのです。

†すみだ川　たいていの校訂テクストには、漢字を当てて「隅田川」、「角田河」などと表記されていますが、もとのテクストは仮名だけです。漢字を当てる場合には十分に慎重でなければなりません。なぜなら、書き手が、仮名連鎖「すみたかは」に、川の名称とは別の意味を重ねて表現している可能性があるからです。そもそも、当時の読み手にとって、千年後の東京の地形や地名などは無関係でした。

⑵その川のほとりに群れ居て、思ひやれば、限りなく遠《とほ》くも来にけるかな、と侘《わ》びあへるに、渡《わた》し守《もり》、早《はや》、舟に乗れ、日も暮れぬ、といふに、乗りて渡らむとするに、みな人、物侘びしくて、京に、思ふ人、無きにしもあらず

この前後は、連接構文の特徴がよく表われた叙述なので、古典文法で一義的に説明することはほとんど不可能ですが、素直に読みさえすればよくわかります。付かず離れずの関係で句節を継ぎ足した叙述なので明確な切れ目はありませんが、説明の都合上、無理に小さな単位に区切ります。

†群れ居て　これからいったいどうなるのかと、みんなが不安になっていることが、〈互いに寄り添うように座って〉ということの表現に表われています。目の前に広がっているのは、暗い未来を暗示する、夕暮れの不気味な墨だ川の河口です。

「思ひやれば」を上から続けるか下に続けるかによって、ふたつの読みかたが可能であるようにみえます。それぞれの立場の現代語訳を左側にそえます。

ⓐその川のほとりに群れ居て思ひやれば、…

その川のほとりに集まって坐《すわ》って、都の方に思いをはせてみると、なんと限りもなく遠いところに来てしまったものだなあと、お互いに心細さを嘆いている時に、（永井和子）

ⓑ思ひやれば限りなく遠くも来にけるかな、とわびあへるに…

「飛び出してきた京を思いやると、あれからまあ、ずいぶんと遠くやって来たものだなあ」と、おたがいに心細くなり沈んでいると、

脚注　通説「おもひやれば」を地の文とするが、ここから発言部とみた方がよい。（森野宗明）

「通説」とは、ⓐのこと。「ここから」とは、「思ひやれば」からです。ただし、どうしてⓐよりⓑのほうがよいのかについて説明がありません。そのつもりで改めて読みなおしてみても、どちらでも無理なく意味がつうじるので、客観的には軍配の上げようがありません。思い出してほしいのは、仮名文テクストは、引用符を受け付けない書記様式であり、叙述から引用に自然に移行しているので、どこまでが叙述であり、どこからが引用であるかは区別できないことです。ここは、そういう典型的事例のひとつと言ってよいでしょう。あえて区別すれば、つぎのように「おもひやれば」が叙述と引用とのツナギになっています。

その川のほとりに群れ居て　思ひやれば（以上叙述）

（以下引用）思ひやれば　限りなく…………

†渡《わた》し守《もり》　「渡し」とは、対岸と往復して人や荷物を運ぶ舟が発着する場所であり、その舟の船頭が「渡し守」です。上代の語形は、「渡り」、「渡り守」。

†**早**《はや》**、舟に乗れ、日も暮れぬ**　急いで舟に乗れ、日もほとんど暮れている。ぐずぐずしていると真っ暗になるぞ、という催促です。命令口調が注目されます。

助動詞ヌは、進行中の事態が終わりかけていることを表わすのが基本ですから、ここは、〈ほとんど暮れてしまっている〉、〈真っ暗になりかけている〉という意味です。「日も暮れぬ」のモでいくらか柔らげていますが、渡し守は、大げさに表現してせき立てていると読み取るべきです。その証拠に、このあとを読むと、まだ、鳥の姿や色がはっきり見えています。命令口調も、イライラの表明です。

†**乗りて渡らむとするに、みな人、物侘びしくて**　いよいよ舟に乗って向こう岸に渡ろうという段になって、「をとこ」だけでなく、「友とする人」たちのひとりひとりも、気が滅入って、ということです。

†**京に、思ふ人、無きにしもあらず**　自分には思う人など、もういないのだと割り切ったつもりでいても、ほんとうは、いないわけでもない。この大きな川を越えたらどういう世界が待ち受けているのだろう、もう京には戻れないのではないかと不安に駆られて、抑圧してきた彼女への熱い思いが噴出してきたという表現です。

(3)さる折しも、白き鳥の、嘴《はし》と脚《あし》と赤き、鴫《しぎ》の大きさなる、水の表《うへ》に遊びつゝ魚《いを》を食ふ

†**さる折しも**　そういう心境でいるときに、すなわち、みんな心が滅入って、京に残してきた女性を思いやっている、まさにそのときに。サルは「然《さ》ある」の縮約形。そのような状態にある。シモは、強調。

†**白き鳥の、嘴《はし》と脚《あし》と赤き、鴫《しぎ》の大きさなる、水の表《うへ》に遊びつゝ魚《いを》を食ふ**　契沖は、この部分の構文を、つぎのように説明しています。

はしとあしとあかきといへる下に、鳥の、と入れて心得《う》べし〔契沖『勢語臆断《せいごおくだん》』〕

「白き鳥の、嘴と脚と赤き鳥の」と理解すればよい、ということです。この説明をさらに延長すれば、「白き鳥の、嘴と脚と赤き鳥の、鴫の大きさなる鳥の」となります。

教室では、たとえば、「白い鳥で、嘴《くちばし》と脚とが赤い、鴫ほどの大きさの鳥が〜」というように現代語訳すればよいと指導しているようです。「白き鳥の」の助詞ノは同格の格助詞で、〈白い鳥で〉と訳すということですが、同格なのだから、「白き鳥の、嘴と脚と赤き」を「嘴と脚と赤き鳥の、白き」と言い換えても同じだと説明したりすべきではありません。

一同が不安に駆られて、京に残してきた女性のことを思い出し、もう二度と会えないかもしれないと悲しんでいるときに、ふと真っ白な鳥が目に入りますが、ああ、あの鳥だとすぐには思い当たりません。

さらによく見ると、全身が真っ白ではなく、クチバシと脚とは赤い色をしています。しかし、まだ、思い当たる鳥がありません。大きさはシギと同じだけれど外見がまるで違います。なにをしているのだろうと見ていると、川の水面で遊びながら魚を食べています。

異境で心細い思いをしながら、せめてこの鳥だけでも京で見たことのある鳥であってほしいと懸命に思い出そうとしても、まったく見覚えがありません。

叙述をこのように追ってみると、まず、真っ白な鳥が目に入るところから、最後にシギでもないし、とあきらめて、その行動を観察するところまで、順序を入れ替えることはできません。この場合に大切なのは、文法の用語で構文をどのように説明するかではなく、叙述の順序がどのようになっているかに注目し、その理由を考えることです。筆者のいう的確な表現解析とは、そういうことなのです。

(4)京には見えぬ鳥なれば、みな人、見知らず、渡し守に問ひければ、これなむ都鳥《みやこどり》、と言ふを聞きて

†**京には見えぬ鳥なれば、みな人、見知らず**　不安に駆られ、気落ちした一同が求めていたのは、懐かしい京を偲ぶ縁《よすが》となる事物だったのですから、これならと目をつけた鳥も、「京に

は見えぬ鳥」だとわかって、いっそう気が滅入ってしまいました。

「京には見えぬ鳥なれば」という結論は、京でこの物語を読む人たちが、おそらくあの鳥だろうと、かってな引き当てをせずに、東国の「すみだ川」とかいう川にはそういう鳥がいるのだと信じるように誘導していることにもなっています。

†これなむ 都鳥《みやこどり》　旅人の質問に対する答として、いかにも不作法でぶっきらぼうであることが一読して感じ取れます。

注釈書の現代語訳は、ⓐ「これが、ほら、あの都鳥さ」（森野宗明）、ⓑ「これが、それ、都鳥」（石田穣二）、ⓒ「これが都鳥じゃ」（福井貞助）、ⓓ「これが都鳥だ」（永井和子）というように、短かい返答の含みを生かそうとしていますが、どれもそろって〈これが〉となっていることが気になります。なぜなら、〈どれが都鳥ですか〉という問に対しては〈これが都鳥〉と答えるのがふつうですが、〈なんという鳥ですか〉に対する答としては、〈これは都鳥〉が自然だからです。

この場合の「なむ」の用法について、〈これが〉ではなく、〈これは〉という理解に基づいて、つぎのように解説している古語辞典があります。

「都」という名を持った鳥だから、京の人なら知っていてよさそうなのに、という気持ちを、「なむ」を用いた強調表現の中にくみとることができる。

〔『例解古語辞典』第三版（「なむ」の項）・三省堂・1992〕

真っ暗にならないうちに対岸に着こうと、「はや、舟に乗れ」と急《せ》き立てているのに、みんなぐずぐずしており、そのあげく、都から来た連中が、ほかならぬ都鳥をさして、あれはなんという鳥だなどとふざけたことを尋ねたので、渡し守は腹を立て、〈都鳥に決まってるだろう〉という含みで「これなむ都鳥」とぶっきらぼうに答えているのがこの場面です。「こは都鳥なり」と比較してみれば、語気の強さが感じ取れます。都にいる鳥だからこそ都鳥なのだと渡し守は思い込んでいるのです。

「これなむ都鳥」という渡し守のことばは、そのあとに〈デス〉や〈ダ〉に当たる語を添えないことによってイライラを表明し、ここが叙述の末尾であると予告する「なむ」によって、〈いうことは、これですべてだ〉と言い渡しています。

「なむ」の機能を古典文法の常識に従って理解すると、つぎのような解釈が生まれます。

これがソレ、都鳥ですよ。つまらぬ鳥を教えているのではなく、都の名を冠したこの鳥を誇らしげに、都人に説明する。（福井貞助）

ナムは、「聞き手・読み手にやわらかく説明するようなニュアンスをもつ語である」という説明を信じて読むと、早く乗れと急き立てている渡し守がこんな態度で説明してくれるだろうかという疑問さえ抱かなくなってしまうのです。

「これなむ都鳥」は、確かに強い表現です。しかし、それは、ナムによる強めによるものではなく、結びの動詞句を添えないことと、ナムによって、説明はこれだけだと突き放されてしまったためだというのが筆者の考えです。

助詞のなかには単純な意味用法しかもたないものもありますが、多少とも広い使用領域をもっています。ナムもそのひとつですが、叙述の大きな切れ目が直後にくることを予告する機能が基本になっています。

『日本書紀』のあとを受けた『続日本紀《しょくにほんぎ》』には、天皇の命令を表意的用法の漢字に表音的用法の借字を交えて記した六十二篇の「宣命《せんみょう》」があり、この用法の「奈母」（一部に「奈毛」）が随所に使用されています。長い宣命では、区切りの機能が特に顕著に発揮されています。第十三詔に使用された十二箇所の「奈母」は、その典型です。

参考　説明が煩雑になるので引用を割愛しますが、図書館に行く機会があれば、『続日本紀』、本居宣長『続紀歴朝詔詞解』（『本居宣長全集』第七巻・筑摩書房・1971）、倉野憲司編『続日本紀宣命』（岩波文庫・1988）などで確認してください。

† **都鳥《みやこどり》**　都鳥といえば、たいていの人がまっ先に思い浮かべるのは、『伊勢物語』のここに出てくる「みやこどり」です。

注釈書では「みやこどり」に、つぎのように注を加えています。

①ユリカモメのことという。（森野宗明）

②「都鳥」は「ゆりかもめ」であるという。この鳥は渡り鳥で、東京辺に冬期多く飛来した。（福井貞助）

③「都鳥」は冬季の渡り鳥ユリカモメ。（秋山虔）。

このように、『伊勢物語』の「みやこどり」は、ユリカモメであるというのが現今の共通理解になっています。この語に注をつけていない注釈書もあります（渡辺実）。なんという鳥かなどと詮索する必要はないという見解の表明かもしれません。

「ゆりかもめ」は、くちばしと脚が朱色の小形のカモメです。ミヤコドリとも呼ばれ和歌に詠まれた隅田川の都鳥はこの鳥といわれています。古くから都民に親しまれ、昭和40年に「都民の鳥」に指定されました。このユリカモメと同じように都民に親しんでもらえるよう、東京港に羽ばたくユリカモメをイメージして臨海副都心を走る新交通の愛称にしました。

（東京臨海新交通臨海線「ゆりかもめ」公式サイト）

『伊勢物語』の「みやこどり」がユリカモメであることは、もはや決定的ともいえる状態にありますから、筆者としても東京都民の夢を壊さないために、このままそっと目をつぶるべきかと思わないではありませんが。『伊勢物語』のこの部分の解釈を現在のままに放置することはできません。なぜなら、これはこの物語の本質にかかわる重要な問題だからです。以下、『伊勢物語』の「都鳥」は、《あづまくだり》のクライマックスを盛り上げるために、京の最上流女性のイメージと重ね合わせて創られた虚構の鳥であることを、A・B・Cの三段階に分けて立証します。

A. 和名ミヤコドリ (Oystercatcher《オイスターキャッチャー》)

『伊勢物語』の「みやこどり」の正体を突き止めるには、まず、既成の知識をご破算にしなければなりません。その第一歩として、多くの読者には意外な事実かもしれませんが、現在、俗称ではなく、ミヤコドリという正式の和名をもつ水鳥がほかにいることを最初に指摘しておきます。英語名は oystercatcher（「牡蠣《かき》漁《あさ》り」の意）です。この鳥は、牡蠣に限らず、二枚貝を捕食するようです。ミヤコドリという和名は、飯島魁《いさお》『日本鳥目録』（1891）にあるものを採用したとされています。これは北半球に広く分布するチドリ科の鳥で、日本に冬鳥として飛来する欧亜系《Eurasian》の一種は千葉県の最重要保護動物に指定されています。したがって、十九世紀末には、『伊勢物語』の「みやこどり」とはこの鳥のことだと考えられていたことになります。その認識は一九四四年まで続きます。

欧亜系のこの水鳥は、「嘴と脚と赤き、シギの大きさなる」という条件に合致しており、隅田川のあたりにも飛来するのですが、もうひとつの大切な特徴が『伊勢物語』の叙述と一致しません。それは、頭部から背面が真っ黒で、白いのは腹部であり、「白き鳥」ではなく、むしろ「黒き鳥」だということです。

或《ある》抄に、都鳥は背中は黒く、腹は白しといへり、或人は、この鳥、かもめにうちまじり《混》て遊びありきて、あまた《数多》あるものなり、鴫《しぎ》よりは大きなれど、遠目には物の小さく見ゆれば、見たる所を書ける歟《と》のよし申しき

〔契沖『勢語臆断《せいごおくだん》』〕

これは、ミヤコドリという和名をもつ欧亜系の oystercatcher に違いありません。「都鳥」の名称について作られた年表には、つぎのように記したものがあります。

1814年　北野（佐原）鞠塢『都鳥考』で都鳥＝Oystercatcher 説を発表

B. ユリカモメ

『伊勢物語』の「みやこどり」とは oystercatcher だという常識をくつがえして、ユリカモメに置き換えたのは、熊谷三郎『都鳥新考』（亜細亜書房・1944）です。太平洋戦争終結の一年前に当たります。この著者は、イリエカモメがイリカモメに、そしてユリカモメに変化したと考えており、漢字では「江鷗」と表記しています。熊谷三郎は、北野鞠塢『都鳥考』(1814) から、つぎの一節を引用して、「現在のユリカモメに一致す」と述べています。

首ヨリ背ヲカケテ灰色ニシテ腹白シ、嘴ト足赤ク、左右ノ目ノ脇ニ黒点アリ、大《おおき》サ鳩ノ如シ。鷗《かもめ》ノ内、此《この》鷗ヲ以テ都鳥ニアテシモノカ

「都鳥」はユリカモメであると主張した北野鞠塢の『都鳥考』が注目されなかったので、熊谷三郎はそのことを紹介するとともに、「都鳥」に関する文献上の諸事実を加えて『都鳥新考』を刊行したのでしょう。

ユリカモメの英語名はblack-headed gull（「黒頭鷗」の意）ですが、この名称は夏羽の色に基づいており、日本に渡ってくる時期には冬羽に変わって、目の後の黒点を残して頭も白くなっています。ただし、背中は灰色です。灰色でも「白き鳥」と形容することはありえますが、『伊勢物語』の描写からイメージされる「白き鳥」は純白です。

「みやこどり」という鳥の名が出てくるいちばん古い例は、『万葉集』のつぎの短歌です。

舟競《ふなぎほ》ふ　堀江の川の　水際《みなきは》に　来居つつ鳴くは　美夜故杼里香蒙《みやこどりかも》

〔万葉集・巻二十・4462〕

＊水際に来居つつ鳴くは……水際に飛んできては、そこで鳴くのは。

＊かも……〜だろうか。

「江辺作之」とだけあって、作者も場所も記されていませんが、『万葉集』の配列からみて、大伴家持が難波《なにわ》堀江で詠んだと推定されています。

この短歌だけでは、水鳥であることぐらいしかわかりません。〈都鳥だろうか〉と結ばれているのは、奈良に住む家持は、名前を知っているだけで、鳴き声も聞き慣れていなかったからなのでしょう。熊谷三郎は、この例を「江鷗」、すなわち、ユリカモメと認めていますが、つぎのような表現で断定を避けておくのが無難です。

「都鳥」は伊勢物語・東下りの段のそれと同じか否か議論がある。

〔佐竹昭広他校注『万葉集』四・新日本古典文学大系・岩波書店・2003〕

奈良時代には右の一例があるだけで、平安時代にも、『伊勢物語』のこの部分に二例、後述する『古今和歌集』に、それに対応する二例、そして、『源氏物語』、『枕草子』に各一例あるほかは、『伊勢物語』のこの和歌に基づいた後世の和歌が指摘できる程度です。

『枕草子』のつぎの例も、目撃した姿や、耳にした鳴き声の印象ではなく、『伊勢物語』からのイマジネーションかもしれません。「しぎ」に続いていることも、それを思わせます。

鳥は、異所《ことどころ》のものなれど、鸚鵡《あうむ》、いとあはれなり、人の言ふらむことを真似《まね》ぶらむよ、ほととぎす、水鶏《くひな》、しぎ、都鳥、ひわ、ひたき

〔枕草子・鳥は〕

C. 架空の鳥名

『伊勢物語』の「みやこどり」は「すみだ川」のあたりにいて、「京には見えぬ鳥」であっ

たという前提で従来は考えられてきましたが、この物語のために創り出された架空の鳥の名であったとしたら、議論の筋立てがまったく違ってきます。

注目したいのは、『源氏物語』のつぎの例です。

ふたりの男性に愛された女性、浮舟《うきふね》は、板挟みになって宇治川に身を投げるが、死にきれずにうずくまっているところを僧都《そうず》に助けられ、僧都の妹の尼に預けられた。傷心の浮舟の世話をするのは老いた尼が七八人。彼女たちの娘や孫がときどき訪れるが、なかには宮仕えする者などもいるので、ここにいるという情報が漏れないように、浮舟に絶対に会わせない、という叙述のあとに、つぎの一節があります。

ただ、侍従、こもきとて、尼君の我が人にしたりける二人をのみぞ、この御方《かた》に言ひわけたりける、見目《みめ》も心ざまも、昔見し都鳥に似たるは無し

〔手習〕

尼君が手なづけた、「侍従」と「こもき」というふたりの若い女性だけがいつも浮舟と接触していたが、外見も気立ても、かつて彼女の身辺にいた「都鳥」と比べものにならなかった、ということです。浮舟は東国の常陸（茨城県）で育っていますから、「昔見し都鳥」とは、かつて東国で見たあの都鳥、ということですが、これは、『伊勢物語』に基づいた比喩に違いありません。すなわち、「白き鳥の、嘴と脚と赤き」とは、上半身に白い衣服をまと

い、唇に紅をさし、緋色の裳を着けた、都に住む垢抜けた女性をさしています。

紫式部は、『伊勢物語』のこの部分を作者の意図どおりに理解して、「昔見し都鳥に似たるは無し」と表現しています。ただし、紫式部がそのように表現しても、読み手がその比喩を理解できなければ伝達が成立しませんから、『伊勢物語』のこの一節をそういう比喩とみなすことが当時の共通理解になっていたか、すくなくとも、読み手がこれを読んで『伊勢物語』の「都鳥」を思い出し、想像力を的確に働かせることができたと考えてよいでしょう。

■『古今和歌集』旋頭歌の「白く咲ける花」

右の推定が正しいであろうことを、ちょっと回り道をして裏付けておきます。

つぎに引用するのは、『古今和歌集』の旋頭歌です。《五七七・五七七》の韻律で詠まれる旋頭歌は、『古事記』に始まり、『万葉集』にたくさんありますが、短歌形式の韻文を「やまとうた」として定義づける『古今和歌集』では、付篇に相当する巻十九に、『万葉集』を脱した新しい試みとして詠まれた四首が収められています。

うちわたす　遠方人《をちかたびと》に　もの申《まう》す我
そのそこに　白く咲けるは　何の花ぞも（1007）

＊うちわたす……見渡すと、ずっと離れたところにある対称をさす。

返し

春されば　野辺にまづ咲く　見れど飽かぬ花
幣《まひ》なしに　ただ名告《の》るべき　花の名なれや（1008）

＊春されば……春が来ると。＊幣……お礼、謝礼。

ふたつの旋頭歌は、つぎのような問答になっています。

問（1007）……ずっと遠くにいるおかたに、このわたしが申し上げます、そちらの、そこのところに白く咲いているのは、なんの花でしょうか

答（1008）……春が来ると野辺にまっさきに咲く、いくら見ても飽きない花、お礼もいただかずに告げなければならない花の名でしょうか

初春にまず咲く白い花といえば、考えられるのは梅ぐらいのものですから、伝統的にウメの花と認める注釈が優勢のようですが、ウメが「野辺にまづ咲くいくら見ても見飽きない花」と形容するにふさわしいかどうかは疑問ですし、そもそも、ウメの花であれば遠くから見てもすぐにわかるので、そのそばにいる人に大声で尋ねるまでもないはずです。まして、謝礼をもらわなければ教えられないほど珍しい花だったとは考えられません。

花は表面は梅の花であるが、女性を梅と見た求婚の問答歌であろう。返歌の下《しも》の句から特にそう思われる。ただし、（略）（小沢＝松田）（以下はあとで引用します）

最初の一文は正解にいくらか近づいていますが、それならば、白い衣装を身に着けた上流女性を、枝ごとにビッシリと真っ白な花が咲いたウメの木に見立てたと見るべきです。

これは真剣な「求婚の問答歌」などではありえません。〈そこに咲いているきれいな花の名を教えてほしい〉などと不躾《ぶしつけ》に質問したとすれば、はじめから相手をバカにしています。

最初の男性の歌は、白い衣装を着て若菜摘みに野辺に出た女性に対する冗談めかしたお世辞のあいさつで、「返し」は、それを受けた女性の返事だとすれば、軽く受け流したことになるでしょうが、冗談にしても女性として品が悪すぎます。そもそも、花に呼びかけたわけではなく、そばにいる人物に呼びかけているのですから、女性の連れの男性によびかけ、その男性がこのように返事をしたとみるべきで、冗談の遣り取りです。美人といっしょに若菜摘みに来た仲のよい知人を冷やかしたのかもしれません。『古今和歌集』でも、巻十九は、そういう遊びが許される場だったのです。いずれにせよ、名を尋ねることは求婚であり、それに応えて名を教えることは承諾であるという融通の利かない教条主義《dogmatism》を前提にして理解すべき問答ではありません。

本居宣長は、「返し」の後半を俗言《サトビコトバ》で「タヾデ申スヤウナヤスイ花ヂャゴザラヌ、へ、〳〵へ、〳〵」と訳《ウツ》しています〔『古今集遠鏡』〕。一言の解説もありませんが、この「へ、〳〵」がすべてを語っています。

『伊勢物語』に戻るまえに、『古今和歌集』の旋頭歌に関する、右に引用した小沢＝松田の誤りを指摘しておきます。以下は前引の続きです。

本来の旋頭歌は、前の三句と後の三句とを二人が唱和して一首を完成させるものだから、二首の旋頭歌で唱和するのは、もとの機能を忘れている。

しかし、この二首にも旋頭歌本来のうたい物の気分は残っている。

この場合の〈唱和〉とは、ひとりの片歌《かたうた》にもう一人が片歌を加える、という意味でしょうが、それが「もとの機能」であったとしても、ここではそれが、「忘れられた」とみなしているのは、『古今和歌集』の旋頭歌の作成動機を理解していないからです。また、これらの旋頭歌は「うたい物」として作られたものではありません。

『古今和歌集』は、歌体を《五七五七七》の短歌形式にしぼっており、さきに述べたように、旋頭歌四首は、付編あるいは番外編とよぶべき巻十九に、詩型だけを踏襲して、いわば、古い皮袋に新しい酒を盛る試みとして詠まれたものですから、「もとの機能」なるものを忘れたために異質になっているわけではありません。「短歌」についても同様です。そのことについては『古典和歌解読』(2000)に詳しく論じたので、そちらに譲ります。「この二首にも旋頭歌本来のうたい物の気分は残っている」という説明も筆者の見解と両立しません。

白い衣装をまとった上流の女性を、枝ごとに白い花をビッシリつけた梅の木にたとえたこの旋頭歌を念頭に置くならば、「白き鳥の、嘴と脚と赤き」と表現された都鳥から、上半身に真っ白な衣裳を着けて唇に紅をさし、下半身に赤い裳をまとった女性をイメージさせた『伊勢物語』の書き手の腕前も、また、それを読んだ紫式部が、都にいる上品で心の細やかな女性を「都鳥」とよんだ理由もよくわかります。

(5)名にし負はば　いざ事問《こと》はむ　都鳥　我が思ふ人は　有りや無しやと、と詠めりければ、舟、挙《こぞ》りて泣きにけり

†**名にし負はば**　名前に「都」と付いているのなら。「名に負はば」を「し」で強調した表現。京ではこういう鳥を見た記憶がないし、そもそも、京の文化と隔絶されたこんな辺境に「都鳥」などという名の鳥がいるとは思えないので、信じがたい気持ちではあるがと、藁《わら》にもすがる思いでその鳥に問いかけています。「名にし負へば」、〈名前に「都」と付いているのだから〉ではなく、「名にし負はば」、〈もし、名前に「都」と付いているというのがほんとうなら〉と言っているところに、半信半疑ではあるがそれを信じようという切羽詰まった心境が表明されています。

†**いざ事問《こと》はむ　都鳥　我が思ふ人は　有りや無しやと**　さあ、尋ねよう、都鳥よ、わたしの恋しく思っているあの人は、まだ生きているか、もはや生きていないのかと、ということで

す。和歌の圧縮された表現ではあっても、人の生死を尋ねることばとして「有りや無しや」は露骨にすぎますが、それだけに、「をとこ」の切ない気持ちが伝わってきます。

†舟、挙《こぞ》りて泣きにけり　舟に乗っていた人たちが、ひとり残らず泣いた。ひとり残らずということは、あれほど不機嫌だった渡し守までがこの和歌にほだされて、もらい泣きしてしまったことを含意しています。

意味が完全に理解できるのですから、低次元の不毛な文法論議の余地はありません。

■『古今和歌集』の詞書

「か・き・つ・は・た」の和歌が、『古今和歌集』（羇旅・410）に、つぎの詞書を添えて収録されています。

東《あづま》の方《かた》へ友とする人、ひとり、ふたり誘《いざな》ひて行きけり、三河の国、八《やつ》橋《はし》といふ所に至れりけるに、その川のほとりに、かきつばた、いとおもしろく咲けりけるを見て、木の陰に下り居《お》て、かきつはたといふ五文字を句の頭《かしら》に据ゑて、恋の心を詠まむ、とて詠める　在原業平朝臣

この詞書について、つぎのコメントがあります。

『伊勢物語』第九段にほとんど同じ文章で存在していることは広く知られているが、結論的に言えば、この歌の場合は『古今集』が『伊勢物語』か

ら収録したと見てよい。何故なら、『古今集』の詞書一般であれば、「東の方へまかりける時、三河の国八橋といふ所にてかきつばたを見てよめる」と書くだけで十分であって、「友とする人一人二人」と連れ立って行ったとか、馬から下りて「木の蔭に」坐ってというようなことをわざわざ記述する必要はないからである。これについては、次の歌と一括してさらに具体的に述べる。（片桐洋一）

■テクストに不要な語句はない——物語と歌集の詞書との違い

この歌集の詞書なら、「東の方へまかりける時、三河の国八橋といふ所にてかきつばたを見てよめる」だけで十分であるとは、『伊勢物語』から、歌集に必要のない部分まで長々と引用したために冗長になっているということですから、これは、撰者の編纂姿勢、編纂能力、ひいては言語感覚に対する重大な疑問の表明です。また、歌集にとって大切なのは和歌であって、詞書は刺身のツマ程度のものだとしか撰者が考えていなかったということなら、あるいは、右の著者がそのように考えているとしたら、問題はさらに重大です。

〈テクストに不要な語句は含まれていない〉という作業仮説のもとにその表現を慎重に解析してみたうえで、テクストの特定部分にその作業仮説が成り立たないことが明白になった場合、はじめて、そのつぎの段階に進むのが正統の手順です。

注目しなければならないのは、詞書の末尾が、「恋の心を詠まむとて詠める」となっていることです。『伊勢物語』との違いはふたつ。そのひとつは、和歌の主題が「旅」ではなく「恋」になっていることで、旅の心と恋の心とは大違いです。そして、もうひとつは、自分がこの和歌を詠んだということなら、「恋の心を詠める」と結ぶのがふつうなのに、「詠まむとて詠める」とあるのは、〈みんなで、それぞれに恋の心を詠もうではないかということで、自分はこの和歌を詠んだ〉、と理解するのが自然だからです。

「恋の心」なら、萎えた旅衣を繰り返し張りなおしたことは無関係になるし、また、みんなで詠もうということなら、「友とする人、ひとり、ふたり」がいっしょにいなければなりません。木の蔭に腰を下ろして、水辺に群生して咲いている、唐衣のひらひらした袖を思わせるカキツバタの花をしみじみと見ないで、いきなり「かきつばたの花を見て詠める」では唐突に過ぎます。いい加減に抜き出したのに、どうして、「旅の心」を「恋の心」に書き換えたのかと問われて、書き換えたのではなく、依拠した『伊勢物語』には「恋の心」とあったのだろう、というたぐいのご都合主義の説明で、はぐらかすとしたら議論になりません。

テクストに不要な語句や表現があるようにみえたなら、ほんとうに不要なのかどうかを、観点を変えて考えなおすべきです、

『伊勢物語』では、友人たちからこういう歌を詠めと言われて「男」がこの和歌を詠んだ

ことになっており、物語の筋としてはそれが自然ですが、『古今和歌集』では、詞書による場面設定がそれと違っています。

『古今和歌集』「羇旅」部のなかの一首としてこの和歌を読む場合に必要な予備知識を撰者が書き添えたのが詞書ですから、物語として叙述された『伊勢物語』の対応部分と似て非なるものになっているのは当然であり、繁簡を根拠に先後関係を論ずべきではありません。

■助詞ヘと助詞ニ

伊勢物語……あづまのかたに、住むべき国求めにとて行きけり

古今和歌集……あづまのかたへ、友とする人、ひとりふたり誘《いざな》ひて行《い》きけり

現代語の感覚で読むと見逃してしまいがちですが、『伊勢物語』は「あづまのかたに」、『古今和歌集』の詞書は「あづまのかたへ」となっています。どちらにも写本の違いによる異文がありますが、ここでは、藤原定家の校訂テクストどうしで考えます。

東京で生まれ、生涯の多くを東京および東京周辺で過ごしてきた筆者のことばを反省的に捉えてみると、助詞ニと助詞ヘとは、事実上、意味も用法も同じであり、使用頻度はニのほうに著しく偏っていて、ヘを使うことはまずないぐらいのように思われますが、ほんとうにそのとおりかどうかは自信がもてません。しかし、平安時代の仮名文では、「に」が〈目的地〉を表わし、「へ」が〈その方面、その方向〉を表わしていました。したがって、『伊勢物

語』の「あづまのかたに」は、東国のどこか特定の地域を頭に置いて旅に出たことを意味し、『古今和歌集』の「あづまのかたへ」は、地域までは特定せずに東国をさして旅に出たことを表わしています。仲良しの友人を誘って旅行に出かけたと言ったら近代的すぎますが、詞書の表現は、特別の目的がない旅を思わせます。したがって、同じ和歌なのに、『古今和歌集』のほうは、共感の涙を誘う切なさを感じさせることはありません。

以上は、ふたつの助詞の典型的用法についての説明であって、あらゆる事態をたったふたつの助詞で区別するのですから、どちらともつかないボーダーゾーンが現実にはありうることも心得ておくべきです。

■「至りぬ」と「至れりけるに」

伊勢物語………三河の国、八橋といふ所に至りぬ

古今和歌集……三河の国、八つ橋といふ所に至れりけるに

『伊勢物語』は、助動詞ヌで止めて、やっとここまで来たが、まだ先があることを示唆しているのに対し、『古今和歌集』は、たまたま八つ橋という場所に着いたところ、という軽い叙述です。ケルを添えることによって、物語スタイルのふつうの叙述になっています。

■「咲きたり」と「咲けりける」

伊勢物語………その沢に、かきつばた、いとおもしろく咲きたり

古今和歌集……その川のほとりに、かきつばた、いとおもしろく咲けりけるを見て

『伊勢物語』は、前述したように、紫色のカキツバタに目を奪われた情景が歴史的現在の修辞で描写されており、その理由は文脈から推察可能であるのに対して、詞書は、ただ、カキツバタの花が目を奪われるほど美しく咲いていたのを見て、というだけです。

■詞書で和歌の内容を変える

伊勢物語……「ある人」に、旅の心を詠めと言われて「をとこ」が和歌を詠んでいます。文脈を追って読んでくればわかるとおり、たいへん感動的な和歌なので、居合わせた人たちがみんな激しく泣いてしまいました。

古今和歌集……在原業平が、恋の心を詠んでいます。「かきつはたといふ五文字を句の頭《かしら》に据ゑて、恋の心を詠まむ」という難しい条件を即興で見事にこなした和歌ですが、京に戻ればまた会えるという前提があるので、恋の歌を特徴づける深刻な悩みは感じ取れません。

以上の比較から明らかなように、『伊勢物語』には物語としての文脈があり。『古今和歌集』には、羇旅歌としての文脈があって、叙述もそれぞれの文脈に即した表現になっています。同じひとつの和歌なのに、条件しだいで読み手に伝わる情緒的インパクトが大きく違ってしまう具体例のひとつです。『伊勢物語』には「をとこ」というだけで、人物が特定され

ていませんが、『古今和歌集』では、在原業平と特定されているので、それが虚像であろうと実像であろうと、業平の人物像を頭に置いて読まれたことも考慮すべきです。

■羇旅の歌としての「名にし負はば」

『古今和歌集』「羇旅」部に置かれた「名にし負はば」の和歌には、つぎの詞書が添えられています。

武蔵の国と下総《しもつふさ》の国との中《なか》にあるすみだ川のほとりに至りて、都のいと恋しう覚えければ、しばし川のほとりに下り居て、思ひやれば、限りなく遠くも来にけるかな、と思ひ侘びてながめをるに、渡し守《もり》、はや舟に乗れ、日暮れぬ、と言ひければ、舟に乗りて渡らむとするに、みな人、もの侘びしくて、京に思ふ人無くしもあらず、さる折に、白き鳥の、嘴と脚と赤き、川のほとりに遊びけり、京には見えぬ鳥なりければ、みな人、見知らず、渡し守に、これは何鳥ぞ、と問ひければ、これなむ都鳥と言ひけるを聞きて詠める

この詞書に関しても、片桐洋一『古今和歌集全評釈』に、「か・き・つ・は・た」の和歌の詞書についてと同趣旨のコメントがあります。

『古今集』の普通の詞書ならば、「墨田川のほとりにて都鳥を見てよめる」

か「墨田川のほとりにて都鳥を見て都の恋しうおぼえければ」という程度でしかるべきであって、「限りなく遠くも来にけるかなと思ひわびて」という心中表現も勅撰和歌集の詞書にふさわしくないし、「さる折に」という時間設定も勅撰集の詞書には希有の例であるし、「はや舟に乗れ、日暮れぬ」「これは何鳥ぞ」「これなむ都鳥」という主人公と渡守との会話も勅撰集の詞書にふさわしくなく、歌物語にこそふさわしいのである。

この著者は、他の多くの詞書から勅撰集にふさわしい詞書のありかたを帰納して、「か・き・つ・は・た」の和歌の場合と同様、この詞書も『伊勢物語』に適宜に手を入れたものだと捉え、「『古今集』が既に形をなしていた原初形態の『伊勢物語』を素材に用いたとしか考えられない場合があり」、この和歌と前歌の場合は、まさしくそれに当たる、と結論づけていますが、ここで考えてみなければならないのは、つぎのように簡潔な表現で提示された場合、読者が、この和歌から、実際に付されている詞書と同じだけのイマジネーションを引き出すことができたかどうかということです。

ⓐ墨田川のほとりにて都鳥を見てよめる　在原業平朝臣

ⓑ墨田川のほとりにて都鳥を見て都の恋しうおぼえければ　在原業平朝臣

端的に言うなら、第五句「ありやなしやと」が、大げさすぎる表現として浮き上がってしまい、〈都という名前がついているというのがほんとうなら知っているだろう、教えてほしい〉と尋ねている切実な心境も理解できないだろうということです。

在原の業平は、その心あまりてことば足らず、萎《しぼ》める花の色なくて、匂ひ残れるがごとし〔古今和歌集・仮名序〕

『古今和歌集』の撰者は、萎んでしまってわずかに「匂ひ」だけが残っていることばの花を瑞々しく生き返らせるために、これだけのことばを補わなければならなかったのです。言い換えるなら、物語の文脈に織り込まれた和歌を抜き出しただけでは、当然ながら、自己充足された和歌になりえないということです。これらの詞書は、遠く旅してきた感懐を吐露した和歌を理解するための役割を十分に果たしています。

貫之の理想は和歌だけですべてを表現することでしたから、『古今和歌集』に収録された彼の作品には詞書がないか、あっても、ごく短かいものがほとんどです。例外については相応の理由が説明できます。

■あづまぢの道の果て

東路《あづまぢ》の道の果てよりもなほ奥つかたに生《お》ひいでたる人、いかばかりかはあやしかりけむを、いかに思ひはじめけることにか、世の中に物語といふもの、あんなるを、いかで見ばやと思ひつゝ、(略)

有名な『更級日記』冒頭の一節ですが、ここで考えてみたいのは、「東路《あづまぢ》の道の果て」とは、どのあたりをさしているのかということです。なぜなら、どの注釈書も、つぎの和歌を引用して、常陸《ひたち》の国だと説明していますが、疑問があるからです。

あづまぢの　道の果てなる　常陸帯《ひたちおび》の　かごとばかりも　あひ見てしがな

〔古今和歌六帖・第五・3360・帯・紀友則〕

＊常陸帯……常陸の国の鹿島神宮に宝物として蔵されている由緒《ゆいしょ》ある帯。
＊かごとばかりも……ほんのわずか、おしるし程度のわずかな時間でも。
＊常陸帯の「鉸具《かこ》」から、「かごと」を導いている。「鉸具」は、帯の留め具。ベルトのバックルのようなもの。

ⓐ「あづま路」は東海道であり、その「道の果て」は常陸《ひたち》の国（茨城県の大部分）。作者の父菅原孝標《すがわらのたかすえ》が国司として赴任していたのは上総《かずさ》の国（千葉県の一部）であり、「なほ奥つ方」とはいえないが、遙《はる》かな東国の辺境であることを際立たせる文飾である。（前引の和歌、引用省略）

〔秋山虔校注『更級日記』新潮日本古典集成・1980〕

ⓑ上総（千葉県の一部）を常陸（茨城県の大部分）よりも奥としたことについては、①京都からの道順が常陸よりも遠いため、②常陸で成人した浮

舟を意識した虚構、③東国の辺境であることを際立たせる文飾、などの
諸説がある。
〔吉岡曠校注『更級日記』新日本古典文学大系・岩波書店・1989・他三作品と合冊〕

先にもふれましたが、『古今和歌六帖』には既存の和歌が題ごとにまとめてあり、右の和歌は「帯」という題のなかの一首です。

『更級日記』の作者が『古今和歌六帖』を座右に備えていたなら、この和歌が彼女の関心を引いた可能性は十分にありますが、。前引のように、彼女が夢中になって読んだ物語のなかには『在五中将』、すなわち『伊勢物語』があり、さきに引用したように、八つ橋が、その跡もないことに失望したりしていますから、武蔵の国から下総の国に舟で渡るあたりは、ことのほか身近に感じたに違いありません。

『伊勢物語』の道をたどれば「東路の果て」はすみだ川の渡しであり、彼女の育った上総の国（千葉県南部）は、舟を下りた下総の国よりも「なほ奥つかた」です。このように考えるなら、『更級日記』冒頭の一節は、『古今和歌六帖』ではなく、『伊勢物語』に基づいていると見なすのが順当です。『古今和歌六帖』所載の紀友則の和歌は恋の歌ですから、『更級日記』の冒頭でこの日記の読み手が連想するにふさわしいものだったとは思えません。

なにかを書く目的は、読まれるため、読ませるためであること、したがって、大切なのは

書き手がどういうつもりで書いたかではなく、読み手がそれをどのように読み取るかです。文才のある書き手なら、読み手がどのように読み取るかを計算しながら書いているはずです。『更級日記』の作者は、読み手が『伊勢物語』に親しんでいることを前提にして、自分が京の文化と隔絶された辺鄙な地に育ったことを知ってもらうために、『伊勢物語』の「あづまくだり」を思い起こしてほしかったのでしょう。

十一世紀後半から十二世紀ごろの人たちが『更級日記』を紐解いて、「あつまぢの、道の果てよりもなほ奥つかたに、生ひいでたる人〜」という冒頭の一文を読んだなら、反射的に思い浮かべたのは、『伊勢物語』の「なほ行き行きて、武蔵の国と下総の国とのなかに、いと大きなる川あり」で始まる挿話であり、読み手がそれと結び付けることを書き手は計算したのでしょう。この推定が正しいかどうかの判断は、読者のみなさんのセンスに委ねます。

【補説】「これなむ都鳥」に、つぎの注があることを補足しておきます。

この辺りの渡守の言葉は旅人に対して必ずしも親切ではない。（永井和子）

第三章　あづまくだり　エピローグ（第十段～第十五段）

『伊勢物語』の《あづまくだり》といえば、第九段をさすことが共通理解になっていますが、改めて検討しなおした結果、第九段が《あづまくだり》の中核で、第一段から第八段まではそこに至るプロローグであり、第九段から第十五段まではそのエピローグであって、それらの諸段は《あづまくだり》挿話群として、まとまったテクストになっていると考えるべきだという結論に達しました。

第九段の末尾で「都鳥」の和歌を詠み、舟に乗っている人たちがひとり残らず感泣したのが《あづまくだり》のクライマックスであることは確かですが、そこがフィナーレになっているわけではありません。第十段から先を読んでみましょう。

第十段　たのむの雁

(1)昔、をとこ、武蔵の国までまどひありきけり、さて、その国にある女を婚《よば》ひけり
(2)父は、異人《ことびと》に娶《あ》はせむと言ひけるを、母なむ貴《あて》なる人に心つけたりける
(3)父は直人《なほびと》にて、母なむ藤原なりける、さてなむ貴《あて》なる人にと思ひける
(4)この婿がねに詠みて遣《おこ》せたりける、住む所なむ入間の郡《こほり》、みよし野の里なりける
(5)みよし野の　たのむの雁《かり》も　ひたふるに　君が方《かた》にぞ　寄ると鳴くなる
(6)婿がね、返し
我が方《かた》に　寄るとなくなる　みよし野の　たのむの雁《かり》を　いつか忘れむ、となむ
(7)他《ひと》の国にても、なほ、かゝることなむ止《や》まざりける

---

(1)昔、をとこ、武蔵の国までまどひありきけり、さて、その国にある女を婚《よば》ひけり

第九段は、つぎのように始まっていました。

昔、をとこありけり、そのをとこ、（略）、あづまの方《かた》に、住むべき国求めにとて行《ゆ》きけり、もとより友とする人、ひとりふたりして行《い》きけり、道知れる人もなくて、まどひ行きけり

これと対比すると、東国方面に行って、安住できる国を探すために、あてどもなくやってきたあげく、たどり着いたのが「武蔵の国」だということになります。「まどひ行《い》きけり」で始まったこの旅は、まだ「まどひありきけり」という状態にあります。アリクはアルクの派生語ですが、動詞のあとに付けて、〈動きまわる〉とか、〈〜してまわる〉とかいう意味に使われています。

「をとこ」は、武蔵の国を「住むべき国」と定めることで、旅に出た目的をほぼ達したことになります。「もとより友とする人、ひとりふたり」とは、すみだ川を渡って対岸の下総の国に着いたあと、別れたことになります。「をとこ」は、下総の国には満足できなかったらしく、そこから北西の方角に当たる武蔵の国にあてどもなく舞い戻り、この国に住もうと決めて、さっそく、その地の女性に求婚しました。

ヨバフの起源はヨビアフ（呼びあふ）ですが、〈求婚する〉という意味に変化したのに連動して、語形もヨバフに変化したものです。ただし、これは型どおりの説明で、すでに平安初期にヨバヒのヨを「夜」と分析した俗語源があったことも事実です。

世界のをのこ、貴《あて》なるも賤しきも、いかで、このかぐや姫を得てしがな、見てしがなと、音《おと》に聞き愛《め》でまどふ、（略）夜は、やすき寝も寝《い》ず、闇の夜に出《い》でて穴をくじり、かいば見、惑《まと》ひあへり、さる時よりなむ、よばひとは言ひける〔竹取物語〕

＊得てしがな……手に入れたいものだ。＊かいば見る……「かいまみる」と同じ意味。

⑵父は、異人《ことびと》に娶《あ》はせむと言ひけるを、母なむ貴《あて》なる人に心つけたりける

娘にどういう婿を迎えるかについて、両親の意見が真っ向から対立しています。父親は、ほかのだれかと、すなわち、その土地の男性と娶《めあわ》せようという意見であったが、母親は、身分の高い上品な人物に、すなわち、京から迷い込んできたこの「をとこ」に、目星を付けたということです。

常識的に考えれば父親の意見のほうが穏当ですから、妻はやむをえずでも譲歩しそうなところですが、この場合は妻のほうに主導権がありそうです。

†**父は異人《ことびと》に娶《あ》はせむと言ひけるを**　不毛な文法論議に立ち入らないのが本書の基本的スタンスなので、深入りしませんが、つぎの点を指摘しておかなければなりません。

「言ひけれど」なら、ノニ、ケレドモと、後に続くことが判断できますが、「言ひけるを」のほうは、そのあとまで読まないと、ノニ、ケレドモ（＝逆接）なのか、ノデ、ダカラ（＝順接）なのか判断できません。したがって、接続助詞ヲの機能は前後をつなぐことであって、それ自体としては順接でも逆接でもありませんから、①順接、②逆接、③単純接続、という分類は意味をなしません。このことは、接続助詞ニについても当てはまります。

こういうことを頭に置いて、古語辞典の接続助詞ヲやニの項の説明を読んでみてください。すらりと読めば理解できるのに、順接確定条件とか逆接確定条件とか小難しい用語を並べて、なにがなんだかわからなくしてしまうのが古典文法だという筆者の主張にも一理ありそうだと思っていただけるはずです。

右に述べたように、「父は、異人に娶はせむと言ひけるを」まで読んだだけでは、まだ、母が賛成か反対かはわかりません。「母もむべなりと思ひて」、〈なるほどと思って〉などと続いているかもしれないからです。ここでは、「母は貴なる人に心つけたりける」〈地位が高くて上品な人物に心を引かれていた〉ですから、母は父の意見に反対です。「父は〜」に対して「母は〜」とあるだけなら、妥協の余地が残っていたかもしれませんが、「父は〜」に対して「母なむ〜ける」となると、母の意見がクローズアップされて叙述が断止します。この文脈では、読み手が、なぜだろうと疑問を抱くのが当然です。その疑問を受けて、つぎの叙述があります。

(3)父は直人《なほびと》にて、母なむ藤原なりける、さてなむ貴《あて》なる人にと思ひける

父は、官職などもたないふつうの人間で、母は藤原の家系であった。これが右の疑問に対する簡潔明瞭な答です。藤原姓の女性が、どうしてこんな僻地に住んでいる「直人」と結婚したのか不思議ですが、彼女が、京への思い、貴なる人へのあこがれを断ち切れないでいたのは当然です。妻の発言権が強い理由もこれでわかりました。

「母なむ藤原なりける」で叙述を断止していますが、これだけでは、〈藤原だからどうなのだ〉という大切な説明が不足しているので、「さてなむ貴なる人にと思ひける」すなわち、それだから娘を高貴な人に嫁がせたいと思っていた、と補足して、再びはっきり断止しています。「さて」は、〈そういうわけで〉。

「母なむ藤原なりける」は、物語の展開のうえで重要な意味をもっています。なぜなら、「をとこ」が京に残してきた「我が思ふ人」〔第九段V〕は、高貴な紫色で象徴される藤原家の女性だったからです。三河の国の八橋で「をとこ」が目を奪われたのは紫色のカキツバタの花でした。そして、この武蔵の地で出会ったのは、藤原家の血を引く母親をもつ女性でした。そのことが、武蔵の国を、「住むべき国」の候補だと思わせた理由になっています。

(4)この婿がねに詠みて遣《おこ》せたりける、住む所なむ入間の郡《こほり》、みよし野の里なりける

母親が婿候補の「をとこ」に、この和歌を詠んでよこした、ということです。接尾辞ガネは〈その候補者〉で、「婿がね」は婿の候補者、「后《きさき》がね」は后の候補者です。

こういう場合、母親は、手取り足取りしてでも娘に手紙を書かせるところでしょうが、この場合は、母親が「をとこ」に手紙を書いています。

†**入間の郡《こほり》、みよし野の里**　埼玉県入間郡に「三芳《みよし》町」がありますが、『伊勢物語』のこの段から命名された可能性もありえます。書き手の意図は、疑問符付きの藤原系の女性と、東国にそぐわない、古くから歌に詠まれている大和の地名と同じ「みよし野」とを組み合わせた二重の皮肉でしょう。実在する「入間の郡」を出して、いかにも実在の地名らしく見せかけています。

(5)みよし野の　たのむの雁《かり》も　ひたふるに　君が方《かた》にぞ　寄ると鳴くなる

†**たのむの雁《かり》**　稲を刈り取ったあとの、見晴らしのきく田が「田のむ」です。そういう場所で雁が餌をあさります。地名は美しいが、なにもない片田舎です。

†**ひたふるに**　よく使用される副詞ヒタブルニが初読。ひたすらに。一途《いちず》に。次読は「引板《ひた》振るに」。「引板」は、鳴子《なるこ》。二枚の板に付けた長い紐を引いて先端の板を鳴らし、鳥や動物

を追い払う。この和歌の場合は次読のほうに注目すべきです。なぜなら、ひととおり和歌表現の技法は心得ていますが、いかにも田舎臭い多重表現によって教養のなさを露呈しているからです。

ヒキイタのヒキにイ音便を生じてヒイイタ［hiiita］になり、一語化にともなって三つの母音連続［iii］がひとつの［i］に絞られてヒタになりました。母音を長く引いてヒータと発音されていた可能性がありますが、当時の日本語には、現代の中国語やコリア語、英語などと同じように、短母音と長母音との使い分けがなかったので、仮名で書けば「ひた」になります。

タノム［tanom］（後述）にいるガンが、引板の鳴る音に驚いて飛び立ち、あなたさまのおいでになる方角にまっすぐに近づいて行こうと鳴いているように聞こえます、ということです。「君が方にぞ」のゾは、〈ほかならぬ（あなたさまのほうへ）〉という含み。「鳴くなる」のナルは、「君が方にぞ」の結びで、わたくしにはそのように聞こえます、ということ。そのナルから「（引板が）鳴る」が換起されて、いよいよ田舎臭くなっています。

「たのむの雁」は、「たのむ」に「田面《たのむ》」と「頼む」とを重ね、あなたさまを「頼む」すなわち、〈頼る〉、〈行く末を委ねる〉から、第四句以下の、あなたさまのほうに「寄る」という続きになっています。

■『万葉集』のタノモ

『万葉集』に、つぎの短歌があります。

佐可故要弖《さかこえて》　阿倍乃田能毛尓為流多豆乃《あへのたのもにゐるたづの》　等毛思吉伎美波《ともしききみは》　安須左倍母我《あすさへもが》毛《も》〔巻十四・東《あずま》歌・相聞・3523〕

坂越えて　阿倍《あへ》の田の面《も》に　居る鶴《たづ》の　ともしき君は　明日さへもがも

坂を越えてきて目に映った阿倍の田にじっとしているツルのように、わたしが心を引かれるあなたは、今日だけでなく明日もまたここにいてくださいますように、ということです。『万葉集』に限らず、平安時代以降の和歌でもツルをタヅとよびます。ツルは春になると北に帰るので、このツルが明日もここにいるとは限りません。この和歌には、恋しい人がわたしから離れてどこかに行ってしまわないように、という願いが込められています。

タノモを「田の面《も》」と解するのが現今の共通理解とみてよさそうですが、田に裏があるわけではないので、〈おもて〉は意味をなしません。強いて言うなら、〈露出している田の表面〉でしょうか。使われかたからみて、稲を刈り取ったあとの田をさしています。ツルがいるのもほぼその期間に当たります。

余談ながら、用例の全訳を謳《うた》った古語辞典のひとつが、「阿倍の田の面に居る鶴《たづ》の」を

「阿倍の田の表面に下りている鶴《つる》のように」と、まるで翻訳ソフトの出力のような訳を示しています。辞書が、出たとこ勝負のやっつけ仕事であってはなりません。

■［田＋の＋面《おも》］→タノモ

古語辞典で「たのも」を引いてみましょう。

たのも【田の面】《タノオモの約》田のおもて。たんぼ。〔『岩波古語辞典』〕

用例として、前節に扱った『万葉集』巻十四の短歌が引用されています。
《タノオモの約》の「約」とは、近世国学の用語のひとつで、約言とも言います。国語辞典や古語辞典などにふつうに使用されていますが、厳密に定義された用語ではありません。語中の音が省略されて生じた新しい語形をさします。筆者は、縮約形とか、縮約された語形とか表現しています。

タノオモという語形は文献上に確認されていません。言語学では、理論的に推定された語形にはアステリスク《asterisk》を付けて*tanoomo のように表示します。〈約〉は勘による推定ですが、ここでは理論的に考えてみましょう。

古代の日本語では、ひとまとまりの語句のなかに母音の連続が含まれていると、そこにふたつの意味単位の境界があると認識されたので、ta-no-omo は反射的に［田＋の＋面《おも》］という構成として分析されました。そのまとまりが、特定の対象をさすようになり、一語として機能するようになると、語と語との境界を消すために、連続していたふたつの［o］の一方だけが残って tanomo になりました。どちらの［o］が脱落したかと議論してもしかたがありませんが、あえて言うなら、「面《も》」が残ったのですから、［omo］の語頭母音［o］が脱落したことになるでしょう。その脱落に連動して、アクセントも三音節語としてのアクセントに整えられたはずです。

タノモという語形では、語構成がわかりませんが、*ta-no-omo という古い語形を想定することによって、右のような筋立てが可能になります。

［タ＋ノ＋オモ］の場合は同じ母音どうしの連接でしたが、違うふたつの母音が連接している場合は、その一方が脱落するか、ふたつの母音の中間の母音に変化しています。

右に述べたように、［タ＋ノ＋オモ］↓タノモは法則どおりに進行して生じた語形変化なのですが、残された課題は、もうひとつの語形タノムとの関係を説明することです。

たのむ【田の面】《タノモの転》田のおもて。田。歌で「頼む」とかけていう例が多い。（『秋篠月清集』、『伊勢物語』の用例略）（『岩波古語辞典』）

《タノモの転》の「転」もまた、「約」と同じく近世国学の用語の一つで、古語辞典に頻出します。〈タノモがタノムになった〉という、これも勘に基づく判断ですが、どうして転じたかの説明はありません。

上代の文献にはタノムの例はなく、平安時代以降の文献にはタノモの例がなく、『伊勢物語』のこの和歌のようにタノムという語形で出てきます。

考えられる可能性は八世紀から九世紀にかけて、タノモ↓タノムという語形変化が生じたことですが、これと同じ型の変化がその時期の日本語にいっせいに生じた形跡はないし、他の語との語形衝突を生じた形跡もないので、これを規則的な語形変化として説明することはできません。語形変化が生じるには、それ相応の原因がなければならないからです。

この場合、留意しなければならないのは、右に引用した『万葉集』の短歌が巻十四の「東歌」に収録されていることです。タノモが中央方言のタノムに対応する東国方言であったなら、ふたつの語形は方言の違いかもしれないからです。ただし、それは可能性として検討する必要があるということであって、確率はきわめて低いと考えてよいでしょう。

現代日本語で考えてみましょう。たとえば津軽方言とか出雲方言などの会話を片仮名や平仮名、ローマ字などで転写《transcribe》したものを東京方言の話者が読み上げたら、母方言の話者からとたんにクレームがつくはずです。なぜなら、なによりもまず、音韻体系が大きく違っているからです。まして、上代の奈良方言に基づいて構成された表音文字の体系で東国方言を忠実に転写することなど無謀な試みでした。

『万葉集』の「東歌」や「防人歌《さきもり》」がナマの東国方言を転写したものだったら、中央の人たちには、ほとんど解読不能だったはずです。したがって、『万葉集』に採録されているのは、文脈を手がかりにすれば中央の人たちも類推できる程度に東国方言のニオイを織り交ぜたものだったと考えるべきです。すくなくとも、上代の中央語はタノムで、東国方言はタノモであったとは考えられません。

■タノモと田んぼ

現代語のタンボは、タノモから変化した語形だと言われており、辞書にもそう書いてありますが、その解釈を裏づける文献資料の証拠はありません。

現代の東京方言で考えてみましょう。つぎにあげる対《つい》は、もともと単音節であった語と、それにナニカを付けた語形です。

葉……葉っぱ　菜……菜っ葉　名……名前　根……根っこ　背……背中
胃……胃袋　野……野原・のっぱら　輪……輪っか　子……子供　目……目玉
尾……尾っぽ・しっぽ　頬［ホー］……ほっぺた　茶……お茶

広い意味での同義語ですが、使われる場が違います。単音節の語形は、四角張ったあいさつやふつうの文章に使われますが、多音節の語形は、くだけた日常会話に使用されています。口頭言語の場合、単音節語は聞き取りの間違いが生じやすいために、自然に補強されたのが多音節の語形です。接尾語ドモは複数を表わしますが、単数でも子ドモです。背中は背の中央部を意味しません。

右の事実に基づくなら、タンボが「田」をさす口頭語の語形として形成されたことは確実です。『新古今和歌集』などの「たのむの雁」は『伊勢物語』を出典とする歌語ですが、大和の国ならぬ武蔵の国の「みよし野」や「引板《ひた》」とともに、田舎くささや、作者の教養の浅さを反映する語のひとつとして、「たの无(tanom)の雁」が使用されているとしたら、この用例は、稲を刈り取ったあとの「田の面《も》」が、田《タ》をさす口頭語の語形としてタンボになる過程を示しているとみなすことができるでしょう。

■「ん」の仮名

この母親は「たのむの雁」を歌語として使っていますから、タノモとタノムとの関係は、依然として不透明のままです。アプローチを変えてみましょう。

『万葉集』に借字として使用されている［牟］や［武］の発音は［mu］であり、［母］や［毛］の発音は［mo］であったというのが一般の知識ですが、当面の課題にとって大切なのは、現代日本語の［ウ］が唇の緊張をともなわずに発音する［ɯ］(平唇音)であり、英語の“book”などの母音は、唇をとがらせて発音する［u］(円唇音)だということです。コリア語のようにそれら二つの母音を使い分けている言語もありますが、たいていはどちらか一方しか使っていないので、国際音声記号(いわゆる発音記号)でも、簡略表記では日本語の［ウ］

に［ɯ］を当てることが許されています。

ここまでが基本ですが、現実のことばはもっと柔軟です。［ム］の子音［m］は両唇音ですから、その母音［ɯ］は先行する子音［m］の影響を受けて、すなわち、［m］に同化されて、円唇の［ɯ］に近く発音されます。ということは、聴覚印象が［o］に近くなるということです。自分でなんども発音してみれば。そのことがよくわかります。要するに、［ム］と［モ］とは紛れやすかったのです。［ム］と［モ］とを、ひとつひとつ切り離して発音したり、あるいは、現実の発話でも語頭や卓立される音節では明瞭に発音されますが、卓立されない位置にある音節、ことに多音節語の語末などではぞんざいに発音されて、どちらがどちらなのか怪しくなってしまいます。もともと互いの発音が近いうえに、弱化すると母音が曖昧になって、［ム］も［モ］も、子音［m］で支えられるようになるために、現実の発話では両者の区別がつかなくなります。

上代の文献で借字を整然と書き分けていたのは、借字が楷書体であったために隣接する文字どうしを関係づけることができず、したがって、語の綴《スペリング》りを示すことができなかったために規範的な文字遣いを崩すことが許されませんでした。しかし、平安初期に仮名が形成されると、連綿や墨継ぎなどによって語のまとまりを表示できるようになり、そのために、語末や文末などでは［ム］と［モ］とを別々の仮名で書き分けなくても語句の見分けに支障がなければ、同じ仮名で書かれるようになりました。

　上代の助詞ナモは平安時代にナムに変化したというのが日本語史の常識ですが、それは、上代から平安時代に移行するのに合わせてこの助詞の発音が変化したわけではなく、借字表記の「奈母」が仮名表記の「な无」に切り替わったにすぎません。「奈母」と表記されていた助詞が、運用の場においては[nam]と発音されており、それを仮名で表記した「な无」の発音もまた、運用の場においては[nam]であったというのが筆者の解釈です。

【図版1】は関戸本『和漢朗詠集』の「草」部にある壬生忠見《みぶのただみ》の和歌で、『新古今和歌集』にも収められています〔春上・78・題知らず〕。

図版1

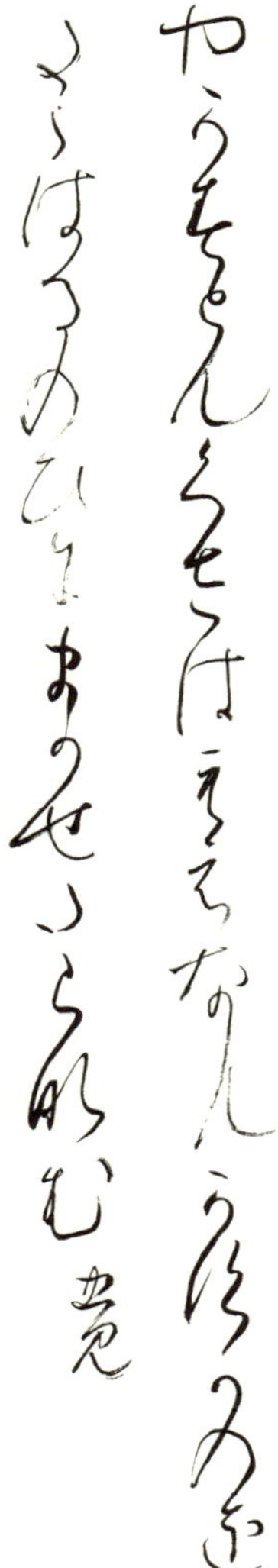

や可春《かす》と无|　くさはもえな无|　可須可《かすか》のを
多《た》、はるのひに　まかせ多《た》ら那《な》む　忠見

焼かずとも　草はもえな无　春日野《かすがの》を　ただ春のひに　まかせたらなむ

焼けば「燃える」が、焼かなくても草はちゃんと「もえる（萌）」だろう。「火」をつけたりせずに、ただ春の「日」（太陽）に任せておいてほしい、ということです。「かすが」の漢字表記「春日」がこの表現を支えています。

第一句末尾と第二句末尾の仮名とに注目しましょう。どちらも現行の平仮名「ん」に近い字体なので見分けがつきませんが、ふつうには、第一句を「やかずとも」と読み、第二句を「もえなむ」あるいは「もえなん」と読んでいます。

このテクストが書かれたのは十二世紀前半ぐらいでしょうか。当時の日本語の音韻体系には、まだ［ン］が確立されていなかったと考えられています。《いろはうた》にも《五音》（五十音図）にも「ん・ン」がありませんでした。

以上の事実に基づくなら、「やかずとん」、「くさはもえなん」の「ん」は、「ム」とも「モ」ともつかない曖昧な発音だったと推定すべきことになります。ということは、どちらであるかを判別しなくても正確に理解できたということです。

第五句は「まかせたらなむ」と、末尾が「む」になっています。末尾の仮名を「无」と書かなかったのは、第二句の「无」と視覚的変化を付けただけのことでしょう。

すでに述べたとおり、「む」と「も」とを個々に発音しても区別が付かなかったわけではありません。それらが弱く発音される位置に立った場合に曖昧になったということです。

【図版2】は、粘葉《でっちょう》本『和漢朗詠集』の、【図版1】に対応する部分です。ふたつのテクストの書写年代は近いと推定されます。なお、こちらは作者名が「忠岑」になっています。

図版2

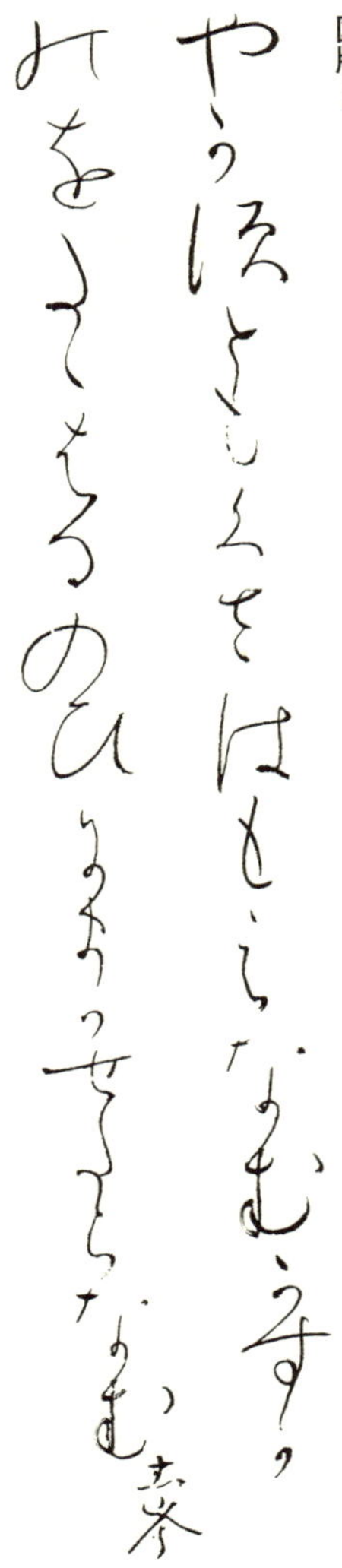

や可須《かす》とも　くさはもえなむ　可《か》す可《か》
能《の》を　多《た》ゝ者《は》るのひ尓《に》　ま可《か》せ多《た》らなむ　忠岑

【図版1】と対比すると、第一句は「も」で、第二句と第五句とは「む」になっており、実際の発音と無関係に、保守的な使い分けを守っています。

本来、「モ」であった音節と「ム」であった音節とを同じ仮名字体で書いても、読み解きに支障を生じていないことに注目すべきです。

【図版3】は、十二世紀に書写された巻子本『古今和歌集』の和歌〔恋三・629〕で、卓立されない環境において［ム］と［モ］とが中和されていた事実を決定的に裏づけています。「ものならなくに」の「もの」は、実体のある事物をさしていません。

図版3

あやなくて　また《堂》きなき名の
た《多》つたか《可》は《ハ》　わた《多》らてやま无、のな
らなく《具》に《耳》

＊たつたかは……初読は（無き名が）立つ。次読は龍田川で下に続く。

あやなくて　まだき無き名の　たつた川　渡らで止まむものならなくに

わけもわからない状態のうちに、早々とあのかたとの事実でないうわさが立ってしまったが、いずれにせよ、この恋は遂げずにすむものではない、ということです。

第四句末尾の「无」の仮名はムと読まれ、第五句初頭の連読符「〻」はモと読まれていますが、書き手にも、当時の読み手にも、音韻論的に中和された同じ音節として認識されていたからこそ、このように表記されたと考えるべきです。

漢字「无」の音は［ム］であり、その草書体「ん」は［ム］の仮名として導入されましたが、そのあとの時期には、そのまま［ン］に当たる仮名になり、今日に至っています。

みよし野の　たのむの雁《かり》も　ひたふるに　君が方《かた》にぞ　寄ると鳴くなる

この和歌とつぎの返歌とが「たのむ」になっており、これ以降の時期に「たのむの雁」という結び付きが出てくるのは、明らかにこれらふたつの和歌の影響です。

■「田のも」から「田のむ（の雁）」へ

『伊勢物語』の原初的な形がいつごろ成立したかについては議論のあるところですが、漢然と言えば、仮名文が自由に読み書きできるようになった平安初期ということでしょう。その時期のテクストで残っているのは皆無に近い状態ですが、早い時期から［ム］の仮名として、「ん」が使用されていたことは確実です。そして、助詞「奈母」の「母」の母音［o］が弱化して、事実上、［m］になっていたことも確実だと考えてよいでしょう。

右のような状態のもとに、『伊勢物語』の書き手が、【図版1】に示した関戸本『和漢朗詠集』のような用字法でこれらの和歌を書いたとしたら、「たの无」は、タノモでもありタノムでもありえたことになりますから、「田の面《も》」に「頼む」を重ねることが可能でした。当時の読み手なら、どちらのつもりなのだろうと迷ったりせずに、初読「たのん」（田の面）、次読「たのん」（頼ん）として読み取ったはずです。

両方の意味に読ませるように意図されたテクストを写した人物が、「无」を［ム］の仮名と認識して「たのむ」とか「たのん」とか書写したら、タノモと読み取る可能性は失われ、タノムとして定着することになります。平安時代以降はタノムになったとされていますが、事実上、使用の場が和歌に限られ、しかも、もっぱら「たのむの雁」として使われていたのですから、タノモ↓タノムという語形変化として音韻史の謎にしておく理由はありません。

⑹**婿がね、返し**

我が方《かた》に　寄るとなくなる　みよし野の　たのむの雁《かり》を　いつか忘れむ、となむ

第五句「いつか忘れむ」は、〈忘れることがありましょうか〉、〈いつまで経っても忘れたりしません〉という意味ですから、あなたの娘さんと結婚するつもりはありませんという婉曲の断りです。

母親は藤原家の出身を鼻に掛けているが、母親も娘も、京に残してきた藤原家出身のあの女性とは雲泥の差だということでしょう。藤原姓をひけらかすばかりに、かえってその泥臭さが鼻についたでしょう。娘自身は恋文を書く能力もなく、母親が出しゃばって娘をよろしくという和歌をよこすというやりかたも気に入らなかったはずです。

和歌のあとの「〜となむ」は、そこで叙述を断止する用法です。そのあとに続くべき結びが省略されているというよりも、そのあとに新しい叙述が続かない場合、最後まで言わずに言いさすことによって、余韻を残して断止する類型的手法です。

(7) 他《ひと》の国にても、なほ、かゝることなむ止《や》まざりける

「他《ひと》の国」は、つぎのⓐのように、国内の諸国をさして、また、ⓑのように、中国など、外国をさしても使用されています

ⓐ受領《ずりやう》といひて、他《ひと》の国のことにかゝづらひ、いとなみて〔源氏物語・帚木〕

＊国司として、地方の国のことに関係し、仕事をして、ということ。

ⓑ他《ひと》の国にありけむ香《かう》の煙《けぶり》ぞ、いと得まほしく思《おぼ》さる、

〔源氏物語・総角〕

＊中国にあったという香木《こうぼく》の煙を、ぜひ欲しいとお思いになった。

京の人たちにとって、京から離れた遠い土地は、自分たちと関わりのない国という意味で同じように捉えられていたのでしょう。ことばのつうじない場所は、他《ひと》の国でした。

†**かかる事**　第一段で物語の書き手が「いちはやき雅《みやび》」（第一段）とよんだ、駆け引きのない一途な恋愛をさしています。「をとこ」は、「ひと」らしい人などいない東国に来ても、相手を見下《くだ》す態度をとらず、女性に恥をかかせることはしませんでした。

第十一段　空行く月の巡り会ふまで

(1)昔、をとこ、あづまへ行《ゆ》きけるに、友達どもに道より言ひ遣《おこ》せける

(2)忘るなよ　程は雲居に　なりぬとも　空行く月の　巡り会ふまで

---

(1)昔、をとこ、あづまへ行《ゆ》きけるに、友達どもに道より言ひ遣《おこ》せける

「あづまへ行きけるに」で、同じ「をとこ」についての挿話であることが示唆されています。

†**友達ども**　「たち」は、本来、複数の人を表わす接尾辞ですが、『伊勢物語』には、複数の友人をさした「友達ども」が二箇所（第六段・第八八段）、ひとりの友人をさした「友達」が三箇所（第十六段に二箇所・第一〇九段）に出てきます。

つぎに引用する例もトモダチと読まれていますが、トモ＋タチの可能性が残ります。

昔、男、津の国にしる所ありけるに、兄、弟、友たち引き率《ゐ》て、難波のか

たに行《い》きけり（第六六段）

＊難波のかた……「かた」は、「方」よりも「潟」が自然のようです。

『伊勢物語』だけから帰納すると、ひとりなら「友達」、複数なら「友達ども」という使い分けのようにみえますが、そうとも言い切れません。

胸をいみじう病めば、友達の女房など、数々来つ、訪《とぶら》ひ、外《と》の方《かた》にも、若やかなる公達《きんだち》あまた来て（枕草子・病は）

「友達の女房」が「数々来つつ」とあるので、ひとりではありません。

キミ＋タチ（君たち）が一語化してキムダチ（公達）になったのと同じように、トモ＋タチ（友たち）が一語化してトモダチになり、さらに単数でもそうよぶようになったために、複数であることを明示したい場合にトモダチタチ、トモダチドモというようになったと考えるのが自然です。現代語でも、人数に関わりなくコドモ（子供）になっています。接尾辞ドモはタチと比べて低い待遇を表わしますが、ここでは、親しい友人たちという含みです。丁寧さの度合いと親しみの度合いとの表明は反比例の関係にあります。

†**道より言ひ遣《おこ》せける**　旅の途中から京に手紙をよこした。「みよし野」の無教養な母娘に絶望した「をとこ」は、京が恋しくてたまらなくなり、いつの日か京に必ず戻ろうという気持になって、親しい友人にそのことを告げずにいられなくなったのでしょう。

(2)忘るなよ　程は雲居に　なりぬとも　空行く月の　巡り会ふまで

互いに離れている距離は、地面と雲の居所《いどころ》との距離ほど離れてしまっているけれど、月がいずれまた同じ所に巡ってくるように、また巡り会うまで、忘れないでいてほしいということ。当分は帰京できる見込みがないけれど、いつか京の生活に必ず戻るぞと、友人たちに伝えるだけでなく、自分にも言い聞かせているような印象です。

■『拾遺和歌集』の和歌との関係

『拾遺和歌集』に、つぎの詞書を添えてこの和歌があります。

橘の忠幹《ただもと》が、人のむすめに忍びて物言ひ侍りけるころ、遠き所に罷り侍るとて、この女のもとに言ひ遣はしける〔雑上・470・詠み人知らず〕

ある人の娘の所に、人目を避けてかよっていた時分、遠い所に行くことになり、その女性のもとに伝えさせた和歌、ということです。手紙に書かずに伝言にしたのは、娘の親に見咎められるのを避けたのでしょうか。

同じ和歌が、詞書によって、これほど違ってしまうことに注目しましょう。筆者が、歌集の詞書は和歌と一体であると強調してきた理由が理解できるはずです。

『拾遺和歌集』所載の和歌との関係については、つぎのような解説があります。

ⓐこの歌はもともと『拾遺集』の橘忠基の作である。その詞書《ことばがき》には「(引

用略)」とある。それを借りて作り変えた段だが、(略)(渡辺実)

ⓑ拾遺集所収のこの歌の詞書には「(引用略)」とある。忠幹は天暦年間(947–957)に駿河守となった人である。伊勢物語は数次にわたって増補されながら現在の形に至ったが、この段はもっとも遅い時期に補入されたといえよう。(秋山虔)

このように『拾遺和歌集』の和歌が先行しており、『伊勢物語』がそれを取り入れたというのが現今の共通理解のようですが、筆者はふたつの根拠から否定的です。

そのひとつは、この和歌が、少なくともつぎの図版に示した藤原定家自筆テクストの忠実な模写(高松宮家旧蔵)や正保四年版本『八代集』(久保田淳・川村晃生編『合本八代集』三弥井書店・2005)に拠るかぎり、『拾遺和歌集』では「詠み人知らず」であり、「たたもと」の名は、作者名としてではなく、詞書に出てくることです。具体的にいえば、この和歌に作者名はなく、その直前の和歌に「詠み人知らず」とあるので、この和歌もまた「詠み人知らず」なのです。他の勅撰集と同様、『拾遺和歌集』も作者名をそういう方式で表示していますから、「この歌は、もともと『拾遺集』の橘忠基の作である」(前引ⓐ)という判断は事実誤認です。

つぎに引用するのは、『拾遺和歌集』でこの直前に置かれている和歌です。

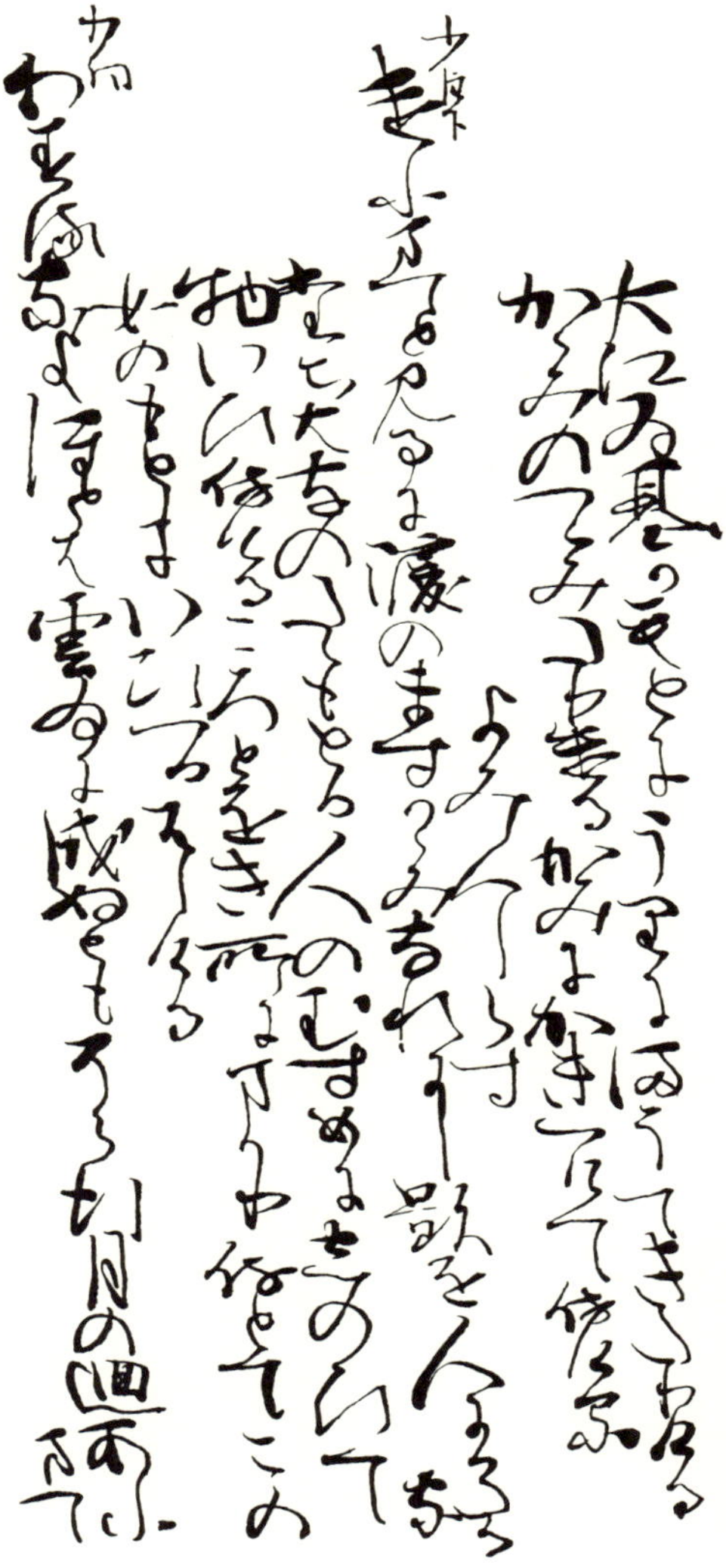

高松宮家旧蔵『拾遺和歌集』

大江為基がもとに売りにまうで来たりける鏡の包みたりける紙に、書き付けて侍りける

詠み人知らず

今日までと　見るに涙のます鏡　馴れにし影を　人に語るな〔雑上・469〕

＊第一～第三句……今日でお別れだと思って見ると、いよいよ涙が増すこの真澄鏡《ますかがみ》よ。＊第四・五句……いつも見ていたのがこのわたしだと、だれにも教えてはいけないよ、ということ。

売りに来た鏡を包んだ紙に、この和歌が書きつけてあったということですから、作者は大江為基ではありません。これと同じように、そのつぎに置かれた問題の和歌も、橘忠幹の作ではなく、「詠み人知らず」です。

周到に編纂された歌集から引用する際には、その和歌がどのような流れのなかに位置づけられているかを確認すべきです。

八代集抄「此歌、伊勢物語なるを、忠幹今思ひ合はせて用ゐたる也。業平より遥か後の人なれば也」

〔小町谷照彦校注『拾遺和歌集』・新日本古典文学大系・岩波書店・1990〕

コメントなしの引用は支持の表明でしょうが、筆者とは根拠が異なります。

橘忠幹が、女のもとに使いを遣わして、『伊勢物語』のこの和歌を伝えさせ、自分がまさにこの和歌と同じ心境であることを理解させようとしたということなら、「詠み人知らず」という処置は納得できます。『伊勢物語』に和歌が出てくれば在原業平作と決まったわけではありません。『伊勢物語』の和歌ですから、女もすぐにあの歌だと気づいたでしょう。

契沖の『勢語臆断』に、つぎのようにあるので、注釈の伝統があることがわかりますが、『拾遺和歌集』で、この直前に置かれている和歌にまでは遡っていません。

拾遺集雑上に、この歌を載たる詞書にいはく（詞書略）とあれば、直幹が歌なり（略）、常のごとく作者をいふ所に橘のたゝもとと有《あり》ぬべきを、初にたちばなのたゝもとがとある故に、猶なりひらの歌をかきてつかはせる欤《か》といふ義もあれど、（略）

作者名に「橘のたゝもと」とあるべきなのに詞書の最初にその名があるので、業平の和歌を書いて女のもとに遣わしたのだという説もあるけれども、ということです。

右の疑問を無視できないとしたら、この和歌を『伊勢物語』が成立した時期の下限をはかる目安にしたりすべきではありません。

「京にはあらじ、あづまの方《かた》に、住むべき国求めにとて行《ゆ》きけり」〔第九段Ⅰ〕という表現は、すくなくとも当分の間は京に戻るつもりがなかったと読み取れますが、物語の展開として、「をとこ」を京に帰らせる必要がありました。そこで、「都鳥」のクライマックスのあと、第十段で「をとこ」を武蔵の国に行かせて、気位が高いだけで無教養な東国の女に失望させ、京の友人たちに、いつか必ず帰るから忘れないでいてほしいという手紙を書かせているると考えれば、作品全体のなかにおける第十一段の位置づけが明確になるでしょう。

第十二段　夫《つま》も籠もれり我も籠もれり

(1)昔、をとこありけり
(2)人の娘《むすめ》を盗みて武蔵野へ率《ゐ》て行《ゆ》くほどに、盗人《ぬすびと》なりければ、国の守《かみ》に絡められにけり
(3)女をば草むらのなかに置きて、逃げにけり
(4)道来る人、この野は盗人あなりとて、火付けむとす
(5)女、侘びて
武蔵野は　今日はな焼きそ　若草の　夫《つま》も籠もれり　我も籠もれり、と詠みけるを聞きて、女をばとりて、ともに率て往《い》にけり

---

(2)人の娘《むすめ》を盗みて武蔵野へ率《ゐ》て行《ゆ》くほどに、盗人《ぬすびと》なりければ、国の守《かみ》に絡められにけり

†人の娘を盗みて〜率《ゐ》て行《ゆ》くほどに　「ひと」は、社会的地位のある人物。「率《ゐ》る」は、連れて

ゆく。現代語の〈率《ひき》いる〉は、「引き率《ゐ》る」が熟合して形成された動詞。『伊勢物語』を第一段から読んでくれば、「女のえ得《う》まじかりけるを～からうじて盗み出でて」という、これとよく似た、第六段の挿話を思い出すはずです。

第七段と第八段とが、第九段と同じような話なので、その前に置かれたと主張するなら、この段が、どうして第六段の前に置かれていないのかを説明すべきです。

†盗人《ぬすびと》なりければ　ありふれた盗難事件はもとより、ふつうの家の娘の連れ去り事件に国主が直接に関与することはなかったでしょうから、相当の家柄の娘に違いありません。連れ出したのも、あの男性だとわかったはずです。

どうしても連れ戻せという親の意向を受けて、人間を盗めば盗賊だという理屈をつけて逮捕したというのが、「盗人なりければ」という表現の含みだと筆者は読み取ります。

†国の守《かみ》に絡められにけり　〈親が建てた家〉とは、親が費用を払った家という意味であるのと同じように、国主の命令で縄をかけられ、連行された、という意味でしょう。

　「からむ」は逮捕することだが、この文脈では、男が逮捕されたのか逃げたのか、明瞭でない。（渡辺実）

「絡められにけり」とあるのにこういう注が加えられる理由が筆者には理解できません。こういうことは、あとで疑問が出てきたらその段階で提示すべきです。

(3)女をば草むらのなかに置きて、逃げにけり

この一文が「絡められにけり」のあとにあることは、「をとこ」が危険を察して女を草むらに隠して逃げたあとで逮捕されたことを意味しますから、「をとこ」がどうなっているのかを女は知りません。近辺の草むらに息を潜めて隠れているはずだと考えたでしょう。

追記 前項で、「この文脈では、男が逮捕されたのか逃げたのか、明瞭でない」という注について、「男が逃げた可能性を、この文脈から読み取る根拠は見いだせません」とコメントしましたが、注をさらに読み返して、「文脈」という用語の理解に原因があったことに気がつきました。引用した注は、「女をば草むらのなかに置きて逃げにけり」と続いているので、逮捕されたのか逃げたのか明瞭でない、という意味だったのですが、さらにあとまで読めば、「女をばとりて、ともに率て往にけり」とあり、「ともに」とは、さきにからめ捕った「をとこ」とともに、ということですから、この注は意味をなしません（この段の解説末尾「言語の線条性」参照）。

(4)道来る人、この野は盗人あなりとて、火付けむとす

†道来る人 道の向こうから、こちらのほうに近づいて来た人。
道をやって来る人。必ずしも追っ手とは限るまい。（永井和子）

「必ずしも」以下は、追っ手という優勢な解釈に対して、テクストを素直に読むようにという婉曲なアドヴァイスのようにみえます。

†この野は盗人あなり　意味はわかるけれども、「この野に」、あるいは「この野には」が正しいと思った読者は、〈この山はクマが出るんだよ〉と同じことだと納得しましょう。助詞ハの使用領域の問題として解明するのは文法論にとって大切な課題ですが、テクストの表現解析に文法用語をやたらに持ち込んで人を遠ざけないように心掛けるべきです。

†盗人あなり　盗人がいるそうだ。盗人がいるとかいうことだ。

「あり」に伝聞推定の意の助動詞「なり」が接続し「あんなり」となり、「ん」を表記しない形。［現代語訳］「この野は盗人がいるそうだ」

（福井貞助）

どうして「アリ＋ナリ」がアンナリになったのか、また、どうして「ん」を表記しないのか、この説明では理解できません。学習用古語辞典で「あなり」の項を引いてみます。

あ・なり　[品詞分解]「あるなり」（＝動ラ変「あり」の連体形「ある」＋伝聞・推定の助動詞「なり」）」の撥音便《はつおんびん》形「あんなり」の撥音「ん」を表記しない形

〔『全訳読解古語辞典』〕

いわゆる伝聞推定の助動詞は終止形に付くはずなのに連体形に付いているし、音便は連用形に起こる現象なのに連体形に生じています。アルがなぜアンになったのか、そのンをなぜ表記しないのか、この説明ではなにもわかりません。

「なり」のほうの説明は、どうなっているでしょうか。必要な部分を書き抜きます。

> **なり**［伝聞・推定の助動詞］《接続》活用語の終止形に付く。中古以後、ラ変動詞には連体形（多くはその撥音便《はつおんびん》形）に付く。〔同右〕

こちらには、ラ変動詞には連体形に付くと書いてありますが、撥音便に関してはアンナリの場合と同じことです。「多くは」とありますが、少ない「あるなり」の実例はどこに出てくるのでしょうか。学習用なので詳しく説明できないのではなく、なにかを半端に写したのではないかという疑念が強く残ります。

そもそも、こんなことを注釈書や古語辞典に半端に書いて、どういう役に立つと考えているのでしょうか。いちばん親切なのは、「盗人あなり」の「なり」だけに〈伝聞推定の助動詞〉と注を付け、「盗人がいるようだ」と現代語訳している注釈書（永井和子）です。伝聞なら「ようだ」でなく「そうだ」でなければと拒否するとしたら、それは、小回りの利かない古典文法原理主義です。この助動詞の機能は、情報の不確実性を表明することにあります。

ラ変型動詞とはアリ・ヲリをさします。〈日本語動詞の終止形は、歴史をつうじて母音

［u］をもつ音節で終わる〉という基本原則に反して、これらふたつの動詞語尾だけが母音［i］で終わっています。もとをただすと、これらの動詞も本来は四段活用で、終止形はアル・チルだったが、いったんそこで止めたのか（我ここにあり、〜）、そこで叙述が切れたのか（我ここにあり）、曖昧にしたほうが融通がきくので運用するうえで都合がよかったために、文献時代以前に、終止形も連用形と同じ語形を使うようになったという歴史的事情があると筆者は推定しています。〔『日本語はなぜ変化するか』〕

「A活用にはX形が付き、B活用にはY形が付く、というめんどうな規則を覚えさせられるのはウンザリですが、その背後に、運用の効率化、すなわち、もっと使いやすく変えたい、という共通の動機があったことを知るべきです。

(5)女、侘びて

武蔵野は　今日はな焼きそ　若草の　夫《つま》も籠もれり　我も籠もれり、と詠みけるを聞きて、女をばとりて、ともに率て往《い》にけり

†侘びて　侘びしく心細くなって。頼りなく困りはてて。

†今日はな焼きそ　今日は焼かないでください。焼くならもっとあとの日にしてください。

†若草の　『万葉集』には「若草の」が「つま」にかかる枕詞として類型的に使われており、

『伊勢物語』のどの注釈書も、「若草の」は「つま」にかかる枕詞、と注をつけて、事実上、和歌の内容に関わらないことを示唆していますが、これは、平安前期の和歌についての認識不足に基づく誤導《misleading》であることを強調しておかなければなりません。

すでに述べたとおり、平安時代の和歌では、枕詞の種類を、具体的イメージを喚起できるものに絞っています。

野焼きは枯れ草を焼く慣習的作業ですが、焼くにはまだ早すぎます。萌え出たばかりの若草のような若い夫も籠もっています。わたしも籠もっています、ということです。

　春日野は　今日はな焼きそ　若草の　つまも籠もれり　我も籠もれり

〔古今和歌集・春上・17・題知らず・詠み人知らず〕

『伊勢物語』は初句が違うだけであり、つぎのような解釈が優勢のようです。

　野焼という農耕行事を背景に村の若い男女の恋を謳歌する民謡であったか。「春日野」を「武蔵野」に改めて東国話群のなかに組み入れたのである。

（秋山虔）

民謡云々についての民俗学的説明については、第八段の「あさまの岳に立つ煙」の和歌など同様、証拠に基づいた議論はできませんが、確認しておかなければならないのは、たとえ民謡であったとしても、春上部にまともに位置づけている以上、『古今和歌集』の撰者は、それを素朴な伝承歌謡としてではなく、平安前期の和歌としての尺度で評価したうえで採択しているはずだということです。したがって、「若草の」も、〈若草のような〉という実質的意味を付与して理解していると考えるべきです。そのことは、『伊勢物語』の書き手にも当てはまります。『古今和歌集』の形のほうが先行しているとすれば、『伊勢物語』の読み手は、「武蔵野は」の和歌から「春日野は」の和歌を連想し、さらに第一段の「春日野の若紫」を連想して、「人の娘」を第六段の「女のえ得まじかりける」に結び付けたはずです。常識的意味における素朴単純を『伊勢物語』に持ち込むことに、筆者はきわめて消極的《negative》です。

†**女をばとりて、ともに率て往《い》にけり**　女を取り戻して、さきに捕らえてあった男といっしょに連れ戻った。「をとこ」はしかるべき場所に、娘は親元にでしょう。

右に引用した注に、「春日野」を「武蔵野」に置き換えて東国話群に組み入れた、とありましたが、どうして、木に竹を接いだように、前後の挿話と無関係な挿話がこの位置に組み入れられたのか、その理由を説明できなければ、第一段から第十五段までを、見えない鎖で結ばれた《あづまくだり》挿話群とみなす筆者の立場が、この一事を反証として完全に否定されてしまいそうですが、そうではありません。

藤原の血を引いた高慢で無教養な母娘に失望した「をとこ」は京が恋しくなり、第十二段で友人に和歌を送ったその夜に見た夢がこの段にほかならないというのが筆者の解釈です。

芥川のほとりを通って藤原家の大切な娘を連れ出し、「せうと」たちに連れ戻されたあのときのことが、武蔵の国で不本意な生活をしている現実と絡み合っています。この挿話の位置づけについては、本書における考察の締め括りに当たる最後の節でさらに補足します。

■言語の線条性

〈発話は一方向に進行する〉と表現すると、難しい法則のようですが、要するに、ことばは、一本の線としてつぎつぎと実現され、後戻りはしないという意味です。これはあらゆる言語に例外なく当てはまる特性で、《言語の線条性《linearity》》とよばれています。

理解の過程もその線条に沿って進行しますから、「国の守《かみ》に絡められにけり」まで読めば、その段階で、「をとこ」が逮捕されたと理解します。そのあとどうなるかは線条がそこまで延びてからの話ですから、テクストの注もその段階で付いていないと、筆者がコメントしたような混乱が生じることになります。

言語の線条性は、発話だけでなく書記テクストにもそのまま当てはまりますが、清音と濁音との文字を書き分けない仮名の特性を生かして、ひとつの仮名連鎖に複数のことばを重ね合わせ、豊富な内容を盛り込んだ仮名文は、きわめて珍しい例外でした。仮名文字のその特性を捨てて清音と濁音との仮名を使い分け、表意的用法の漢字を自由に交える平仮名文にしだいに移行したのは、その意味で自然な成り行きでした。

第十三段　むさしあふみ

(1)昔、武蔵なるをとこ、京なる女のもとに、聞こゆれば恥づかし、聞こえねば苦し、と書きて、表書《うはがき》に、むさしあふみ、と書きて遣《おこ》せてのち、音《おと》もせずなりにければ

(2)京より女

むさしあふみ　さすがにかけて　頼むには　問はぬもつらし　問ふもうるさし、

とあるを見てなむ、耐へがたき心地しける

(3)問へば言ふ　問はねば恨む　武蔵あふみ　かゝる折にや　人は死ぬらむ

---

(1)昔、武蔵なるをとこ、京なる女のもとに、聞こゆれば恥づかし、聞こえねば苦し、と書きて、表書《うはがき》に、むさしあふみ、と書きて遣《おこ》せてのち、音《おと》もせずなりにければ

†**武蔵なるをとこ**　武蔵の国の土着の男性ではなく、京から武蔵に来て、そこにいる「をとこ」です。

「をとこ」は、第九段までの「をとこ」と二重写しになった別の「をとこ」であり、この「女」も二条の后と二重写しになった別の「女」です。「聞こゆれば」、「聞こえねば」と、〈申し上げる〉という表現を使っているので、相手は、「をとこ」から見て、自分よりも身分の高い「女」です。「書きて遣《おこ》せて」とありますから、語り手は京に身を置いています。

†**聞こゆれば恥づかし、聞こえねば苦し**　〈申し上げるのは恥ずかしいし〉とは、武蔵の国で深い仲になった女性との関係を正直に告白するのは恥ずかしいし、ということでしょうか。〈申し上げないと苦しいし〉とは、〈そのことをあなたに告白しないでいるのは良心が咎めるし〉ということでしょう。いずれにせよ、現在の「をとこ」の状況を知らない相手の「女」にとっては、たいへん思わせぶりな表現です。

†**表書《うはがき》に、むさしあふみ、と書きて遣《おこ》せて**　表書の仮名連鎖「むさしあふみ」は、一次的に「武蔵鐙《あぶみ》」、すなわち、〈武蔵の国で産する鐙〉を喚起します。アブミは「足踏《あ》み」という意味で、馬具のひとつ。金属製。鞍から左右に吊して、乗り手が足を掛けて踏む。アは、アシの古形。「足《あ》掻《が》く」（馬が脚で地面を掻く）という語は、意味が抽象化されて現代語に残っています。

武蔵の国のアブミが特産として知られていたという証拠は知りませんが、春になるとアブミを逆さにした形の花をつけるムサシアブミというサトイモ科の植物があります。あるいは、『伊勢物語』のこの段にあやかって命名されたのかもしれません。

仮名連鎖「むさしあふみ」は、一次的に「武蔵鐙」を喚起しただけでなく、①「武蔵」からの「文《ふみ》」、と、②〈京でまたあなたと「逢ふ身《あみ》」です〉、あるいは、〈逢ふ身」でありたいと願っています〉という書き手の希望をも伝達しています。

このように、ひとつの仮名連鎖に複数のことばや事柄を重ね合わせて複線的に表出できるのが平安前期の《仮名》の特徴だったことを、しばしば指摘してきました。この表書は和歌でも和文（散文）でもありませんが、仮名連鎖が長いことを生かして、このように和歌の手法で表出しています。和歌や手紙を送った話は仮名文学作品にいくらでもありますが、このような意味をこめたことばを表書に記したほかの事例を筆者は知りません。そのことに注釈書はふれていませんが、ただ、それだけのことなら、和歌の最初に「むさしあふみ」とあるのですから、表書にまで同じことばを書く必要はなかったはずです。

「武蔵鐙」の上書は、「武蔵より奉る」の意と、「逢ふ」（武蔵で妻を持った）の意とを含ませたものか。（渡辺実）

表書きに意味を込めたとみることは当然だと考えますが、仮名連鎖「あふみ」から「ふみ（文）」も「逢ふ身」も析出されていないだけでなく、それなりの文脈の支えなしに「逢ふ」が「妻を持った」という意味を喚起できたとも思えません。

注釈書は、この段の見出しを「第十三段（武蔵鐙）」と、「上書《うはがき》に『武蔵鐙《むさしあぶみ》』と書きて」

とするなど、「武蔵鐙」と漢字で表記して振り仮名を付けていますが、この漢字表記から、〈武蔵からの文《ふみ》〉とか、〈京でまた逢ふ身〉だとかいう意味を引き出すことはできません。くどいようですが、この時期の仮名文では和語が仮名だけで書かれていたことを、ここでも確認しておきます。

仮名連鎖の多重表現については、つぎの小著に具体例の解析があります。『みそひと文字の抒情詩』、『古典和歌解読』、『古典再入門』、『丁寧に読む古典』（いずれも笠間書院刊）。

(2)京より女、

むさしあふみ　さすがにかけて　頼むには　問はぬもつらし　問ふもうるさし、とあるを見てなむ　耐へがたき心地しける

「女」は、「をとこ」からの手紙に、「聞こゆれば恥づかし、聞こえねば苦し」とあってもどういうことを告白したいのかわかりません。続いてまたなにか言ってくるだろうと心待ちにしていたのに音沙汰がないので、しびれを切らして、自分から手紙を書いています。「女」には、素直に喜んで返事を書く気になれないこだわりがあったことを思わせます。

†**むさしあふみ　さすがにかけて　頼むには　問はぬもつらし　問ふもうるさし**　武蔵の国からの文《ふみ》を読みました。ずっと音信不通のまま過ごしてきたけれど、それはそれとして、ずっとあ

なたを頼りにしてきたわたしとしては、近況をこちらからお尋ねしないでいるのもつらいし、お尋ねするのも煩わしいし、ということです。

「さすがに」は〈それでもなお〉という意味の副詞ですが、「武蔵鐙」とのつながりでは、馬具としてのサスガを喚起します。ベルトの長さを固定するために穴に刺すのと同じ役目の、鐙を吊す金具です。穴に刺すことから、「さす《（刺す）》がにかけて」を導いています。

この手紙を読んで、「をとこ」は、どうにも我慢できない苦しい気持になりました。

(3)問へば言ふ　問はねば恨む　武蔵あふみ　かゝる折にや　人は死ぬらむ

あなたの近況が気になって尋ねると、こういうひどいことを言うし、尋ねなければ恨むし、人間は、こういうときに、「死ぬ」のだろうか、ということです。武蔵鐙が馬の体に懸かることから、〈このような〉という意味の「かかる」を導いています。

「死ぬ」は、現代語でふつうに使われている単純な意味の動詞ですから、古代語と意味の違いがあるなどとは思いもしない語のひとつです。ただし、古典文法を習うと、「死ぬ」と「往ぬ」と、ふたつだけが、ナ行変格活用（ナ変）という特殊な活用型になっている理由が気になります。〈変格〉とよばれる理由は、四段活用と下二段活用とが合体してひとつの動詞になっていることです。語幹を無視して活用語尾だけを見ると、助動詞ヌとまったく同じですから、「死ぬ」とは〈死＋助動詞ヌ〉なのです。

完了の助動詞とよばれているヌは、たびたび指摘したとおり、〈終わりかけている〉とか、〈ほとんど終わっている〉とかいうことで、完全には終わっていないことを表わします。その点が現代語〈死ぬ〉との決定的な違いです。平安時代の「死ぬ」は、まだ完全には死んでいないことを、すなわち、肉体はカラになっていても、魂は生きているので、ふたたびカラに戻ることがありうる状態にあることでした。

「をとこ」は、抜き差しならない絶体絶命のジレンマに陥り、こういう状態になったときに、人間は魂が肉体を離れてさまようことになるのだろうか、と追いつめられました。それが、「かかる折にや人は死ぬらむ」ということであって、〈死亡するのだろうか〉ではありません。恋歌には「死ぬ」がしばしば使われています。

平安時代の男女の仲では、男性の言動や行為に女性がわざとすねてみせるような場合に「ゑんず（怨）」を使い、根の深い恨みを抱く場合に「うらむ（恨）」を使っています。「問はねば恨む」の「恨む」は、そういう含みで理解すべきです。女からの和歌を読んで、「をとこ」が、どうにも耐えられなくなり、魂が肉体を離れてさまようような気持になったのは、過去の自分の行為に対して女が深い恨みを抱いていることを認識したからです。それは、おそらく、自分を置き去りにして、ひとりで東国に行ってしまったことへの恨みでしょう。

第十四段　きつにはめなで

(1)昔、をとこ、陸奥国《みちのくに》に、すゞろに行《ゆ》き至りにけり

(2)そこなる女、京の人はめづらかにやおぼえけむ、切《せち》に思へる心なむありける

(3)さて、かの女

なかなかに　恋に死なずは　桑子《くはこ》にぞ　なるべかりける　玉の緒ばかり

(4)歌さへぞ鄙《ひな》びたりける

(5)さすがにあはれとや思ひけむ　行《い》きて寝にけり

(6)夜深《ぶか》く出《い》でにければ、女

夜も明けば　きつにはめなで　くた鶏《かけ》の　まだきに鳴きて　せなを遣りつる、と

言へるに

(7)をとこ、京へなむ罷《まか》るとて

栗（異本「桑」）原の　あれは《ね》の松の　人ならば　都の苞《つと》に　いざと言はましを、と

言へりければ、喜ぼひて、思ひけらし、とぞ言ひをりける

(1)昔、をとこ、陸奥国《みちのくに》に、すゞろに行《ゆ》き至りにけり

†すずろに行《ゆ》き至りにけり　あてどもなくさまよっているうちに陸奥国に行き着いていた。気がついたらそこは陸奥国だったということ。女からの手紙を読んで生きている自信を失い、女のいる京と逆方向の、地の果てまで無我夢中で行った、ということでしょう。

(2)そこなる女、京の人はめづらかにやおぼえけむ、切《せち》に思へる心なむありける

そこに住んでいた女は、そんな僻地に京のりっぱな人などめったなことでは姿をみせないので、強く関心を引いたのだろうか、一途《いちず》に思いを寄せる気持がうかがわれた。

(3)さて、かの女

なかなかに　恋に死なずは　桑子《くはこ》にぞ　なるべかりける　玉の緒ばかり

＊桑子……蚕。＊べかりける……「べくありける」の縮約形。＊玉の緒……玉を数珠繋《じゅずつな》ぎにする糸。玉と玉との間に短かく見えるだけなので、短かい命にたとえて和歌に用いられた。

なまじ、熱烈な片思いをして死んでしまうぐらいなら、蚕になるべきだった。蚕だったら、ほんのわずかの間ではあるが仲むつまじくできるのだから、ということです。

注釈書は、『万葉集』〔巻十二・3086・寄物陳思〕のつぎの類歌を指摘しています。

なかなかに　人とあらずは　桑子尓毛《くはこにも》　ならましものを　玉の緒ばかり

「それを利用したものだろう」（森野宗明）、「これを改作したものであろう」（石田穣二）という注がありますが、この短歌を改作したのが物語の書き手なのか、それとも、書き手がこの女にそれを利用させ、改作させたのかによって、女のイメージに大きな違いが生じるので、どちらであるかを明確にして、もう一歩、踏み込む必要があります。類歌の存在を指摘していない注釈書も、触らぬ神に祟りなしでは済まされません。

『伊勢物語』の成立した時期に、その時期なりの読みかたにせよ、『万葉集』を読むことができたのは、ごく限られた人たちだったはずです。まして、これは、一三七首も羅列された「寄物陳思」のなかでも、ずっと後のほうに位置しており、作者も不明です。

「寄物陳思」とは、思いを直接に表明する「正述心緒」に対し、物によそえて思いを述べたもので、この短歌は「桑子」、すなわち、カイコによそえています。

陸奥国の片隅に住んでいる女が、『万葉集』のなかでも影の薄いこの短歌を思い浮かべ、状況に即して第二句を言い換えて「をとこ」に送ったなどということは、事実上、ありえないと考えてよいでしょう。もうひとつ大切なことは、この物語の読み手も、『万葉集』にそのもとがあることに気づかずにここを読んだだろうということです。

(4)歌さへぞ鄙《ひな》びたりける

歌までが田舎くさかった、とは、女が田舎くさいだけでなく、歌までが、という表現です。『万葉集』では、どういうことばを使うことも自由でしたが、洗練された平安時代の和歌では「桑子」などという俗な語は排除されていたので、「桑子」という語を使っただけで無教養な田舎者であることが露見してしまいます。

(5)さすがにあはれとや思ひけむ　行《い》きて寝にけり

「さすがに」とは、女の無教養さに嫌気がさしたけれども、さすがに、という文脈です。まともに相手にする気持はなくなったが、情にほだされたのだろうか、「をとこ」は女のもとに行って共寝をした、ということです。

(6)夜深《ぶか》く出《い》でにければ、女

夜も明けば　きつにはめなで　くた鶏《かけ》の　まだきに鳴きて　せなを遣りつる、と言へるに

†**夜深く**　夜が深いとは、夜が限界近くまで進み、明け始める寸前という時間帯で、周囲はまだ真っ暗です。一刻を惜しむ女にとっては、早すぎました。天福本の表記は「夜布かく」。語頭以外の「布」の仮名は濁音「ブ」に当てられています。

†**きつにはめなで**　平安末期以来、難問とされてきましたが、いまだに明快な解釈を得るに至っていません。つぎの解説に、現状が要領よくまとめられています。

上句が解きにくい。「きつにはめ」は狐（または犬）にくわせる」「木で作った水槽にはまらせる」の両説があるが、仮に後者に従った。「なで」は「なむ」の方言、または誤りといわれているが、一方「……てしまわないで」の意にとり、下に「おくものか」などの省略があるとする説もある。「くたかけ」は鶏をののしった語といわれる。東国的色彩の強い歌。

（永井和子）

「仮に後者に従った」とされる現代語訳は、「夜でもあけたら／水桶に突っ込んでしまおう」となっています。

きつ【狐】キツネ。「——《きつ》とは狐なり」〈奥義抄〉〔『岩波古語辞典』〕

『奥義抄《おうぎ》』は、藤原清輔（1104–1177）の歌学書で、それ以後の歌学に大きな影響を与え、現在でも古注として重視されています。古語辞典で「きつ」を引くとしたら、ほとんどすべて『伊勢物語』のこの和歌の解釈を知りたいからでしょうが、解説がなく、訳語とこの引用が項目のすべてですから、キツネにつままれた気持になりそうです。

『奥義抄』に示された注釈とはどのようなものなのか、その一端を知るために、この和歌の注釈全文をつぎに引用します（読点は筆者）。

わがやどのきつにはめなでくだかけのまだきになきてせなをやりける

きつとはきつねなり。かけとは鶏なり、くだとは家をいふとぞ、ものしれりし人は申し侍りしかど、はじめに、やどとよみて、又家のとりといはむこといかゞ、もし、くだはくづといへるにや。五音の字なり。くづ《（屑）》にはと《（鶏）》り、とよ《（詠）》めるにやともきこゆ。〔『奥義抄』奥義抄中釈・古歌四十八首〕〔佐佐木信綱編『日本歌学大系』第壱巻・風間書房・1957〕

＊もし……ことによると。＊五音の字……五十音図の同じ行の仮名文字。

池田亀鑑『伊勢物語に就きての研究』校本篇〔有精堂出版・1958〕には、この和歌に異文がありません。したがって、『奥義抄』に引用されたこの形が『伊勢物語』のどういう系統に属するテクストなのかは不明です。「くだ」と「屑」とはダとヅで音が通じるから「くだかけ」とは「屑《くづ》鶏」だろうというのは当て推量にすぎません。そういう論法ですから、「きつとは狐なり」も、語形が似ているし、キツネで意味がつうじるというだけの思いつきに違いないので、右のような形で古語辞典に引用することは避けるべきです。

きつ［名］《東国方言》水桶《みずおけ》。例（用例省略）訳夜が明けたらば、水桶に投げ入れないでおくものか。鶏のやつめがまだ夜も明けないのに鳴いて夫を帰してしまった。〔注〕「くたかけ」は鶏をののしっていう語。「きつ」を狐とし、「狐に食わせる」意とする古説があった。〔『全訳読解古語辞典』〕

キツネ説は古説として葬られ、東国方言の水桶説に正説の地位が与えられていますが、筆者は、この和歌についての従来のアプローチが、誤っていたと考えます。そのことについては、この段の表現をひととおり検討したあとで、節を改めて考えます。

†くた鶏《かけ》 「かけ」は、その鳴き声を模した、雄鶏《おんどり》をさす語で、『古事記』や『万葉集』にも用例があります。ちなみに雄鶏や郭公《カッコウ》の鳴き声をk–kで写す言語はたくさんあります。

仮名文は雅の文体ですから、「くたかけ」などという語は出てきません。また『伊勢物語』の読み手は上流階級ですから、そのような語を口にしたり耳にしたりする機会も少なかったでしょう。しかし、鶏が暁を早く告げすぎたことをののしっていることは文脈から明白ですから、クタは、「腐《くた》す」、「腐《くた》る」などのクタであることが即座に理解できたはずです。クソ鶏め、といったところでしょう。ただし、さす対象によっては、つねにマイナスの語感で使われていたとは限りません。

寝腐《ねくた》れの御朝顔、見るかひありかし〔源氏物語・藤裏葉〕

寝腐れの御容姿《かたち》、いとめでたく見所ありて〔源氏物語・宿木〕

どちらも若い貴族の男性の形容で、盲点のような魅力を感じさせています。

†まだきに　まだその時になっていないのに。
†せなを遣りつる　「せな」は、愛する男性を親しみをこめてさす上代語でしたが、平安時代にはほとんど使われなくなっています。上代語＝古くさい語感＝東国語、という感覚でしょうか。

「やりつる」のツルは、直前にそれが終わったことを表わしますから、つい今しがた、よそにやってしまった、すなわち、家に返してしまった、ということで、「をとこ」は、まだ家のすぐそばにいて、女の和歌を耳にしたでしょう。

(7)をとこ、京へなむ罷《まか》るとて
栗原（桑原）の　あれは（あねは）の松の　人ならば　都の苞《つと》に　いざと言はましを、と言へりければ、喜ぼひて、思ひけらし、とぞ言ひをりける

†**京へなむ罷《まか》る**　この場合のナムは、もうここに来ることはありませんよという最後通告の含みをもっています。すっかり愛想をつかした女性に対しても、「罷る」、〈参ります〉という丁寧なことばづかいをしていることが注目されます。

近年、敬語について論議が盛んですが、尊敬語とか謙譲語とかいう名称にとらわれて、相手を尊敬するとか、相手に対して謙《へりくだ》るとかいう説明ばかりがまかりとおっています。しかし、相手との身分差など考慮せず、いつも上品なことばづかいをすることによって、みずからの品格が保てるとか、下品なことばで罵《ののし》ったりすれば、みずからの品格を傷つける結果になるとかいうことを知っておくことが必要です。品格という語で説明しましたが、言語学の用語としては、中国語の「面子《メンツ》」を英訳したface（体面）が使用されています。

「をとこ」は、下品な田舎女に対して「京へなむ罷る」という丁寧なことば遣いをすることによって、貴公子としての品格を保ち、女の体面も傷つけずに別れています。「京へなむ罷る」は、この女と関係を断ち切るための口実であっても、京に戻りたいという気持ちが日増しに強くなっていることの現われでもあります。

†栗原（桑原）の　あれは（あねは）の松の　人ならば　都の苞《つと》に　いざと言はましを

＊都の苞に……都に持ち帰るみやげとして。＊いざと言はましを……さあ、いっしょに行きましょうと言いたいところなのに、ということ。

天福本では、第一句「くりはらの」の「りは」の右に「わ　一本」と傍書があり、また、第二句「あれは」の「れ」の右に「ね」と傍書があります。

第一句は「桑原の」のほうが女の和歌「桑子にぞなるべかりける」と結びつくので、「栗原の」よりもおもしろいと思われますが、そういう理由で、だれかが「くはゝら」に書き改めた可能性もあるので、別の根拠がなければ、どちらとも言えません。

第二句は、他のテクストがどれも「あねはの松」だという理由で、どの注釈書も、天福本の「あれはの松」を定家の誤写と決めつけていますが、〈あれは?・(なんだろう)〉という意味の「あれは」と読めば、おもしろい表現になります。桑の木または栗の木がたくさん生えているなかに、ひときわ目を引くりっぱな松がある。すなわち、平凡な女性がたくさんいるなかに、掃きだめの鶴のような女性がいる。彼女がもしも「ひと」であったなら、さあ、いっしょに行こうと言いたいところなのに、ということです。

『古今和歌集』東歌の陸奥歌のなかに、つぎの一首があります。

をぐろ崎　みつの小島の　人ならば　都の苞《つと》に　いざと言はましを

〔1090〕

『伊勢物語』のこの和歌は、疑いなく右のもじりですが、この第三句は、〈人間ならば〉そうしたいが、松ではしかたがない、ということでしょう。同じく「人ならば」でも、こちらのほうの「人」は、第九段の「うつゝにも夢にも人に会はぬなりけり」の「ひと」、すなわち、高い教養を身につけた洗練された人物、という意味です。したがって、この和歌は、こんな田舎に住んでいる女のなかでは際立って目立つ存在だ、とおだてたうえで、しかし、京にいる上流の女性とはとても比較にならないので、いっしょに連れて帰るわけにはいかないと、突き放しています。

†喜ぼひて　「喜ぼふ」は、「喜ぶ」に、継続を表わす「ふ」が後接して一語化した動詞。喜んでいる状態が、しばらく続くことを表わします。ウツル→ウツロフと同じように、もとの未然形語尾の母音が［a］から［o］に変わっています（ヨロコバ→ヨロコボ）。

†思ひけらし　思っていたらしい、すなわち、あの人は、わたしが好きだったのだ、ということです。「をとこ」が「人ならば」と言った意味を理解できず、後ろ髪を引かれる思いで京に戻ったと思い込んでいます。

■きつにはめなで

つぎの和歌のこれまでの解釈に方法上の誤りがあるという理由で、前節では結論を保留しておきました。

よもあけは　きつにはめなて　くたかけの　またきになきて　せなをやりつる

当時の京の人たちのつもりになって、順序を追って考えてみましょう。

この和歌を読んですぐに理解できたのは、第一句と第四句でした。

［夜も明けば］　きつにはめなで　くたかけの　［まだきに鳴きて］　せなをやりつる

「夜も明けば」、すなわち、〈夜が明けたら〉という条件で考えれば、「まだきになきて」は

「まだきに鳴きて」であり、早すぎる時間に鳴いた「くたかけ」とは、雄鶏に違いありません。もし、「かけ」の意味を知らなくても、早く鳴きすぎたということから、雄鶏の鳴き声を模した語であることは簡単にわかったはずです。

文脈から判断すると、女は「くたかけ」に腹を立てており、しかも、彼女は和歌の教養がありませんから、〈クソ鶏め〉などという下品な表現を平気で使います。現代語のクソに当たる罵りことばの接頭辞なら「腐《くた》・す」、「腐・る」のクタでしょう。

女が怒っているのは、雄鶏が早く鳴きすぎたために、愛する男性が、まだ早い時間に帰ってしまったことです。したがって、「せな」は愛する男性です。この女には「せな」が古くさい語だという認識がありません。

ここまで順々につぶしてきて、第二句の「きつにはめなて」だけが残りました。

これがどういう表現なのか具体的にわからなくても、女が雄鶏の早とちりに激怒していますから、クソ鶏め、ただではおかないぞ、と宣言していることは確かです。したがって、実質的にはもう和歌の趣旨が十分に理解できたことになります。そして、こういうことばづかいで、この女が田舎者であるだけでなく、品性が下劣であることも完全に露呈してしまったことを確認しておきましょう。

平安末期以来の歌学者たちも、近世の国学者たちも、そして、現今の国文学者や国語学者たちも、「きつにはめなて」とはどういう意味であるかを平安初期の読み手には理解できたのに、平安末期には意味不明になっていた、という暗黙の前提のもとに、これに引き当てるべき語を探ってきました。その結果、キツネが候補になり、用水桶がそれに代わっています。しかし、この問題については、そもそもの前提が誤りだったというのが筆者の考えです。なぜなら、京の上層階級の人たちに、なんのことだろうと首をひねらせ、結局、完全には解読不能という結果になることが作者のねらいだったということです。

藤原清輔は、「きつ」とは「きつね」に違いないと勘を働かせて、『奥義抄』に「きつねなり」と書きました。清輔でなくても、日本語話者なら、だれの脳裏にもひらめく常識的な結び付けにすぎません。「きつ」がキツネだとしたら「きつにはめなて」とはどういう意味になるだろうとまで考えたうえで「きつねなり」と断定したわけではありません。「きつに+は(助詞)+めなて」とは分析しにくいので、「きつ+に+はめなて」と分析します。この結び付きなら、末尾の仮名「て」は〈~しないで〉という意味のデでなければなりません。ハメナデから析出されるのは動詞「食《は》む」です。ここで、〈キツネに食わせる〉となりますが、「食めなで」のナデがわかりません。陸奥の片田舎のことばで〈食わせずにおくものか〉とでもなるのだろうかと、疑問符付きの解釈がひとまず導かれます。しかし、朝になったらすぐ、キツネに食わせずにおくものかと力《りき》んでみても、キツネは夜行性なので、はたしてそれができるでしょうか。逆上していたので、夜行性まで頭が回らなかったといえば否定はできません。

東国方言だとか、「はめなむ」の誤写だとか、証明不能の可能性が示唆されて、どれにも決め手がない状態のなかで、秋田方面などで家々に置いてある用水槽がキツとよばれていることが指摘され、〈朝になったら用水槽に沈めてやるぞ〉という意味ならよくわかるということになり、現在では、その解釈が有力になっています。

この場合、ハメナデのハメは〈嵌める〉という意味になります。『土左日記』には「うち嵌む」の用例がふたつあります。いずれも、海に沈めるという意味ですから、用水槽にも当てはまります。

ゆくりなく風吹きて、漕げども漕げども後《しり》へ退《しぞ》きに退きて、ほとほとしくうちはめつべし。(略) ただひとつある鏡を (海ノ神ニ) 奉《たいまつ》るとて、海にうちはめつれば、くちをし〔二月五日〕

＊ゆくりなく……遠慮会釈《えしやく》なしに。＊ほとほとしく、うちはめつべし……危うく海中に落とし入れてしまったという結果になるに違いない。

したがって、「きつにはめなで」は、水槽にぶち込まずにおくものか、という意味になりそうです。東北地方で用水槽をキツとよぶ地域は秋田に限らないことが明らかにされたり、その証拠は鎌倉時代まで遡るとか、さまざまの報告がなされて、用水槽という解釈はさらに有力になりましたが、この場合に大切なのはただ一点、平安時代の京の上層階級の人たちが「きつにはめなで」のキツを用水槽と理解したかどうかということだけです。

当時の畿内方言でも用水槽をキツとよんでいたが仮名文学作品には使用されていないという可能性もいちおう考えられますが、日常語彙を収録した平安時代の辞書類や漢文の訓読語彙にも出てこないし（築島裕編『訓点語彙集成』）、また、日常語であったなら、藤原清輔が「きつとはきつねなり」などと書くことはなかったでしょう。

京の読み手が理解したのは、陸奥の無教養で下品な女が、腹立ち紛れに方言丸出しで鶏を罵《ののし》る和歌を詠んだということであり、作者も、そのように理解されることを期待してこの和歌をここに置いたということです。言い換えるなら、第二句「きつにはめなで」の役割は、この女の下品さと無教養ぶりとを浮き彫りにすることにあったということです。当時の陸奥のどこかで、ほんとうにこういう言いかたをしていたかどうかについて、書き手は責任をもたないでしょう。

『源氏物語』玉鬘の巻に、つぎの話があります。

光源氏の妻の遺児に当たる女性が乳母にともなわれて太宰府に来ていたが、肥後の国（現在の熊本県）で権勢をふるっていた豪族で、官職ももっており、美女を集めていた野卑《やひ》な人物が、彼女のことを聞きつけて、求婚に訪れた、という場面でつぎの描写があります。もっと具体的に叙述されていますが、必要最小限を引用します。

　我はいと覚え高き身と思ひて、文《ふみ》など書きて遣《おこ》す。手など汚げなう書きて、（略）をかしく書きたりと思ひたる、ことばぞ、いとたみたりける

　＊覚え高き身……上層部に高く評価されている人間。＊手……（巧拙が評価される対象としての）筆跡。＊たみたる……聞き苦しく訛っていて、話の内容が理解できない。

これは九州の話ですが、東国のことばも同じように軽蔑の対象でした。

　あづまにて　養はれたる　人の子は　したゝみてこそ　ものは言ひけれ

〔拾遺和歌集・物名・したゝみ・413・詠み人知らず〕

東国で養われている子供は、必ず「したたみ」た言いかたをする、ということです。「したゝみてこそ」の部分に題の「したゝみ」が詠み込まれています。シタダミとは、淡水産の小さな巻き貝で、『万葉集』では「小螺子」をシタダミと訓《よ》んでいます。

巻き貝の名がシタダミだった証拠がありますが（観智院本『類聚名義抄』）、和歌のほうは「したたみてこそ」と読んでおくことにします。平安時代には、原則として語頭に濁音をもつ和語がなかったからです。タミテ（終止形はタム）の意味はよくわかりません。ひどい訛

りで話すのが特徴だ、という意味なら、舌がうまく動かないということでしょうか。

広く普及している『拾遺和歌集』の注釈書はあまりありませんが、数少ないひとつである小町谷照彦校注『拾遺和歌集』〔新日本古典文学大系・岩波書店・1990〕は「しただみてこそ」と読んでおり、辞典類の引用も、おおむねそうなっているようです。目についた範囲では、柳井滋他校注『源氏物語』（新日本古典文学大系・岩波書店）が、「言葉ぞいとたみたりける」（玉鬘・前引）、「言葉たみて」（常夏）、「言葉たみて」（橋姫）、「物うち言ふすこしたみたるやうにて」（東屋）と、「たみたる」、「たみて」で一貫しています。

シタダミテと読みたくなるのは、詠み込まれているのがシタダミであるために、それに引かれてというのが一因かもしれませんが、それ以上に、シタタミテよりもシタダミテのほうが汚く感じるからです。なぜなら、濁音で始まる現代語の和語は、汚いことばだらけだからです。ズルイ、ダマス、グレル、ゴネル、ジラス、ブレル、ズレルなど。シタダミテに関わる語にダミゴエがあります。ただし、これは現代語の特徴であって古代語には当てはまりません。理論的説明は割愛します。〔『日本語の音韻』（『日本語の世界』7）〕

玉鬘の巻には、右に続いて、同伴してきた三十がらみの男の描写があります。けなしたりほめたりしたあとに、つぎのように結ばれています。

色合ひ心地よげに、声いたう嗄《か》れて、さへづりゐたり

＊色合ひ……顔色。＊さへづりゐたり……この場合には、方言丸出しで、わけのわからないことをベチャクチャしゃべっているということです。

人間が話すようすを「さへずる」と表現することは、たいへん侮蔑的ですが、書き手も読み手も、それを当然と考えていました。

この前後の段の挿話を当時の感覚で読むためには、京の人たちが東国の人たちに対して抱いていたこのような差別意識が背後にあることを心得ておかなければなりません。

第十五段　さるさがなきえびす心

(1)昔、陸奥国《みちのくに》にて、なでふことなき人の妻《め》に通ひけるに、あやしう、さやうにてあるべき女ともあらず見えければ

(2)しのぶ山　忍びて通ふ　道もがな　人の心の　奥も見るべく

(3)女、限りなくめでたしと思へど、さるさがなきえびす心を見ては、いかゞはせむは

---

(1)昔、陸奥国《みちのくに》にて、なでふことなき人の妻《め》に通ひけるに、あやしう、さやうにてあるべき女ともあらず見えければ

直前の段には「昔、をとこ、陸奥国に」と「をとこ」が入っていましたが、この段には「をとこ」がないことによって、前段と同一の「をとこ」の話であることがわかります。前段の女には「京へなむ罷《まか》る」と言い捨てて別れましたが、まだ陸奥国にとどまって、心の通う女性を求めています。なお、この場合の「通ひけるに」は、彼女のもとを足繁く訪れたこ

とを必ずしも意味しないようです。

†**なでふことなき人の妻《め》**　これといって取り柄のない、ありふれた男と結婚している妻。辺鄙な陸奥国ですから、この男性は、「をとこ」から見れば、ひどい田舎者です。

†**あやしう、さやうにてあるべき女ともあらず見えければ**　信じられないことに、そのように野卑な田舎者の妻であることがふさわしい無教養な女とも見えなかったので。

(2)**しのぶ山　忍びて通ふ　道もがな　人の心の　奥も見るべく**

†**しのぶ山**　現在の福島市にある「信夫山」か、さもなければ、その近辺の山でしょう。ここで大切なのは、山の名が動詞「忍ぶ」を連想させることです。そのしのぶ山に人目を忍んで通う道があればよいのになあ、表面《うわべ》だけでなく、あなたの心の奥までも見ることができるように、ということです。相手は人の妻ですから、夫に気づかれないように、こっそり通わなければなりません。

(3)**女、限りなくめでたしと思へど、さるさがなきえびす心を見ては、いかゞはせむは**

†**めでたし**　この場合は、事態がうまく進んで嬉しい、という意味。

†**さがなし**　「さがなげ」、「さがなさ」、「さがな者」などの派生語を含めて、気が強く意地悪

な女性の形容に使われた事例が大半です。少数ですがガメツイ男性にも使われています。『源氏物語』によく出てきて『枕草子』に用例がない理由は、書き手の性格の違いではなく、主題の違いにあります。現代語の〈口さがない〉に残っています。

†えびす心（夷心） エビスは、北方に住む蝦夷《えぞ》の人たちをさした語。粗暴、粗野な性格で、繊細な心情を解さない人たちとしてイメージされていました。「えびす心」とは、そういう人たちの、あるいは、そういう人たちと同じように、無神経で感受性に欠けた心という意味でしょう。この挿話は京の文化が及ばない東国の、その北限に当たる陸奥での出来事です。

†いかがはせむは 「いかがはせむ」は、どうにもならない。打つべき手がない。末尾に添えたハは、その表現を強めたり、念を押したりする気持ちを表わします。

■解釈の分かれ目はどこに？

後半の「女、〜いかがはせむは」の部分について、注釈書の解釈は一定していません。大別すれば、つぎのふたつになります。

A．「をとこ」から和歌を送られた女の心の動きとみなす立場。

B．書き手のコメントとみなす立場。

活字では一行にも満たないこの表現の解釈が大きく揺れている理由を探るために、注釈書の現代語訳や注を列挙します。読み比べてみてください。

A．女の心の動きとみなす立場

ⓐそういう、男がいぶかしがった心のうち、いなかじみたやぼな心を、男が、もし、ほんとうに、見てしまったなら、どうするだろう（それはもう、きっと、今までの恋もさめて、うとんずる気持ちになるにちがいないにきまっていようもの）。（森野宗明）

ⓑ女は、このようなみっともない田舎者の無風流な心を、男から見すかされたとしたら、どうしようもなかろう、と思って。「さる」は女が自認しているわが心柄をさす。（秋山虔）

ⓒ〘訳文〙夫の見苦しい田舎じみた心を見てしまった今となっては、男にすっかり心の奥を見せるわけにもゆかず、どうしようがあろうか。どうしようもないというものだ。

〘脚注〙語り手の言葉として、「田舎者の女の心などみて一体どうしようというのか」とする解が最近一般だが、女に対して、あまりに否定的であり、かつ男の誤認を肯定する話になってしまうので仮に口語訳のように解した。（永井和子）

B．書き手によるコメントとみなす立場

ⓓ男は「みやび交《かわ》し」を期待して女に歌を贈った。女は喜ぶが、作者にとっては男の笑止な錯覚でしかない。田舎の女の「心の奥」を見たところで、見えるのは「さがなきえびす心」にきまっているではないか、というのである。『伊勢物語』における田舎の否定は実にきびしい。（渡辺実）

ⓔ（男としては）そんな田舎女の、ねじくれた野卑な心を見てしまっては、どうしようもないではないか。（石田穣二）

ⓕ［訳文］当の男が、そんな粗雑な田舎者の心を見たってどうにもならない。さぞあきれ返ることだろうよ。［頭注］女のえびす心の奥を見ると、興ざめだろう、の意の評言。別に、女がわが身のえびす心を省みていかがと思い、返歌をしなかったとの説もある。（福井貞助）

この段の全文を、もういちど丁寧に読み返してみましょう。

昔、陸奥国《みちのくに》にて、なでふことなき人の妻《め》に通ひけるに、あやしう、さやうにてあるべき女ともあらず見えければ

しのぶ山　忍びて通ふ　道もがな　人の心の　奥も見るべく

女、限りなくめでたしと思へど、さるさがなきえびす心を見ては、いかゞ

はせむは

傍線部分を含めた全体をこの挿話とみなしているのが、ⓐⓑⓒです。ⓐが、読点で一句一句を切り、漢字を最小限にしてクドクドと表現しているのは、逡巡する女の気持ちを表わそうとしたものでしょう。ⓑⓒも基本的には同じ立場ですが、ⓒは少し違っています。

それに対して、ⓓⓔⓕは、傍線部分を物語の書き手によるコメントとみなしています。ただし、ⓕはAの立場も容認しています。

『伊勢物語』が専門だとか、専門の一部だとかいう立場に縛られない筆者からみると、岡目八目ではありませんが、どの注釈書も傍線部分に突き当たって考え込み、虫眼鏡で白か黒かを判別しようとしているようにみえます。虫眼鏡で、と比喩的に表現したのは、焦点をそこに絞り、この一節の置かれた文脈に配慮していないという意味です。

筆者は、洗練された表現のテクストに不要な語句はないという前提のもとに、一字一句にこだわって読むべきことを強調してきましたが、ここでも、同じことを繰り返さなければなりません。そういう立場から、つぎのふたつの問題点が検出されます。

(1)「をとこ」は、この女に、「あやしう、さやうにてあるべき女ともあらず見えければ」という感触を抱き、さらに深く心の底を知りたいと思って和歌を送りましたが、第一段からここまでに、これほどあやふやな根拠で、しかも、心の底まで確かめなければという二段構えで慎重にアプローチした事例があったでしょうか。

(2)「さるさがなきえびす心」の「さる」とは〈そういう〉とか、〈そのような〉という意味ですが、それは、具体的に、どういう、あるいは、どのような「えびす心」を念頭に置いた表現なのでしょうか。複数の訳文に「そんな」がありますが、いずれも、さしている対象が空白《void》です。

右に引用した注釈書の訳文や解説のなかに、これらふたつの疑問を筆者と共有して問題に接近した注釈書はないようです。

「をとこ」は、「住むべき国」を求めて出直そうと、淡い期待を抱いて東国に行きましたが、武蔵の国に入って以来、気位《きぐらい》だけ高くて無教養な「たのむの雁」の母娘に失望し、ふらふらさまよって、さらに奥にある陸奥の国に入り、それ以上に粗野で気の強い「きつにはめなで」の女と別れたりと、東国の女に対する期待は裏切られつづけました。それでも諦めずに、「なほ、かゝることなむ止《や》まざりける」(第十段)ということで、必ずしも筋の悪い女ではなさそうな感じの相手を見つけましたが、これまでの経験で懲りているので、〈あなたの心の奥〉を確かめたいという和歌を送りました。

〈女のほうは、こんな幸運はないと欣喜雀躍したが、「さるさがなきえびす心」の奥をこのたびも見たところで、どうにもならないだろう〉、というのが傍線部分の表現です。「さるさがなきえびす心」とは、「たのむの雁」の母親や「きつにはめなで」の女などと接触してすでに経験ずみの、東国女に共通するあの自己中心で気が強い粗野な心です。今度こそと期待したところで、東国女の心の奥にある例の自己中心の気の強さをまたまた見せつけられたのでは、どうにもなるまい、ということですから、これは、傍観者によるコメントでしかありえません。「いかがはせむは」という結びは、ねえ、そうでしょうと、読み手の同意をうながしている感じです。

以上の検討によって導かれた結論に相対的に近いのはⓓですが、惜しむらくは、「さる」に注目せずに一般論に飛躍して、正統の解釈から逸脱しています。物語の筋に合わせれば、「さる」とは、「をとこ」が体験をつうじて知った、例の、ということです。ここにおける「えびす」は東国の人たちをさしており、〈いなかの人間〉として一般化すべきではありません。

正統の解釈とは、手順を踏み外さずに導かれた表現解析の結果をさすことばです。

以上、判断の根拠を明確にすることによって、この問題を、「別に～という説もある」というレヴェルの水掛け論を、動かない《solidな》解釈に脱却させることができました。

物語の書き手によるコメントなら、それを除いた部分だけで挿話が完結しているはずだという誤解を招きかねませんが、このような構成は『伊勢物語』の叙述方式のひとつですから、この部分を削除したら挿話として成り立たないことを付言しておきます。

まとめ　テクストとしての《あづまくだり》挿話群

『伊勢物語』は、ほとんどの挿話が「昔、～」という形式で叙述されているために、独立した挿話の集成とみなされて、つまみ食いの絶好の対象にされてきました。本書で扱った範囲でも、第一段はあとからの増補であるとか、第七段と第八段とは、第九段と似ているからそこに入れたとかいう憶測が、きわめて説得力に乏しい根拠のもとに提示され、定着しつつあるようにみえます。第十一段の「忘るなよ」の和歌は『拾遺和歌集』から取られているので、十一世紀になってからの増補だなどという、『伊勢物語』の根本に関わる大胆な主張が、テクストの初歩的な読み誤りに基づいて提示され、検証の手続きを踏まずに注釈書に引用されて常識化しつつあるようです。

丁寧に読んでみれば、本書に取り上げた《あづまくだり》の十五段は、無作為《random》に配列された挿話集ではなく、全体がひとつのテクストとして構成されています。

《あづまくだり》挿話群の最後に当たる第十五段に、「陸奥の国」、「信夫山《しのぶ》」というふたつの語が出てきましたが、これは、第一段のコメントに引用された「陸奥の、信夫捩《しのぶも》ぢ摺り」

の和歌と呼応しています。この重なりが偶然でないとすれば、陸奥での出来事はすでに第一段で予告されていたことになります。「えびす心」の支配する陸奥では「をとこ」の「みやび」が実を結ばないことを数次の体験で思い知らされ、京に戻るほかなくなりました。

テクストという用語を、第九段の富士山のところで、つぎのように定義しておきました。

　複数の文が、互いの順序を変えることを許さない関係で配列され、ひとまとまりの内容を叙述したもの

この作品の場合には、〈複数の文〉を〈複数の挿話〉と言い換えても同じことです。周到に首尾が整えられた第一段から第十五段までの挿話の順序をどこで入れ換えても、物語の流れは狂ってしまいます。

それぞれの段に登場する「をとこ」が、同一人物なのか別人なのか、あちこちでわからなくなってしまいますが、その原因には、いい加減な読みによる混乱と、作者による意図的なボカシとがあるためで、丁寧に読めば物語の流れは一貫しています。たとえば、第二段に登場した「をとこ」は、第一段の「をとこ」と別人として読まれているようですが、それは、すでに指摘したとおり、「かのまめをとこ」の「かの」が無視されているためです。

良家の娘を連れ出した「をとこ」が武蔵野で捕らえられ、「をとこ」も娘もいっしょに連れ戻されたという第十二段の挿話が、どうしてこんな位置に迷い込んだのか不思議のように

も思われますが、その挿話は、「たのむの雁」の母娘と別れたあと、京が恋しくてたまらなくなった「をとこ」が、友人たちに、いつかは戻るから待っていてほしいと手紙を書いた第十一段のつぎに置かれています。筆者の推察するところ、後《のち》に二条の后になる娘を連れ出して芥川を渡ったときのこと（第六段）を思い出しながら寝た一夜の夢として、この位置に置かれています。改めて読みなおせば、この段の叙述は途切れ途切れです。「をとこ」は夢から覚めて、第十三段では、「京なる女」に「むさしあふみ」の手紙を送っています。

読者のみなさんの考える楽しみを奪ってしまわないように、これ以上の関連づけはしないでおきますが、このような読みかたをしてみると、第一段から第十五段までが、目に見えない一本の鎖で結ばれていることがわかってきます。本書の副題が《あづまくだり》の起承転結」なのに、どうして第九段だけでなく第一段から第十五段までなのだろうと腑に落ちなかった読者も、以上の説明でその理由を納得していただけたでしょうか。その前があり、また、その後があっての第九段なのですから、第九段を独立の挿話とみなしたのでは、じっくり読み味わう暇もない、慌てたつまみ食いに終わってしまいます。

第十五段で「をとこ」が、東国の女に共通する、人情の機微を解さない粗野な「えびす心」を知って最後の望みを失い、懐かしい京に戻るという道筋を確実に暗示して一連の《あづまくだり》挿話群を閉じることによって、「をとこ」を東国からフェイドアウトさせる書き手の腕前は、なかなかのものです。

これまでは、物語の発達史のうえで『伊勢物語』を『竹取物語』の隣に置いて、事実上、〈単純素朴〉でひと括りにしてきた嫌いがありますが、たいへん洗練《sophisticate》された作品であることが、以上の検討の結果から明らかになったと筆者は考えます。

我々に残された課題は、本書の試みを生かして、『伊勢物語』の全体をひとつのテクストとして解析することです。

本書を執筆しながら、ずっと迷っていたのは、第一段の女性と第二段以降の女性との関係です。なぜなら、同一人のはずがないのに、まったくの別人とも思えなかったからです。再校を終わった段階まで考えて、ようやく自分なりの解釈が固まってきました。それは、「女はらから」が乗り移ったかと錯覚するほどの「いとなまめいたる」魅力的な女性が自分と同じように西の京に仮住まいをしていることを知った「かのまめをとこ」は、彼女と親しく物語りをせずにいられなくなったということです。

肝心のところを曖昧にしておいて読み手のイマジネーションを掻きたて、筋道をつけさせるのが書き手のねらいだったとすれば、その手に乗せられて知恵をしぼるのも、この作品をエンジョイするありかたのひとつでしょう。

あづまくだり挿話群（第一段～第十五段）

学習院大学図書館蔵『伊勢物語』（天福二年藤原定家自筆本の模写）に基づく転写。
○散文作品中の和歌を定家は上三句と下二句との二行に分割し、そのあとを改行している。たとえば第一段の(6)のように、和歌のあとにそのまま叙述が続いている事例が少なくないので、そのまま下に続けるのが自然であるが、ここでは天福本の方式に従う。このような処理に関する理論的問題については、『みそひと文字の抒情詩』（序論1「和文と和歌との親和性――『土左日記』の場合」）を参照。
○歴史的仮名遣いを仮名の右側に傍書。「地」および語頭以外の「布」は濁音仮名。
○第二段の「越」字（草体）は、複合語になって、［wo］の高低が単独の場合と逆になっていることを表わす。
○読み取りやすいように、適宜に字間を開ける。
○読み違えないように、必要に応じて漢字や仮名を傍書する。
○当該個所の説明と対照できるように、短く切って番号を付ける。

第一章　あづまくだり　プロローグ

第一段　女はらから住みけり

(1)むかし　お《を》とこ　うゐかう布《濁》りして　ならの京　かすかのさとに　しるよし、て　かりに　いにけり

(2)そのさとに　いと　なまめいたる　をむなはらからすみけり

(3)この　お《を》とこ　かいまみてけり

(4)おもほえす　ふるさとに　いと　はしたなくて　ありけれは　こ、ち　まとひにけり

(5)お《を》とこの　きたりける　かりきぬの　すそを　きりて　うたを　かきて　やる　その　お《を》とこ　しのふすりの　かりきぬをなむ　きたりける

(6)かすかの、　わかむらさきの　すり衣
しのふのみたれ　かきりしられす
となむ　を《お》いつきて　いひやりける

(7)ついて　おもしろき　こと、もや　思けむ

(8)みちのくの　忍《しのふ》　もちすり　たれゆへ《ゑ》に
みたれそめにし　我ならなくに
といふ　うたの　心はへなり

(9)むかし人は　かく　いちはやき　みやひをなむ　しける

第二段　かのまめ男

(1)むかし　お《を》とこ　有《あり》けり

(2)ならの京は　はなれ　この京は　人の家　また　さたまらさりける時に　、しの京に　女　ありけり

(3)その女　世人《よひと》には　まされりけり　その人　かたちよりは　心なむ　まさりたりける　ひとりのみもあらさりけらし

(4)それを　かのまめ越とこ　うちものかたらひて　かへりきて　いか、　思ひけむ　時はやよひの　ついたち　あめ　そを《ほ》布《濁》るに　やりける

(5)おきもせす　ねもせてよるを　あかしては
春の物とて　なかめくらしつ

第三段　むぐらの宿に寝もしなむ

(1)むかし　お《を》とこありけり
(2)けさうしける　女のもとに　ひしきもといふ　ものを　やるとて
(3)思ひあらは　むくらのやとに　ねもしなむ
ひしきものには　そてをしつゝも
(4)二條の　きさきの　また　みかとにも　つかうまつりたまはて　たゝ人にて　おはしましける時のこと也

第四段　我が身ひとつは

(1)むかし　ひむかしの五条に　おほきさいの宮　おはしましける　にしのたいに　すむ人　有《あり》けり　それを　ほい《本意》にはあらて　心さし　ふかゝりけるひとゆきとふらひけるを　む《(一月)》月の　十日はかりのほとにほかにかくれにけり
(2)ありところは　きけと　人の　いきかよふへき所にも　あらさりけれは　猶《なほ》　うしと思ひつゝなむありける
(3)又のとしの　む《(一月)》月に　むめの花さかりに　こそをこひて　いきて　たちて見　ゐて見　ゝれと　こそに　にるへくもあらす
(4)うちなきて　あはらなる　いたしきに　月の　かた布《濁》くまて　ふせりて　こそを　思《おもひ》　いて、　よめる
(5)月やあらぬ　春や昔の　はるならぬ
わか身ひとつは　もとの身にして
とよみて　夜《よ》の　ほの〳〵とあくるに　なく〳〵かへりにけり

第五段　宵々ごとに　うちも寝ななむ

(1)むかし　お《を》とこ　有けり
(2)ひむかしの　五条わたりに　いと　しのひて　いきけり
(3)みそかなる所なれは　かとよりも　えいらて　わらはへの　ふみあけたる　ついひちの　くづれよりかよひけり
(4)ひと　しけくも　あらねと　たひかさなりけれは

あるしき、つけて　そのかよひ地《濁》に　夜《よ》ことに
人をすへ《ゐ》て　まもらせければ　い《行》けとも（異本「も」
ナシ）　えあはて　かへりけり
(5)さて　よめる
ひとしれぬ　わか、よひちの　せきもりは
よひ〳〵ことに　うちもねな、む
とよめりければ　いといたう　心やみけり　あるし
ゆるしてけり
(6)二条のきさきに　しのひて　まい《ゐ》りけるを　世のき
こえ　ありければ　せうとたちの　まもらせたまひ
けるとそ

第六段　露と答へて消えなましものを

(1)むかし　おとこ《を》　ありけり
(2)女の　えうましかりけるを　としをへて　よはひわ
たりけるを　からうして　ぬすみいて、　いとくら
きに　きけり
(3)あくたかはといふ河を　ゐていきければ　草のうへ
に　を《お》きたりける　つゆを　かれは　なにそとなむ
おとこ《を》に　とひける
(4)ゆくさき　おほく　夜《よ》も　ふけにければ　おにあ
る所とも　しらて　神さへ　いといみしうなり　あ
めも　いたう　ふりければ　あはらなる　くらに
女をは　おくに　を《お》しいれて　おとこ《を》　ゆみ　やな
くひを　おひて　とくちにをり　はや　夜《よ》もあけな
むと　思《おもひ》つ、　ゐたりけるに　おに　はや　ひと
くちに　くひてけり　あなや　といひけれと　神な
る　さは《わ》きに　えきかさりけり
(5)やう〳〵　夜《よ》もあけゆくに　見れは　ゐてこし　女
もなし　あしすりをして　なけとも　かひなし
(6)しらたまか　なにそと　人のとひし時
つゆとこたへて　きえなましものを
(7)これは　二条のきさきの　いとこの女御の　御もと
に　つかうまつるやうにて　ゐたまへりけるを　か
たちの　いとめてたく　おはしければ　ぬすみて
おひて　いてたりけるを　御せうと　ほりかはの
おとゝ　たらう　くにつねの大納言　また　下《げ》らう
にて　内へ　まい《ゐ》りたまふに　いみしう　なく人あ
るを　き、つけて　と、めて　とりかへしたまうて

けり　それを　かく　おにとは　いふなりけり　ま
た　いとわかうて　きさきの　たゝに　おはしける
時とや

第七段　うらやましくも帰る波かな

(1)むかし　お《を》とこ　ありけり
(2)京に　ありわひて　あつまに　いきけるに　い勢
お《を》はりの　あはひの　うみつらを　ゆくに　浪の
いとしろく　たつを　見て
(3)いとゝしく　すきゆくかたの　こひしきに
うら山しくも　かへる　なみかな
となむ　よめりける

第八段　あさまの岳に立つ煙

(1)むかし　お《を》とこ　有《あり》けり
(2)京や　すみうかりけむ　あつまの方《かた》に　ゆきて
すみ所　もとむとて　ともとする人　ひとり　ふた
りして　ゆきけり
(3)しなのゝくに　あさまのたけに　けふりの　たつを
見て
(4)しなのなる　あさまのたけに　たつ　煙《けふり》
をちこち人の　見やはとかめぬ

第二章　あづまくだり　主部

第九段

Ⅰ　道知れる人もなくて、まどひ行《い》きけり

(1)むかし　お《を》とこ　ありけり
(2)その　お《を》とこ　身を　えうなき物に　思《おもひ》なして
京には　あらし　あつまの　方《かた》に　すむへきくに
もとめにとて　ゆきけり
(3)もとより友とする人　ひとり　ふたりして　いきけ
り
(4)みちしれる人もなくて　まとひいきけり

Ⅱ　八つ橋といふ所

(1)みかはのくに　やつはしといふ所に　いたりぬ

(2)そこをやつはしと　いひけるは　水ゆく河の　くもてなれは　はしを　やつ　わたせるに　よりてなむやつはしと（は）《異本》いひける

(3)そのさはの　ほとりの　木の　かけに　おりゐてかれいひ　くひけり

(4)そのさはに　かきつはた　いとおもしろく　さきたり

(5)それを見て　ある人の　いはく　かきつはたといふいつもしを　くのかみに　すへ《ゑ》て　たひの　心をよめと　いひけれは　よめる

から衣　きつゝなれにし　つましあれは
はる〳〵きぬる　たひをしそ　思《おもふ》

(6)みな人　かれいひのうへに　なみた　おとして　ほとひにけり

Ⅲ　修行者会ひたり

(1)ゆき〳〵て　するかのくに、　いたりぬ

(2)うつの山に　いたりて　わか　いらむとする　みちは　いとくらう　ほそきに　つた　かえ《へ》ては　しけり　物心ほそく　すゝろなる　めを　見ること、思ふに　す《修》行者　あひたり

(3)かゝる　みちは　いかてか　いまする　といふを見れは　見しひとなりけり

(4)京に　その人の　御もとにとて　ふみかきて　つく

Ⅳ　鹿の子まだらに雪の降るらむ

(1)するかなる　うつの山への　うつゝにも
ゆめにも人に　あはぬなりけり

(2)ふしの山を　見れは　さ月《(五月)》の　つこもりに　雪　いと　しろう　ふれり

(3)時しらぬ　山はふしのね　いつとてか
かのこまたらに　ゆきのふるらむ

(4)その山は　こゝに　たとへは　ひえの山を　はたちはかり　かさねあけたらむ　ほとして　なりは　しほしりのやうになむ　ありける

V これなむ都鳥

(1) 猶《なほ》 ゆき〳〵て 武蔵のくにと しもつふさのくにとの 中に いと おほきなる 河あり それをすみた河といふ

(2) その河の ほとりに むれゐて おもひやれは かきりなく とを《ほ》くも きにけるかな と わひあへるに わたしもり はや ふねにのれ 日も くれぬ といふに のりて わたらむと するに みな人 物わひしくて 京に 思ふ人 なきにしも あらす

(3) さる お《を》りしも しろきとりの はしと あしと あかき しきの おほきさなる みつの うへに あそひつゝ いを、 くふ

(4) 京には 見えぬ とりなれは みな人 見しらす わたしもりに とひけれは これなむ宮ことり といふを きゝて

(5) 名にしおは、 いさ事とはむ 宮こ鳥
わかおもふ人は ありやなしやと

とよめりけれは 舟 こそりて なきにけり

第三章 あづまくだり エピローグ

第十段 たのむの雁

(1) むかし お《を》とこ 武蔵のくにまて まとひありきけり さて そのくに、ある 女を よはひけり

(2) ち、は こと人に あはせむと いひけるを は、なむ あてなる人に 心つけたりける

(3) ち、は なお《ほ》ひとにて は、なむ ふちはら なりける さてなむ あてなる人にと 思ひける

(4) この むこかねに よみて を《お》こせたりける すむ所なむ いるまの こほり みよしの、 さとなりける

(5) みよしの、 たのむのかりも ひたふるに
きみか、たにそ よるとなくなる

(6) むこかね 返し
わか方《かた》に よるとなくなる みよしの、
たのむのかりを いつかわすれむ

となむ

(7) 人のくに、ても 猶《なほ》 か、ることなむ やまさり

ける

第十一段　空行く月の巡り会ふまで

(1)昔　おとこ《を》　あつまへ　ゆきけるに　友たちともに
みちより　いひを《お》こせける

(2)わするなよ　ほとは雲ゐに　なりぬとも
そらゆく月の　めくりあふまて

第十二段　夫《つま》も籠もれり我も籠もれり

(1)むかし　おとこ《を》　有《あり》けり

(2)人のむすめを　ぬすみて　むさしのへ　ゐてゆくほとに　ぬす人なりけれは　くにの　かみに　からめられにけり

(3)女をは　くさむらのなかに　を《お》きて　にけにけり

(4)みちくるひと　この野は　ぬす人あなりとて　火つけむとす

(5)女　わひて
むさしのは　けふはなやきそ　わかくさの
つまもこもれり　われもこもれり
とよみけるをき、て　女をは　とりて　ともにゐていにけり

第十三段　むさしあふみ

(1)昔　武蔵なるおとこ《を》　京なる女のもとに　きこゆれは　、つかし　きこえねは　くるし　とかきて　うはかきに　むさしあふみと　かきて　を《お》こせてのち　を《お》ともせす　なりにけれは

(2)京より女
むさしあふみ　さすかにかけて　たのむには
とはぬもつらし　とふもうるさし
とあるを見てなむ　たへかたき心地しける

(3)とへはいふ　とはねはうらむ　、さしあふみ
か、るお《を》りにや　ひとはしぬらむ

第十四段　きつにはめなで

(1)むかし　おとこ《を》　みちのくに、　す、ろに　ゆきい

たりにけり

(2)そこなる女　京のひとは　めつらかにや　おほえけむ　せちに　おもへる心なむ　ありける

(3)さて　かの女

中〳〵に　恋にし《死》なすは　くはこにそ
なるへかりける　たまのをはかり
うたさへそ　ひなひたりける

(4)さすかに　あはれとや　おもひけむ　い《行》きて　ねにけり

(5)夜《ょ》布《濁》かく　いて《(で)》にけれは　女

夜もあけは　きつにはめなて　くたかけの
またきになきて　せなをやりつる

といへるに

(6)お《を》とこ《わ一本(傍書)》　京へなむ《ね(傍書)》まかるとて

くりはらの　あれはの松の　人ならは
みやこのつとに　いさといはましを

といへりけれは　よろこほひて　おもひけらしとそいひをりける

第十五段　さるさがなきえびす心

(1)むかし　みちのくにゝて　なてう《ふ》ことなき人の　めに　かよひけるに　あやしう　さやうにてあるへき女とも　あらす　見えけれは

(2)しのふ山　しのひてかよふ　道も　哉《(がな)》
人の心の　おくも見るへく

(3)女　かきりなく　めてたしと　おもへと　さる　さかなき　えひすこころを　見ては　いかゝは　せむは

あとがき

仮名文テクストを対象とする一連の小著に提示してきた方法と、その方法に基づいて導かれた帰結とを支持してくださる読者が着実に増えつつあることはこの上ない喜びである。

筆者の主張に注目していただけるかどうかの分かれ目は、読者の姿勢によっている。すなわち、小論の肯定派は、すべての文字体系がそうであるように、仮名の体系もまた、なんらかの社会的要求を満たすために工夫され、洗練されたと捉えているのに対して、黙殺派は、上代に楷書体で書かれていた借字（いわゆる万葉仮名）が徐々に簡略化されたあげく草書体で定着したのが平仮名だというナイーヴな考えをもっており、仮名と平仮名との区別を認めない。前者は仮名文字の体系の動的かつ繊細な運用に関心をいだくのに対して、後者は、仮名文字の字形や種類を覚えてテクストをスラスラ読めれば十分だと考えている。

つぎの和歌の実作者は不明であるが、年老いて故国に帰る直前の仲麻呂の心情を思いやり、九世紀になってから、仮名の特色を生かして詠んだ作品である。

もろこしにて、つきをみてよみける　　阿倍仲麻呂

あまのはら　ふりさけみれは　かすかなる　みかさのやまに　いてしつき
かも

〔古今和歌集・羇旅・406・左注略／『百人一首』にも収録〕

なつかしい奈良の三笠山も、もはやかすかな輪郭しか思い出せないが、異国の海辺で仰ぎ見るこの月は、かつて春日《かすが》の地にある三笠山に出た月そのものだ、という感慨の吐露である。第三句「かすかなる」は、初読が「微かなる」、次読が「春日なる」であるが、声に出して読んだら、どちらかの意味が失われる。〔『みそひと文字の抒情詩』276–280〕

黙殺派は、『伊勢物語』の冒頭を、〈元服を済ませたあと、そこに領地がある縁で春日の里に狩に出かけた〉と単線的に理解するが、平安前期の和歌に右のような多重表現が駆使されていたことを認める肯定派は、「ならの京、かすかのさと」を、〈かすかな記憶に残る旧都奈良の春日の里〉と、作者の意図どおりに解析する。平安前期の和歌は、仮名文字を媒体とする、出題者（作者）と解答者（読者）との知恵比べでもあった。

仮名連鎖「かすかのさと」から、「かすか」の初読として「微か」が析出されれば、この「をとこ」は、どうして、元服したのを機に、微かな記憶しか残っていない土地に狩に出かけたりしたのだろうという疑問が自然にわいてきて、物語の行方に興味をそそられる。語り手が、そういう手法で読者をことば巧みに誘導していることに気づかず素通りしたのでは、

せっかく提示された誘因《motivation》が無になって、凡々たる駄文に堕してしまう。

伝本のテクストを平安前期の仮名文の姿に戻して考え直すなら、複線構造としての解析が異端ではなくなるし、仮名文を特徴づける連接構文も永住権を獲得するであろう。

平安前期の仮名と現行の平仮名とは個々の文字の外形が類似していても、運用のありかたに大きな差があるので、機能的に見れば異質の文字体系である。複線構造の構築は、清音と濁音とを書き分けない平安前期の仮名にだけ可能な表現技法であった。伝統的歌学の、事実上の祖というべき藤原定家は、平安前期の仮名に特有の表現が不可能になった平仮名世代の歌人だったために、右の和歌の第三句も、定家撰『百人一首』では、単線で「春日なる」とだけ解釈され、「微かなる」は失われている。

平安前期の仮名と、平安後期以降に漸移的に移行して定着した平仮名との質的相違が学界の共通理解になるなら、仮名文研究の水準が飛躍的に向上し、その成果が従来の解釈としだいに置き換えられて、あくびをかみ殺していた学習者の目も輝きを取り戻すであろう。

謝辞1　本書の校正が済んだら、平安時代の《散らし書き》に関する新見の一端をわかりやすく紹介した本を執筆する約束があり、そのほかにも書き残しておきたいことは多いが、だれでも最後の仕事は途中で終わるのが宿命である。老齢の身なので、機会を逸しないうちに、在籍した諸大学や所属する諸学会などで啓発しつづけてくださった先生がたや先学、同学、心友の諸賢をはじめ、文献資料に対する筆者のアプローチに温かい支持や共鳴を表明してくださっているみなさまに衷心からお礼を申し述べておきたい。日本大学の竹林一志さんが、『日本古典文学の表現をどう解析するか』（笠間書院・2009）のなかで、筆者のアプローチを丹念に検証してくださった。筆者の開拓した方法が孤で終わることなく、精緻な隣にバトンタッチして洗練していただけそうである。

謝辞2　笠間書院からの出版が、増補改訂版などを除いて十一冊目になる。この小冊もまた、池田つや子社長の御高配、橋本孝編集長のお励まし、近年刊行された数冊を連続して協働してくださっている有能で誠意ある編集者、重光徹氏の強力なバックアップ、そして、社員各位の温かい応援で日の目を見ることができた。ひとしおの感慨を込めて深謝の意を表したい。

小松英雄

掲載図版一覧

天福本『伊勢物語』の臨写は、学習院大学図書館の御厚意により原本写真の使用を許可していただき、そのほかは、公刊された左記の複製によりました。

口絵Ⅰ　『冨嶽三十六景　神奈川沖／浪裏』（メトロポリタン美術館蔵）
…『葛飾北斎　新潮日本美術文庫』（新潮社）より
口絵Ⅱ・264頁　『巻子本古今集』（京都国立博物館蔵）
…『日本名筆選28　巻子本古今和歌集　伝源俊頼筆』（二玄社）より
22～24・74・116～7頁　『伊勢物語』天福本（学習院大学図書館蔵）
163頁　『類聚名義抄』図書寮本…『図書寮本　類聚名義抄』（勉誠社）より
164頁　『色葉字類抄』尊経閣蔵三巻本…『色葉字類抄』（前田育徳会）より
261頁　『和漢朗詠集』関戸本…『日本名筆選35　古筆名品集』（二玄社）より
263頁　『和漢朗詠集』粘葉本（宮内庁三の丸尚蔵館蔵）
…『日本名筆選9　粘葉本和漢朗詠集〈巻下〉伝藤原行成筆』（二玄社）より
273頁　『拾遺和歌集』高松宮家旧蔵…『拾遺和歌集』（開明堂）より

小松　英雄（こまつ　ひでお）
＊出　生　1929年、東京。
＊現　在　四国大学大学院文学研究科講師
　　　　　筑波大学名誉教授。文学博士。
＊著　書
日本声調史論考（風間書房・1971）
国語史学基礎論（笠間書院・1973：増訂版・1986：簡装版 2006）
いろはうた（中公新書 558・1979）
日本語の世界 7〔日本語の音韻〕（中央公論社・1981）
徒然草抜書（三省堂・1983：講談社学術文庫・1990・復刊 2007）
仮名文の原理（笠間書院・1988）
やまとうた（講談社・1994）
仮名文の構文原理（笠間書院・1997：増補版 2003）
日本語書記史原論（笠間書院・1998：補訂版 2000：新装版 2006）
日本語はなぜ変化するか（笠間書院・1999）
古典和歌解読（笠間書院・2000）
日本語の歴史（笠間書院・2001）
みそひと文字の抒情詩（笠間書院・2004）
古典再入門（笠間書院・2006）
丁寧に読む古典（笠間書院・2008）

伊《い》勢《せ》物語《ものがたり》の表現《ひょうげん》を掘《ほ》り起《お》こす—《あづまくだり》の起《き》承《しょう》転《てん》結《けつ》

2010年8月31日　初版第1刷発行

著者　小松　英雄

装幀　芦澤　泰偉

発行者　池田つや子
発行所　有限会社　笠間書院
東京都千代田区猿楽町 2-2-3［〒 101-0064］
電話　03-3295-1331　Fax　03-3294-0996

ISBN978-4-305-70513-6 　印刷／製本：シナノ
出版目録は上記住所または http://kasamashoin.jp/ まで。